D0591729

DU MÊME AUTEUR

Aux Éditions Gallimard

AU BONHEUR DES OGRES («Folio», n° *1972*).

LA FÉE CARABINE («Folio», n° *2043*).

LA PETITE MARCHANDE DE PROSE («Folio», n° *2342*). Prix du Livre Inter 1990.

COMME UN ROMAN («Folio», n° *2724*).

MONSIEUR MALAUSSÈNE («Folio», n° *3000*).

MONSIEUR MALAUSSÈNE AU THÉÂTRE («Folio», n° *3121*).

MESSIEURS LES ENFANTS («Folio», n° *3277*).

DES CHRÉTIENS ET DES MAURES. Première édition en France en 1999 («Folio», n° *3134*).

LE SENS DE LA HOUPPELANDE. *Illustrations de Tardi* (Futuropolis/Gallimard).

LA DÉBAUCHE. *Bande dessinée illustrée par Tardi* (Futuropolis/Gallimard).

AUX FRUITS DE LA PASSION («Folio», n° *3434*).

Aux Éditions Gallimard Jeunesse

Dans la collection Folio Junior

KAMO, L'AGENCE BABEL, n° *800*. *Illustrations de Jean-Philippe Chabot.*

L'ÉVASION DE KAMO, n° *801*. *Illustrations de Jean-Philippe Chabot.*

KAMO ET MOI, n° *802*. *Illustrations de Jean-Philippe Chabot.*

KAMO, L'IDÉE DU SIÈCLE, n° *803*. *Illustrations de Jean-Philippe Chabot.*

Hors série Littérature

KAMO : Kamo, l'idée du siècle – Kamo et moi – Kamo, l'agence Babel – L'évasion de Kamo. *Illustrations de Jean-Philippe Chabot.*

Dans la collection Gaffobobo

BON BAIN LES BAMBINS. *Illustrations de Ciccolini.*

LE CROCODILE À ROULETTES. *Illustrations de Ciccolini.*

LE SERPENT ÉLECTRIQUE. *Illustrations de Ciccolini.*

Suite des œuvres du même auteur en fin de volume.

LE DICTATEUR ET LE HAMAC

DANIEL PENNAC

LE DICTATEUR
ET LE HAMAC

roman

GALLIMARD

*Il a été tiré de l'édition originale de cet ouvrage
quarante exemplaires sur vélin pur fil
des papeteries Malmenayde
numérotés de 1 à 40.*

Pour mon frère Bernard, si proche compagnie.
À la mémoire de Thierry, notre bâtisseur.

I

Epsilon

1

Ce serait l'histoire d'un dictateur agoraphobe. Peu importe le pays. Il suffit d'imaginer une de ces républiques bananières au sous-sol suffisamment riche pour qu'on souhaite y prendre le pouvoir et suffisamment arides de surface pour être fertiles en révolutions. Mettons que la capitale s'appelle Teresina, comme la capitale du Piauí, au Brésil. Le Piauí est un État trop pauvre pour servir jamais de cadre à une fable sur le pouvoir, mais Teresina est un nom acceptable pour une capitale.

Et Manuel Pereira da Ponte Martins ferait un nom plausible pour un dictateur.

Ce serait donc l'histoire de Manuel Pereira da Ponte Martins, dictateur agoraphobe. Pereira et Martins sont les deux patronymes les plus portés dans son pays. D'où sa vocation de dictateur ; quand on s'appelle deux fois comme tout le monde, le pouvoir vous revient de droit. C'est ce qu'il se dit depuis qu'il est en âge de penser.

Plus tard, on l'appellera Pereira tout court, du nom de son père. On pourrait aussi bien l'appeler Martins, du nom de sa mère, mais son père est *le* Pereira de Ponte (Ponte est à trois jours de cheval de Teresina), la plus grande famille latifundiaire du pays. On a les terres, on a le nom, on a l'argent, on aura le pouvoir – une des toutes premières *idées* de Pereira, vraiment, sans doute même la première, une idée secrète et brûlante, un feu caché dans un enfant silencieux. Bien sûr, il y faut un peu d'instruction. Il faut parler l'anglais, le français, l'allemand. Il faut savoir compter, et la géographie. Il faut s'initier aux utopies, pour parer à toutes les menaces. Il faut connaître les armes et la danse, le renseignement et le protocole. Pour apprendre tout cela, Pereira quitte Ponte à huit ans, grandit jusqu'à sa quinzième année chez les jésuites de Teresina (élève brillant et secret, joueur d'échecs impitoyable), puis va achever son instruction à l'étranger – en Europe – et revient à vingt-deux ans, pour entrer à l'Académie militaire. Il a toujours envie du pouvoir, mais il a pris le goût d'être ailleurs. C'est bien, l'Europe. L'Italie, par exemple. Même ce petit rocher de Monaco où le casino vous ouvre les bras et dont la princesse vous a – croit-il – fait de l'œil.

Ce serait donc l'histoire d'un dictateur agoraphobe qui voudrait à la fois ceci et cela, le pouvoir et être ailleurs. Il commence par ceci : aide de camp du

Général Président, il va prendre sa place. Le Général Président a négligé l'instruction. Une blague court dans les salons de Teresina : « Il y a eu un attentat contre le Général Président ; on lui a lancé un dictionnaire. » C'est la blague. Discrets fous rires derrière les éventails. Le Général Président ne s'en offusque pas. Bon nombre de ses phrases commencent par :
– Pereira, toi qui sais lire...
Le Général Président fait peu de cas de la culture. À ses yeux, c'est un « divertissement de sans-couilles ».
– Moi, j'ai appris l'homme, dit-il.
Il aime ajouter :
– C'est pour ça que je préfère le cheval.
Le Général Président s'est illustré dans la guerre contre le Paraguay, puis par le massacre des paysans du Nord. Les paysans du Nord s'étaient mis à exiger. Ils avaient prié, d'abord, mais n'avaient pas été exaucés, puis ils avaient timidement réclamé mais n'avaient pas été entendus. Ils avaient supplié, en vain. Et voilà qu'ils s'étaient mis à exiger. Sous la houlette de leurs curés, les paysans du Nord avaient marché sur Teresina. Teresina avait été menacé d'invasion paysanne. Le Général Président avait fait donner les cadets de l'Académie militaire. Cavalerie, sabre, mitraille, puis l'artillerie, sur les villages du Nord où les paysans s'étaient repliés. Avec la bénédiction de l'évêque, le Général Président avait fait fusiller les curés.

Le père de Pereira, le vieux da Ponte, avait réprouvé ce massacre. Da Ponte, le père, pratiquait la charité chrétienne. Il nourrissait gratuitement dans ses cuisines les paysans qu'il affamait innocemment dans ses fazendas. Médecin, il soignait dans son hôpital la déshydratation de ses plaines et la furonculose de ses montagnes. Il écoutait les affamés, les assoiffés, les malades et les parents des malades. Le vieux da Ponte disait :

– À un homme qui écoute, on ne demande rien.

Quand Pereira revint de l'étranger, ceint de ses diplômes, le Général Président était au pouvoir depuis quatre ans.

Il le tua à l'aube de la cinquième année. Ce fut presque une impulsion. Il avait senti le moment venu. Il se présenta devant le Conseil et dit :

– J'ai tué cet imbécile.

Il ajouta :

– Je m'offre à vous, comme coupable ou comme président.

Il tenait à la main son parabellum encore fumant, il était un Pereira da Ponte, ils le firent président.

À l'évêque, qui l'avait tenu sur les fonts baptismaux, Pereira demanda :

– Parrain, bénissez-moi.

À l'oligarchie, il déclara :

– On ne change rien à rien. Je vais juste y mettre un peu d'intelligence.

16

Aux paysans, il annonça :

– J'ai tué le boucher du Nord.

Et à la population entière :

– Je serai votre oreille.

C'était une phrase sibylline – une oreille écoute autant qu'elle espionne –, mais personne ne s'en avisa, tant on avait besoin d'être écouté.

Ce serait donc l'histoire de Manuel Pereira da Ponte Martins, dictateur agoraphobe, qui prendrait le pouvoir par intuition, un matin, comme ça, parce que c'était son rêve d'enfant silencieux.

D'accord, mais pourquoi agoraphobe ?

2

Avant de prendre le pouvoir, agoraphobe, Pereira ne l'était pas. Silencieux, oui, secret, oui, agoraphobe, non. Il n'avait peur ni des places vides, ni des rues désertes, ni des avenues aux longues perspectives, et moins encore des foules qui les hantent. Non qu'il aimât particulièrement la foule, mais il y était habitué. Les foules miséreuses de son enfance, à Ponte, devant les cuisines de son père ou dans les couloirs de l'hôpital, les foules religieuses pendant la naissance de Noël et la crucifixion du Vendredi saint, les foules paysannes de toutes les fêtes votives auxquelles la famille Ponte se faisait un devoir d'assister, les foules des mariages et celles des enterrements, les foules des marchés et des foires, les foules alcoolisées des grands sabbats nocturnes, quand les feux de Bengale éclairent les masques parmi les détonations, non, il n'avait jamais eu peur de la foule. À y bien réfléchir même, hormis les repas pris en famille, ses parties d'échecs et ses heures de lecture

18

solitaire, Pereira avait toujours vécu *en foule*, si l'on peut dire ; à Teresina, chez les jésuites, les foules enfantines des cours de récréation, en Europe les foules soyeuses des grands bals, les foules frileuses des sorties de théâtre, les foules clandestines des quartiers à femmes, les foules tendues des champs de courses et même, à Paris, les foules des ouvriers en grève... Que de monde, au fond... Pereira aurait pu compter ses heures de solitude. Non, vraiment, il n'avait jamais eu peur de la foule. Ni des grandes places vides.

Alors, pourquoi agoraphobe ?

À cause d'une phrase, prononcée par un autre Manuel : Manuel Callado Crespo, le chef des interprètes, franc parleur et fin lettré. À propos de feu le Général Président, Manuel Callado Crespo déclara :

– Ce con est mort de la main dite.

– Ce qui veut dire ? demanda Pereira qui passait par là et n'aurait jamais dû entendre ces paroles.

– Ce qui veut dire que ce con était prévenu, Monsieur le Président.

– Et par qui, puisque je ne savais pas moi-même que je le tuerais deux secondes avant de presser sur la détente ?

– Par la Mãe Branca, répondit Callado. Mais ce con ne savait ni lire ni écouter.

– Que direz-vous de moi, après ma mort, Callado ? demanda accessoirement Pereira.

– Ce que m'aura inspiré votre vie, Monsieur le Pré-

19

sident, et vous ferez de même si vous venez à mon enterrement. Il n'y a aucune médisance, là-dedans. Le Général était... Vous avez vu son uniforme ? Non, vraiment, un con, c'est le résumé de sa vie ; je le dis presque avec tendresse.

La Mãe Branca (la Mère Blanche) était une sorcière brésilienne, venue du Ceará. Une sorcière blanche, par opposition aux sorcières noires. Ce n'est pas une question de peau mais de sorcellerie. La sorcière noire (qui peut être blanche de peau) lance des mauvais sorts. La sorcière blanche (qui peut être noire) se contente de prédire et de désenvoûter. Tout le monde consulte la Mãe Branca : pour l'amour, la famille, la santé, l'argent, la carrière... On a même vu un célèbre professeur consulter une sorcière blanche pour savoir s'il décrocherait la chaire d'anthropologie religieuse à l'Université de Teresina et s'il irait faire des colloques de par le monde. Le même professeur alla ensuite trouver une sorcière noire pour éliminer ses concurrents. Le fait est que ses confrères lui cédèrent mystérieusement la place et qu'il est, encore aujourd'hui, très vieux, le seul spécialiste reconnu dans son domaine. (Mais c'est une autre histoire.)

La veille d'un coup d'État les apprentis dictateurs, évidemment, consultent la Mãe Branca. Et même dans les démocraties, les candidats présidents, la veille des élections. Pereira s'avisa qu'il ne l'avait pas fait. En Europe, il avait lu Auguste Comte et ne croyait plus en ces choses-là. Comme tous ceux qui n'y croient pas, Pereira alla tout de même trouver la sainte, par curiosité. C'était une petite femme (blanche) maigre et boiteuse qui tenait boutique dans les faubourgs de Teresina. Pereira y alla seul, incognito, nuitamment, sans le dire à personne, armé de son parabellum – qui ne le quittait jamais. Il lança des cailloux aux volets de la sainte. Il la paya d'abord et lui demanda deux choses : primo ce qu'elle avait dit au Général Président.

– Je lui ai dit que s'il ne lisait pas *Lorenzaccio*, il finirait comme le duc Alexandre.

(C'était de la pure divination. Elle-même ne savait pas lire et ignorait tout de cette pièce.)

– Et moi, comment je finirai, moi ?

Telle fut la deuxième question de Pereira. La Mãe Branca pratiquait la divination par aspersion de parfum. Elle plongeait la main dans un gros flacon de vétiver et en aspergeait la pièce alentour. Le parfum lui montait à la tête, elle se mettait à marmonner en tournant sur elle-même, de plus en plus vite, jusqu'à devenir une vraie toupie. Puis elle s'immobilisait soudain et ses yeux se révulsaient. Alors seulement elle invoquait les saints du candomblé. Cela durait un certain temps car ces divinités brésiliennes sont nombreuses, et plus nombreux encore leurs ancêtres guinéens et leurs rejetons des Caraïbes. Le flacon vide à la main, la Mãe Branca tremblait de tous ses membres.

Pereira s'ennuya comme à la messe. Le vétiver lui rappelait son enfance quand, le soir tombant, sa mère en faisait vaporiser les chambres pour éloigner les moustiques. Finalement, à l'acmé de sa transe, la Mãe Branca lâcha l'information :

– Tu finiras écharpé par la foule.

– Quel genre de foule ?

– Le genre paysan.

Pereira la tua d'un coup de crosse et rentra au palais.

On crut qu'elle était tombée. Il l'avait payée suffisamment pour qu'on lui fît des funérailles présentables. Une foule immense suivit le cercueil. Des citadins, mais beaucoup de paysans aussi, venus de tout le pays. Pereira s'y mêla, en grand uniforme, pour prouver à tous qu'il partageait les croyances du peuple, et à lui-même que la magie n'existe pas. Bien entendu, il revint vivant de l'enterrement. Vivant et plutôt apprécié.

Alors, pourquoi agoraphobe ?

3

Parce que après l'enterrement la nuit tomba. Et
que cette nuit-là Pereira se demanda pourquoi il avait
tué la sainte. Ce n'était pas une crise de remords,
c'était un accès de logique. S'il ne croyait pas à ses
prédictions, pourquoi l'avait-il tuée ? Et s'il n'avait
pas l'intention d'y croire, pourquoi était-il allé la trouver ? Il l'avait tuée avec la même spontanéité que le
Général Président. C'était une seconde de panique
précise, si l'on peut dire. Aussi sûrement qu'il avait
senti venue l'heure du pouvoir, il avait su que cette
femme en annonçait le terme. Il l'avait tuée d'instinct, comme on se défend, pour conjurer un sort
auquel, jusqu'à ce meurtre, il ne croyait pas. Il s'était
donné à lui-même son baptême de superstitieux.

Ces pensées, qui avaient secrètement mûri dans sa
tête au-dessus du tombeau de la sainte, éclosaient
maintenant, dans le lit de Pereira. Il aurait préféré
l'avoir tuée par plaisir ou par devoir, comme tuait le
Général Président, qui aimait le meurtre et la justice.

Mais Pereira n'était pas un tueur. En tout et pour tout, de sa propre main, il tua trois personnes dans sa vie. Pour l'époque et pour un garçon de sa caste, c'était peu. Encore les tua-t-il comme un fauve, le Général Président par appétit et les deux autres (l'une étant la sainte) parce qu'il s'était senti acculé. L'instinct, les trois fois, l'innocence de l'animal...

– Donc, je crois à ces bêtises.

Sur quoi, il s'endormit. Et vint le cauchemar. Pereira se faisait massacrer par une foule de paysans. «Évidemment.» C'était un rêve attendu, qu'il considéra froidement. Il n'avait pas peur de la mort. Il se l'était souvent figurée sous les auspices d'une balle unique et bien placée, voire d'une douzaine, tirées au cœur par le peloton d'un concurrent. Mais après tout, le lynchage, pourquoi pas ? Il était né et avait grandi sur une terre de révolutions. À tout prendre c'était une mort moins infamante que des doigts de vieillards s'accrochant à une courtepointe. Dans son rêve, il sortait d'un hôtel posé comme un cube au centre d'une place vide. Il entendit appeler son nom : «Pereira!» Et il vit les paysans sortir ensemble des maisons qui cernaient la place. De toutes petites maisons en pisé, sans étage, qui faisaient un vaste cercle autour de l'hôtel, et une foule innombrable déjà sur lui. D'accord, se dit-il en vidant son chargeur sur la foule, des maisons vomissant le peuple affamé, je meurs d'une crise d'allégorie. Il tirait sans cesse mais le cercle se refermait «inexorablement» (il aimait ce mot quand il le rencontrait dans les livres). Il tirait plus par principe que par espoir – on ne se laisse pas tuer sans se défendre. La dernière chose qu'il vit, avant que la première main ne le saisît, ce fut deux hommes, là-bas, à l'orée de la place, debout au pied de l'unique réverbère, qui tournaient le dos à la scène et qui, accoudés à une bicyclette, regardaient en riant silencieusement une lueur blafarde à leurs pieds – un peu comme un feu qui aurait fait des flammes blanches. Le rire secouait les épaules des deux hommes. « Là est la vie », se dit Pereira, et tout à coup il eut envie de vivre. Mais la foule l'agrippait déjà et la terreur l'envahit enfin. Pourtant, les mains, les pieds, les regards, les bouches édentées, les cris, les grognements, les haleines, les bâtons, les fusils, les machettes, les premiers coups, les premières entailles ne suffisaient pas à expliquer sa terreur. Non, c'était autre chose, c'était pire. Cette haine... Ces hommes et ces femmes qui l'écartelaient (ils le tiraient par les mains, par les pieds, par la tête ; les bâtons lui brisaient les os, les machettes le désarticulaient avec précision) étaient tous des Pereira et des Martins.

Il se réveilla en hurlant.

Puis son cœur retrouva le rythme juste.

– Bon, ce n'était qu'un cauchemar.

Mais le matin venu il dut se faire violence pour affronter la place ronde, devant la porte du palais présidentiel. Tout ce vide qui menaçait de se remplir lui obstrua la gorge.

– Merde, je deviens agoraphobe.

La nuit suivante, le même cauchemar confirma sa phobie.

Voilà. L'histoire pourrait s'arrêter ici, car Pereira mourut exactement comme dans son rêve. Seulement, comme tout homme digne de récit, il voulut échapper à son destin. Et toute l'histoire de Pereira est celle de cette tentative.

C'est cette histoire-là qui mériterait d'être racontée.

4

Ce serait donc l'histoire de Manuel Pereira da
Ponte Martins, dictateur agoraphobe, qui voudrait
ceci et cela (le pouvoir à Teresina et les voyages en
Europe) et qui, voué au lynchage, tenterait vainement d'échapper à son destin.

La seule idée qui lui vint pour s'en sortir – c'est
bien une idée de dictateur! – fut d'embaucher un
sosie. Le sosie lui ressemblait en tout point, autant
qu'un homme peut ressembler à un autre, bien
entendu, à epsilon près. Nul ne remarqua cet epsilon. Pour s'en assurer, après avoir mis son sosie au
courant de sa vie et de ses affaires et l'avoir entraîné
au mimétisme avec une implacable rigueur, Pereira
l'envoya poser une question à chacun de ceux qui lui
étaient le plus proches. La même question à tous :

– Qui suis-je?

La question ne plut pas au vieux da Ponte. Il toisa
sévèrement le garçon qui la lui posait :

– Le pouvoir ne doit pas te faire oublier qui tu es,

Manuel. Tu es Manuel Pereira da Ponte Martins, la gloire de mon sang, ne l'oublie jamais.

Le sosie baisa la main du père et s'en alla poser la question au colonel Eduardo Rist, directeur de l'Académie militaire, chef des armées, ami d'enfance de Pereira. (Ils avaient étudié ensemble sur les bancs des jésuites et passé des nuits silencieuses à jouer aux échecs.)

– Vous êtes Manuel Pereira da Ponte Martins, notre président libérateur, et en faisant sauter cette tête de général, vous avez joué le coup gagnant.

– Juste, mais le temps des échecs est passé, Eduardo, répondit le sosie qui ignorait tout de ce jeu. À propos, en privé, tu peux continuer à me dire tu.

Quand le sosie posa la question à l'évêque (qui avait tenu Pereira sur les fonts baptismaux, lui avait fait faire sa communion et l'avait giflé de deux doigts symboliques le jour de sa confirmation), le prélat le regarda au fond des yeux :

– Comment ça, qui tu es ? Qu'est-ce qu'il y a, Manuel ? Tu te prends pour Lorenzaccio ? Ce n'est tout de même pas la mort de cet abruti qui te tourmente ? (Il faisait allusion à feu le Général Président.) Je t'ai déjà béni, mais si ça doit te tranquilliser, je peux t'absoudre. Tiens, voilà, je t'absous : tu es celui que Dieu nous a envoyé pour nous débarrasser de cette brute carnivore. Amen. Va en paix, vraiment.

Dans la rue le sosie, vêtu en paysan, interrogeait au hasard. Il rencontrait toujours la même réponse :

– Vous êtes notre Pereira.

Avec quelques variantes :

– ... et j'en suis un autre.

Ou :

– Vous êtes *le* Pereira de Ponte, et votre maman est une Martins, comme la mienne.

Ou :

– Vous êtes notre oreille.

Ou encore, cette marchande de serpents sur le marché de Teresina :

– Pereira, même déguisé en mangouste, je te reconnaîtrais. Tu es le cœur qui bat dans ma poitrine.

Le sosie était à point. Pereira lui fit prononcer le discours de nouvel an qu'il avait préparé pour les chancelleries étrangères. C'était un discours dont le ton mesuré et l'érudition politique tranchaient avec les éructations joyeuses de feu le Général Président. Les diplomates en apprécièrent d'autant plus la «musique européenne» (l'expression est de sir Anthony Calvin Cook, ambassadeur de Grande-Bretagne) que, pour l'essentiel, le nouveau président garantissait à tous la permanence de leurs «rapports privilégiés» – le pillage du sous-sol – dans la tranquillité d'une «paix civile durable» – la soumission de la surface.

Une coupe de champagne à la main, le sosie reçut les félicitations destinées à Pereira, lequel, dans son cabinet particulier, négocia un peu plus tard les nouveaux pourcentages sur l'or, le nickel, le pétrole et l'akmadon. À titre personnel, Pereira exigeait davantage que feu le Général Président, mais il sut se le faire pardonner en ouvrant un compte dans chacune des banques où siégeait un proche de son interlocuteur.

– Prenez-le comme un hommage personnel fait à votre famille, Monsieur l'Ambassadeur.

Il ajoutait, pour vaincre les dernières réticences :

– Un hommage sur lequel une commission vous revient de droit.

Avec sir Calvin Cook, il s'autorisa même une plaisanterie.

– Nos amis marxistes ont raison : la famille est la cellule de base du capitalisme, surtout constituée en conseil d'administration.

Voilà. Assuré du pouvoir à l'intérieur, nanti de comptes bien garnis dans les banques étrangères, Pereira put soigner son agoraphobie locale en s'adonnant à sa deuxième passion : l'ailleurs.

Avant de s'enfuir (car il ne pouvait se dissimuler qu'il s'agissait d'une fuite), il convoqua son sosie. Il lui annonça qu'il partait en voyage et qu'il laissait, là, dans ce secrétaire, « celui-ci, à tambour, tu vois ? », les discours que le sosie aurait à prononcer pendant son absence. Il y en avait un pour chaque circonstance. Le sosie ne pouvait pas se tromper, ils étaient en pile et classés par ordre chronologique.

– Je veux que tu les apprennes par cœur. Je veux que devant la foule mes mots jaillissent de ta bouche comme une source de vérité. Je ne suis pas un de ces politicards européens qui lisent leurs devoirs en public, je suis un président habité, quand je parle, c'est le peuple qui s'exprime par ma bouche – mon reste de sauvagerie ! Tout est dans le *ton*, tu comprends ?

Le sosie fit signe qu'il comprenait.

– Pour le reste tu te tais. Je suis avant tout un président silencieux.

Le sosie fit vœu de silence.

– Autre chose, n'oublie pas d'où tu viens : ne touche pas aux femmes de ma caste, sinon, je te les coupe. Disons que je suis un président chaste ; marié à mon peuple, je n'ai pas de temps pour la femme.

Le sosie fit vœu de chasteté.

– Les femmes, tu n'y touches que pour ouvrir le bal, les jours de cérémonie.

Pereira avait appris le tango à son sosie.

– Sur notre continent, un président digne de ce nom doit danser le tango comme personne !

Le sosie était devenu un *tanguista* hors de pair.

– Bien. Maintenant, un détail.

Ici, Pereira expliqua en substance au sosie que si après s'être imbibé de sa prose l'idée lui venait, à lui, le sosie, de lui prendre sa place, à lui, le dictateur, eh bien lui, le sosie, en mourrait aussi soudainement que s'il croquait une dragée de cyanure.

– Essaie, pour voir. Là, devant moi, essaie une toute petite seconde de te prendre sérieusement pour moi. Allez. Fais un effort. Es-tu le président ? Es-tu le fils de mon père ? Prends-toi pour moi, si peu que ce soit ; j'attends. J'attends !

Non seulement le sosie ne put s'imaginer président à la place du président ou fils de Pereira da Ponte, ou filleul de l'évêque, ou simple compagnon d'Eduardo Rist, ou ayant le plus petit droit sur la marchande de serpents de Teresina, mais cette seule tentative l'emplit d'un tel effroi qu'il était déjà à moitié mort quand il balbutia :

– Je ne peux pas. Vous êtes vous... et je suis moi.

Tu as raison, pensa Pereira, tu ne me ressembles en rien. Le corps c'est de la merde avant le dégel.

Mais il se contenta de lui dire :

– Ne l'oublie pas.

5

Sur ce que Pereira fit en Europe, le nombre d'années qu'il y demeura, les pays qu'il visita, les villes qu'il habita, les femmes qu'il aima, on en est réduit à un chapitre blanc. Nul doute, pourtant, qu'il laissa une empreinte partout où il passa. En témoignent la martingale dite « Pereira » qui fit fureur dans les casinos de la Riviera quelques mois après son arrivée à Monaco, ou, chez les joueurs d'échecs, cette « ouverture da Ponte » par laquelle, à Amsterdam, au championnat des deux Flandres, l'Indien Mìr étouffa lentement le grand maître Turati. (Se demander comment Mìr eut vent de l'« ouverture da Ponte », c'est découvrir ce qui liait Pereira à Kathleen Lockeridge – la danseuse –, égérie du champion indien.)

Là-dessus, le témoignage du colonel Eduardo Rist ne manquerait pas d'intérêt :

– Cette ouverture par le pion du fou noir assurait la victoire à Pereira, mais en rendant la partie interminable. Nous y passions des nuits entières, au pen-

33

sionnat. Manuel aimait ce genre d'éternité où les forces de l'adversaire s'épuisent. Je n'ai jamais vu un homme si impulsif et si patient à la fois. Aux échecs, en politique, en amour et en silence, c'était un anaconda. Si Manuel a enseigné son ouverture au grand maître Mìr, c'était probablement pour se faire un cadeau d'amour : le temps que l'Indien mettait à gagner, grâce à son nouvel ami, des parties qui n'en finissaient plus, Manuel et la danseuse le passaient au lit. Ma main à couper !

En fait de chapitre blanc, plus on y travaille, plus on se dit que des volumes entiers ne suffiraient pas à recenser les traces laissées par Pereira durant son séjour en Europe. On trouve sa griffe dans des domaines aussi vains et variés que le jeu, la danse (un pas de tango latéral et glissant porte son nom), la mode vestimentaire, la numismatique, la tauromachie, l'art des cocktails (les cocktails, mon Dieu, cette diversité si monotone... pour aboutir au même arrière-goût de cuivre, toujours !), et les intrigues amoureuses – cocuages, enlèvements, poursuites, duels, abandons, mélancolie, suicides... – qui, en posant Pereira comme le dernier des néoromantiques, en firent (selon Kathleen Lockeridge) le modèle de Rudolph Valentino, la star qui régnait sur le cinéma de cette époque frivole, et qui (toujours selon Kathleen Lockeridge) ressemblait à Pereira

« comme deux gouttes d'eau trouble dans un verre de Murano ».

Pour nous en tenir à des exemples précis, prenez l'uniforme que portait le premier portier de l'hôtel Negresco, à Nice, pendant ces années-là. Aucun doute : quelqu'un l'a attifé comme feu le Général Président. Non, non, non, pas *attifé comme*, regardez attentivement les photos : *revêtu de* l'uniforme inepte du défunt ; celui-là même que le dictateur portait quand Pereira l'abattit !

– Que Pereira ait fourgué l'uniforme du con à ce larbin de luxe ne me surprend pas, aurait confirmé Manuel Callado Crespo, chef des interprètes et biographe de Pereira. Voir les têtes à couronnes, les ambassadeurs, les ministres, les plus grandes fortunes accueillis, Promenade des Anglais, par un portier vêtu comme un clown mort, ça devait lui plaire. C'est l'inévitable côté anarchiste des tyranneaux qui s'imaginent s'être « faits eux-mêmes ». Et puis Pereira était un gars de Ponte ; là-haut, on ne pardonne pas à ceux qu'on tue.

Une autre piste facile à suivre ce sont les dettes que semait Pereira. Dettes de jeu, notes de palaces et de tables fines, factures de tailleurs, de bijoutiers, d'armuriers, de fleuristes, de bottiers, de compagnies ferroviaires et maritimes, les réclamations pleuvaient à Teresina. Le sosie avait mission d'y répondre en postant des lettres rédigées par Pereira lui-même. Le jeune président y déplorait que quelqu'un se fît passer pour lui en Europe et y menât une vie autrement distrayante que la sienne, ici, à Teresina, «sacrifiée à la gestion d'un État et au souci d'un peuple». Il ajoutait qu'il réglerait volontiers les dettes de ce sosie indélicat, «si un coupable sentiment d'envie ne m'en empêchait».

– L'excellence jésuite, aurait commenté l'évêque, parrain de Pereira, si on lui avait rapporté l'anecdote.

Un soir, à Paris, Pereira se rend en galante compagnie au restaurant Lapérouse. Le physionomiste de l'endroit le reconnaît et veut lui interdire l'entrée. Au lieu de l'abattre sur place comme il en a la brève tentation (le physionomiste ne saura jamais qu'il faillit être la troisième victime de Manuel Pereira da Ponte Martins, dictateur agoraphobe et instinctif), Pereira l'attire contre lui et parle directement dans son oreille : Non, il n'est pas le sosie du président Pereira da Ponte, il est le président Pereira da Ponte en personne, venu en Europe pour mettre fin aux méfaits de ce sosie, précisément. Le physionomiste accepte-t-il de travailler pour lui ? Il sera grassement payé – et copieusement primé si capture.

(Le document le plus parlant des archives de Teresina sur le séjour de Pereira en Europe est, sans aucun doute, la lettre dans laquelle le physionomiste réclame respectueusement ses gages, ignorant bien entendu que son nom ira s'ajouter à ceux des créanciers dont il a joint la liste exhaustive pour prouver le sérieux de son travail – donc le bien-fondé de sa réclamation. Il s'appelait, ce physionomiste, Félicien Ponce.)

Bref, Pereira s'amusait.

Sombres, tout de même, ces distractions...

Souffrait-il de l'exil, de l'intraduisible *saudade*? Maudissait-il ces cauchemars d'agoraphobe qui l'empêchaient de rentrer à Teresina? Amoureux dessaoulé découvrait-il que, finalement, l'Europe « n'était pas son genre » ? Ou bien la haïssait-il comme un Américain du Nord, d'une haine possessive? Quoi qu'il en soit, il s'amusait sans rire, ce qui ne présage jamais rien de bon.

Peut-être était-ce affaire de tempérament, ces farces sans joie.

On peut se faire une idée assez précise dudit tempérament en étudiant de près les origines du *bacalhau do menino* (la « morue du gamin »), ce plat qu'on peut encore commander de nos jours aux meilleures tables de l'Estoril : une couche de piment rouge, une couche de haricots noirs, une couche de riz blanc, une couche de jaune d'œuf, une couche d'oignons roux, une couche de morue, et ainsi sept fois de suite, piment, haricots, riz, œuf, oignons, morue, le tout saupoudré de farine de manioc, avant de séjourner sous la braise (aujourd'hui, plus souvent dans un four) jusqu'à y acquérir la densité d'un parpaing dissuasif. La légende voudrait que ce soit le «plat de charité» de Pereira, conçu par lui-même dès son enfance, pour nourrir les pauvres, cuisiné tous les jours par sa mère, le vieux da Ponte le servant de ses propres mains à la file des affamés qui s'allongeait quotidiennement devant les cuisines de la maison familiale, etc.

Vérification faite, tout cela est vrai.

Mais il en va de la cuisine comme des plus belles œuvres de l'art : on ne sait rien d'un plat tant qu'on ignore l'*intention* qui l'a fait naître. Pour découvrir les arrière-pensées du *bacalhau do menino*, il faut dépasser le bavardage des restaurateurs («plat de charité», tu parles, combien tu as payé, chéri?) pour écouter ceux qui eurent à connaître Pereira vraiment, au fond : les femmes, par exemple – grandes pourvoyeuses de mythologie par temps de bonheur, inlassables quêteuses de vérité dès que le ciel se brouille –, et, pour n'en prendre qu'une, Kathleen Lockeridge, la danseuse écossaise. Si vous lisez les quelque quatre mille pages manuscrites de ses introuvables Mémoires, vous y tomberez sur la relation d'un dîner, à l'Estoril justement, où on lui servit le *bacalhau do menino* sous l'œil scrutateur de Pereira.

– Alors? demanda-t-il, à peine eut-elle avalé la première bouchée.

– Exquis, répondit-elle.

– Exquis, fit-il en écho.

Il ne prononça plus un mot. Elle vida son assiette et les deux qui suivirent.

Tard dans la nuit, l'indigestion la tenant éveillée, il répéta :

– Exquis...

Il lui souriait.

– C'est ma recette.

Il ajouta :

– Un combiné de honte, de haine, de dégoût, de mépris et de néant.

Il souriait toujours quand il déclina :

– Le piment rouge est un cache-misère, la honte de notre cuisine. Le haricot a la peau noire, une pitance d'esclave, le riz est à peine une matière, de la colle à papier ; le jaune d'œuf sent comme un pet foireux, l'intérieur d'un hypocrite ; les oignons ? Crus, des larmes de fille, cuits, des lambeaux de peau morte ; quant à la morue... (il s'était levé, il regardait la mer, par la fenêtre ouverte)... toute la bêtise du Portugal : partir si loin de leurs côtes pour pêcher le plus mauvais poisson du monde !

Il se retourna :

– Et vous, la bouche en cœur : « Exquis. »

– Vous avez oublié la farine de manioc, observat-elle, piquée.

– Le voilà, le néant ! Le manioc, ce n'est rien. Rien quant à la couleur, rien quant à la saveur, rien quant à la consistance.

Un temps. Il ne souriait plus.

– Ce n'est rien et c'est tout ce que nous avons chez nous ; une ruse pour épaissir notre néant : le manioc.

Comme elle allait s'attendrir, il s'assit au bord du lit et, se penchant sur elle :

– Enfant, j'ai conçu cette horreur pour que les pauvres ne soient pas tentés de se resservir. Devenu président, j'en ai fait notre plat national.

On peut imaginer le silence, avant que Kathleen Lockeridge ne réponde, d'une voix incertaine :

– Eh bien moi, je me suis resservie.

– Parce que vous êtes riche, européenne, vide et sentimentale. Vous vous faites un devoir d'aimer ce qui ne vous menace pas... Votre quête de l'« authentique ». Dans deux cents ans, si les pauvres de chez vous ne vous ont pas mangés, les pimbêches de votre caste lécheront encore leur assiette... « Exquis ».

Cela dit, il se mit à danser dans la chambre, en improvisant un poème nasal et métallique à la façon des « duettistes », ces guitaristes qui s'envoyaient des strophes au visage sur les marchés de Teresina.

> *Na França, Henrique quatro*
> *Rei queridinho do povo*
> *Inventou a « pulopo »*
> *Nosso Pereira criou*
> *O mata-fome supremo*
> *O Bacalhau do Menino !*

Chez les Français, Henri quat'
Le roi chéri du populo
Imagina la poule au pot
Notre Pereira créa
Le plus puissant des tue-la-faim
La Morue du Gamin !

Il bondissait en chantant, avec une férocité hilare,
comme un enfant qui se vengerait des enfants.

6

Ce serait donc l'histoire de Manuel Pereira da Ponte Martins, dictateur agoraphobe et nomade, qui ne laissa aucune empreinte digne de mémoire dans les pays qu'il traversa.

Oui, mais *quid* du sosie ?

Comment s'en sort-il, le sosie, à Teresina, au fait ?

Il s'en sort en suivant les consignes au doigt et à l'œil. Il est le sosie d'un homme qui vous abat un Général Président sans plus d'émotion qu'un bœuf sur une place de marché. Avant de partir, Pereira a laissé planer une menace à vous dresser le poil : «Je ne serai jamais loin.» Le sosie évite de penser. Penser est une opération complexe, dans sa position. Il a ordre de passer pour un autre sans être tenté de se prendre pour lui (sinon, cyanure, il a retenu la leçon), et cela en dépit des honneurs qui lui sont faits, du décorum qui l'accompagne, du respect qu'on lui témoigne, de la crainte qu'il inspire et de l'amour qu'on lui voue. Le portrait de Pereira, affiché partout, n'est pas le sien, mais il se voit partout en lui. Le sosie n'est rien moins que lui-même mais ce néant s'est glissé dans une majuscule. Dès qu'il y pense, le vertige le saisit. Et puis, comme il ment à tous, il doute de chacun. Se peut-il qu'on me croie ? Se peut-il qu'ils me prennent pour Pereira ? Le peuple, à la rigueur, le peuple croit ce qu'on lui montre de loin, le peuple n'adore et ne tue que des images, mais Eduardo Rist, l'ami d'enfance, ou l'évêque, ou le père, qui voient-ils en moi ? Se peut-il qu'un père – et un da Ponte ! – dise à qui n'est pas son fils : « Tu es la gloire de mon sang » ? Est-ce seulement possible ? Même avec la ressemblance ? Non, non, ces trois-là sont au courant, Pereira est dans l'œil du père, de l'ami, du parrain, peut-être même est-il dans l'œil de la marchande de serpents, Pereira n'est pas loin, Pereira est partout, y compris au fond de moi, caché, qui attend mon premier faux pas ! C'est à quoi pense le sosie, dès qu'il pense. D'où sa décision de ne plus penser, de s'en tenir à son rôle pour que les spectateurs ne sortent pas du leur.

– La politique, lui avait dit Pereira, c'est le paradoxe du spectateur.

Le sosie n'était pas sûr d'avoir bien compris, mais il avait senti que gisait dans cette phrase une vérité dont sa vie dépendait.

Il joue donc son rôle à la perfection.

C'est un rôle à texte, et lourd de silence. Quand le

sosie n'est pas occupé à apprendre les innombrables discours de Pereira, c'est qu'il les prononce, et quand il n'est pas occupé à s'adresser au peuple, c'est qu'il s'astreint à l'écouter.

Chaque soir, à l'heure où le soleil tombe comme un verdict, le sosie assis au pied d'un flamboyant prête son oreille aux humbles.

– Fais comme mon père, lui avait ordonné Pereira, écoute-les, à heure fixe ; mets dans ton regard ce qu'il faut d'humanité et tais-toi. Pour manifester que l'entretien est fini, contente-toi de dire : «Je t'ai entendu», et passe au suivant.

– C'est tout ? avait demandé le sosie.

– Et c'est une révolution, avait acquiescé Pereira. Personne ne les a jamais écoutés, il leur faudra trois générations pour en demander davantage ; d'ici là ni toi ni moi ne serons plus en état d'écouter qui que ce soit.

Autant le sosie aime jeter à la foule les discours de Pereira et voir s'allumer les regards aux feux de sa sincérité, autant il déteste ces séances de jérémiades vespérales. Difficile d'avoir l'air d'écouter quand on n'écoute pas vraiment. Ne pas s'endormir, ne pas s'impatienter, ne pas compter le nombre des suivants dans la file, ne pas penser au menu du dîner, ne pas céder à l'envie d'une petite bière de banane, résister au charme des femmes – «je suis un président chaste !» –, ne pas se gratter, contrôler sa vessie, donner le sentiment d'être absolument là quand on aimerait être... Où, au fait ? Où aurait-il aimé se trouver plutôt que là ? Surtout ne pas se poser la question, écouter, écouter chacun comme s'il était le seul à se plaindre – mère de Dieu combien sont-ils dans cette putain de file ? – et l'écouter comme si on était la seule oreille possible, plus oreille que le ventre d'une mère, plus oreille que le Père éternel à l'heure décisive.

– Allez, écoute-moi comme si je n'avais que ton oreille au monde !

Pereira avait longuement entraîné le sosie à bien écouter, lui-même jouant tour à tour le rôle du paysan fourbu, du commerçant inquiet, de la veuve affamée, du fils de famille cuit à l'étouffée – car il en avait profité, lui, Manuel le silencieux, qui ne s'était jamais livré à quiconque, pour confier à cette oreille mercenaire le long ennui de son enfance, la raideur cagote du père, la molle bêtise de la mère, l'idiote adoration des paysans, leur résignation veule et leurs superstitions imbéciles ; il était allé jusqu'à lui dire la terreur que lui inspirait la maison de Ponte, avec son silence et ses ombres, son absolue solitude dans l'immensité des terres familiales ! Chaque fois que l'attention du sosie fléchissait, Pereira lui enfonçait le canon de son parabellum dans les côtes :

– Entraînement à balle réelle, prévenait-il : être

sosie ça se désire ! Et un sosie, ça se remplace ! Il suffit d'avoir foi en la ressemblance.

(Étranges, comme vont les choses. Tout ce qui suivit, jusqu'à la conclusion tragique, tient sans doute dans cette seule phrase.)

Le sosie a donc appris à écouter. Pour insupportables que lui soient ces crépuscules de confesseur, il y a découvert sa vraie nature de comédien : *il écoute bien*. Il le lit dans les yeux de l'homme ou de la femme qui le quitte en penchant une tête apaisée, avec la grâce d'un oiseau virant sur l'aile.

– Je t'ai entendu.

Il pense : «Au suivant, au suivant !...» mais ne donne à aucun d'eux l'impression d'attendre l'homme ou la femme qui suit. La découverte de son talent l'exalte : il n'est plus un sosie de fortune, il est un comédien de génie. Dans sa bouche, les discours de Pereira gagnent en force et en sincérité. Si Pereira parle si juste, dit-on dans tout le pays, c'est parce qu'il écoute bien, s'il touche le cœur de tous, c'est que chacun de nous a une place dans son cœur. L'image du dictateur s'étoffe en sainteté ; dans chaque maison, son portrait rayonne à côté de celui du Christ Roi aux mèches blondes. Le sosie joue le rôle d'un jeune monarque communiant sous les espèces du «peuple», qui est l'Eucharistie des tyrans. Il finit même par déceler une sorte de respect dans l'œil du père, de l'évêque et de l'ami, quand jusqu'à présent il croyait n'y lire qu'une admiration amusée.

Pas une seule fois, cependant, le sosie ne cédera à l'ivresse du rôle. Tête froide, silence éloquent, texte maîtrisé, il ne sera jamais tenté de se prendre pour Manuel Pereira da Ponte Martins, dictateur sanctifié. Mais ce ne sera plus par peur, ce sera par conviction de son génie propre

7

La suite va de soi. Le temps passant, le sosie se lassa. Pas de jouer la comédie, mais la même toujours, et dans un théâtre qu'il finit par juger exigu ; le même texte, la même mise en scène, les mêmes tournées, dans les mêmes villes, le même public, les mêmes ovations... On aspire à d'autres rôles, sur d'autres scènes, sous d'autres cieux... L'Américky, bien sûr ! La si proche et si prometteuse Amérique du Nord !

Le cinématographe, peut-être.

Évidemment, le cinématographe !

Le sosie émigra aux États-Unis d'Amérique.

Avant son départ, il choisit un sosie qui lui ressemblait autant qu'un homme peut ressembler à un autre, bien sûr, à epsilon près. Nul ne remarqua cet epsilon, car le nouveau sosie avait suivi en tout point la formation que l'ancien avait reçue de Pereira : il se crut embauché par le dictateur en personne, subit le même entraînement terrifiant, tint son rôle de pseudo-président avec la même appréhension d'abord, le même enthousiasme ensuite, pour ressentir finalement la même lassitude et se faire à son tour remplacer par un sosie qui, après avoir traversé les mêmes états de l'âme, passa le relais au sosie suivant,

etc.

Et vint le jour où Pereira rentra chez lui.

Pour quelle raison?

Coup d'État? Si tel avait été le cas, sa fortune fruc-
tifiant dans les banques d'ici, Pereira ne serait pas
retourné là-bas. Mal du pays? Pas davantage; l'anecdote du *bacalhau* montre assez que le *menino* pouvait se passer de racines. Comme il pouvait, d'ailleurs,
se passer du pouvoir. Ce qui l'avait amusé, c'était la
conquête. Et cette balle dans la nuque du Général
Président – une émotion brève mais intense. L'emploi, lui, au sens théâtral du terme, ne le passionnait
pas. Il n'était plus l'enfant qui en avait rêvé. Pereira
trouvait même «intéressant» qu'un sosie fît l'affaire.
(Accessoirement, l'idée que Manuel Callado Crespo,
le chef des interprètes, préparât son oraison funèbre
en observant quelqu'un d'autre que lui l'amusait.)

Et puis, comme on l'a dit, le fantôme de la Mãe
Branca dormait avec lui. Ses cauchemars d'agoraphobe ne l'incitaient pas à retourner se frotter aux

foules paysannes de Teresina. Chaque nuit, la grande place vide se remplissait dans son sommeil, les paysans l'encerclaient, il avait juste le temps d'apercevoir la lueur blanche, là-bas au pied du réverbère, devant les deux hommes qui riaient silencieusement accoudés à une bicyclette, et de se dire : « Là est la vie », qu'il se réveillait dans la certitude de sa mort.

Alors, quoi ? Nécessité romanesque ? Certes, il fallait bien que Pereira rentrât chez lui pour que son destin s'accomplît, ainsi que l'auteur l'annonce à la fin du chapitre trois. Mais ce n'est pas une raison suffisante, il y manque cette part de liberté qui fait que, si le bon Dieu nous donne rendez-vous à date certaine, il s'amuse beaucoup des chemins que nous croyons choisir, et de nos raisons.

Pereira décida de rentrer à Teresina après une partie de bridge, sous les cimes de la Jungfrau, à l'hôtel Victoria d'Interlaken, en Suisse. On venait de distribuer les cartes et de faire les annonces. Pereira avait une jolie main à pique et pour partenaire un mort qui zozotait. Son jeu étalé devant lui, le mort, un industriel français en « bagagerie de luxe » (le néologisme est de lui, il prononçait « bagazerie de lusse »), bavassait, sans égard pour les usages du bridge qui exigent le silence tant que les cartes volent. L'industriel revenait d'Amérique latine où il était allé faire provision de peaux rares – peaux de serpents, de tatous, de lézards, d'iguanes, de caïmans, etc. – et s'autorisait de cette «espérienze enrississante» pour se livrer à une critique en règle des démocraties européennes et autres royautés constitutionnelles. Là-bas, disait-il, «sous les tropiques», mériter le pouvoir, c'était s'en emparer.

– Cela donne des dictatures ni plus ni moins rezpectables que nos gouvernements d'ici. Du moins sait-on à qui on a affaire, au patron, touzours, et qui parle le langaze du réalisme : celui des intérêts zudicieusement partazés.

Entre autres capitales et entre autres «patrons», l'industriel venait de Teresina où il avait traité avec le potentat de l'endroit, un certain Pereira da Ponte.

Pereira, le vrai, qui abattait ses piques maîtres sans hâte, n'ignorait rien de ce dossier. Le sosie lui en avait télégraphié la teneur et Pereira avait répondu pourcentages.

– Pas queztion de dizcutailler avec un quelconque zous-fifre au miniztère du Commerce, continuait le Français dans un silence réprobateur, le président en perzonne, d'entrée de zeu, très au fait des cours internazionaux, et ferme sur les pourzentazes! Affaire rondement menée, main-d'œuvre dozile, fazilités douanières...

Pereira rangeait ses levées par petits paquets soigneux qu'il disposait en biseau. Il jouait incognito, peut-être sous un nom d'emprunt, échaudé par l'épisode du physionomiste. Il ne fuyait pas les yeux de son partenaire et c'est à lui que l'autre s'adressait chaque fois que, Pereira ramassant ses cartes, leurs regards se croisaient.

– Une personnalité hors du commun, ce Pereira ! Dans sa zeunesse il a zigouillé un sabreur qui ne connaissait rien au commerze et a pris sa place, en toute simplizité. Coup d'État parfaitement réussi ! Dire que Pereira a la confianze du peuple est très en dessous de la vérité : on l'aime, c'est tout, du bas en haut de l'écelle soziale, qui d'ailleurs n'a qu'un haut et un bas, de cela aussi nous devrions nous inzpirer ! Il est plus que le président, il est le cef de la famille, on l'adore comme un saint... Un homme silenzieux, au demeurant. Il m'a écouté, a répondu ciffres, et s'est tu. Il ne reztait qu'à signer. Un *caractère*, vraiment ! Son interprète parlait un franzais épatant, ajouta-t-il comme on octroie un brevet de civilisation.

Lorsque Pereira regagna sa chambre et son lit, il récapitula. Le Français n'avait fait mention d'aucune ressemblance entre le sosie et lui. Pas la plus petite allusion. Or, il s'agissait bien de l'importateur à qui, par sosie interposé, Pereira venait d'accorder le monopole de la « peausserie reptilienne » (la « peauzerie reptilienne », là encore l'expression était de l'industriel...), contre une commission et un pourcentage appréciables. Cet homme n'avait pu oublier le visage d'un interlocuteur qui, de son propre aveu, l'avait à ce point impressionné. Alors ? Discrétion ? Non, trop avide de rendre compte de ses « espérienzes enrississantes », s'il avait reconnu Pereira, le négociant l'aurait dit : « Oh ! za par egzemple ! »... Un dissimulateur ? Un espion à la solde d'on ne sait qui ? Pourquoi un espion se ferait-il remarquer en *ne reconnaissant pas* un homme dont il déclarait – devant lui ! – avoir rencontré le double ? Les yeux de Pereira restaient ouverts sur la nuit. Lui qui fuyait les physionomistes, voilà qu'il s'alarmait de n'être pas reconnu ! Il eut un rire blanc. Et décida de s'inviter, au déjeuner du lendemain, à la table de l'industriel, pour en avoir le cœur net.

Le lendemain, à midi, les habitués de l'hôtel Victoria célébraient l'anniversaire d'un événement dramatique qui avait eu lieu quelques années plus tôt dans cette salle à manger, à la table même où Pereira et l'industriel français venaient de prendre place.

– Z'y étais, confirma le Français. Enfin, ze suis zarrivé à la fin. Le pauvre Müller était dézà mort.

– Mort ? Mon Dieu, et de quoi donc ? demanda une voix féminine.

– Une balle dans le genou, une dans le fémur, une dans le rein, une dans la rate, une dans le pancréas et une sixième – pardonnez-moi, mesdames – dans le bas-ventre, répondit Hofweber, le maître d'hôtel qui avait maîtrisé la meurtrière.

– La meurtrière ? s'exclama une autre voix.

Oui, une jeune femme d'apparence paisible qui n'avait offert aucune résistance quand Hofweber l'avait ceinturée, sous la véranda de l'hôtel, son browning pendant au bout de son index et le regard errant sur les neiges de la Jungfrau. « Ne me brutalisez pas, vous voyez bien que je ne résiste ni ne songe à fuir. » Le browning était vide ; la septième balle s'était fichée dans le plateau de la table.

– Une zertaine Mme Stattford, dit l'industriel français.

– Si je puis me permettre, corrigea Hofweber, c'est l'identité qu'elle a donnée à l'enregistrement ; de son vrai nom elle s'appelait Tatiana Leontiev.

– Crime d'amour ? demanda quelqu'un.

– Attentat politzique, répondit l'industriel français.

Pereira, qui pourtant avait d'autres soucis en tête, se laissa happer un instant par l'histoire de cette jeune activiste russe, Tatiana Leontiev, venue abattre ici un rentier malchanceux qu'elle croyait être Piotr Nikolaievitch Dournovo, le ministre de la Police du tsar Nicolas II. Cette robe blanche traversant la vaste salle à manger, ce pistolet de femme, soudain, dans une main gantée, cette émotion brouillonne (tout un chargeur pour un seul mort !), l'ultime regard sur les sommets immaculés de la Jungfrau... Pereira regrettait de ne pas s'être trouvé là pour mettre la belle maladroite dans son lit et donner un corps à tant d'idéalisme. Le rentier aurait eu la vie sauve et la dame le cœur brisé, une meilleure raison pour finir ses jours dans l'asile de Münsingen où on l'avait enfermée.

– Savez-vous le plus fort ? Elle n'avait zamais vu le ministre Dournovo. Zamais ! Pas une zeule fois, pas même en photo !

Le zozoteur posait sur Pereira un regard écarquillé par une stupeur rétrospective.

– Elle ne connaissait que sa caricature, dans les zournaux !

Et l'industriel français de s'exclamer, avec la plus ingénue des sincérités :

– Vous reconnaîtriez, vous, un homme dont vous n'auriez vu que la *caricature* ?

– ...

Ce serait donc l'histoire de Manuel Pereira da Ponte Martins, dictateur agoraphobe et nomade, qui aurait pu comme tant d'autres finir en Europe une existence de prédateur insignifiant, mais qui se précipita vers son destin, hanté par la certitude que là-bas, à Teresina, où il avait laissé un sosie en tout point semblable à lui, régnait à présent la caricature de lui-même.

9

Et ce fut bien sa caricature que Pereira abattit, six semaines plus tard, d'une seule balle au milieu du front. Cela se passa sur la place centrale de Teresina – une place ronde cernée par des maisons en pisé et, ce jour-là, bondée de paysans.

C'était jour anniversaire. Partout dans le pays on célébrait l'avènement du saint président par une distribution générale et gratuite de *bacalhau do menino*, le plat national. À trente mètres de Pereira environ, debout sur le perron du palais présidentiel, une silhouette à demi bossue, en uniforme d'apparat (celui que Pereira portait pour l'enterrement de la sainte), remplissait à louches cérémonieuses les bols et les écuelles qui se tendaient. Pereira n'aurait su dire si cet homme était une grossière ébauche de lui-même ou au contraire un portrait trop accompli, qui aurait passé le point de parfaite ressemblance pour basculer dans l'incontrôlable bourgeonnement de tous les possibles. La dissemblance sautait d'autant plus aux yeux que l'imposteur officiait sous un gigantesque portrait, où le Pereira original rayonnait de son inaltérable beauté.

Mais ce ne fut pas la vue du nabot qui surprit le plus Pereira (quand on vogue vers l'idée de caricature, on s'attend plus ou moins à ce genre de vision), ni la cérémonie en elle-même (elle suivait à la lettre le rituel qu'il avait lui-même mis au point), ni la ferveur populaire (en cela le but, ô combien prévisible, était atteint), non, ce qui lui figea le cœur, ce fut, aux côtés de sa caricature, la présence de son père, le vieux da Ponte, de son parrain l'évêque, et d'Eduardo Rist, l'ami d'enfance. Dieu de Dieu, leur regard ! Amour paternel, dévotion épiscopale, amicale ferveur... Ces familiers couvaient l'imposteur comme s'il était réellement le fils, le filleul ou l'ami ! Légèrement en retrait parmi les ministres et les représentants des délégations étrangères, Manuel Callado Crespo, le chef des interprètes, laissait aller un œil qui prenait des notes. Et, tout autour, la foule idolâtre convergeait vers le blanc perron du palais présidentiel, devenu un autel. Pereira, qui s'était grimé pour s'y glisser incognito, une écuelle de fer-blanc à la main, comprit que même sans fard personne sur cette place ne l'aurait reconnu. Eût-il plongé ses yeux dans ceux de la marchande de serpents qu'elle lui aurait souri comme à un étranger en lui montrant l'imposteur du doigt : « N'est-ce pas qu'il est beau, notre Pereira ? » Elle aurait ajouté, en mère inquiète :

«Mais Dieu, qu'il est fatigué!» Ce qui aurait lancé la ronde des commentaires : «Oui, notre Oreille vieillit à vue d'œil, ce n'est pas rien d'être président!» «À se dévouer comme il se dévoue, il y laissera la vie...» «Mais non, un da Ponte ça ne meurt pas de fatigue!»

À coup sûr Pereira se demanda *qui* pouvait être cet inconnu à ce point capable de se faire passer pour lui dans l'âme du peuple et dans le cœur d'un père, qu'il ne prenait même pas la peine de fignoler la ressemblance.

– C'est une question sans importance, lui aurait répondu Manuel Callado Crespo, si Pereira la lui avait posée.

Et le chef des interprètes aurait probablement ajouté :

– Si, en bout de course, de dissemblance epsilonienne en epsilonique dissemblance, on leur avait collé pour ultime sosie une rombière borgne et velue comme une loutre, et si cette chose avait joué son rôle convenablement, ils l'auraient appelée mon oreille, mon fils, mon ami et mon filleul tout pareil.

– Mais vous, Callado (se serait écrié Pereira, enfin saisi par le doute), dès le premier sosie vous aviez compris qu'il ne s'agissait pas de moi?

– Oh, moi, je suis un interprète et un traducteur, aurait répondu Manuel Callado Crespo. Dans les sept ou huit langues où je navigue couramment je n'ai jamais rencontré deux mots qui signifient exactement la même chose. Je n'ai aucun mérite à repérer les sosies : la chasse à l'epsilon est mon gagne-pain.

Mais cette conversation n'aurait jamais lieu. Pereira était beaucoup trop pressé de châtier l'imposteur. En vérité, l'imposteur était déjà mort. Pereira le visait depuis le premier coup d'œil. («Vise avant de dégainer, lui avait appris le Général Président, et ne tire que pour confirmation.») Pereira tenait au bout de ses yeux quelque chose de lui qui lui avait échappé et qui devait disparaître. «Cette beauté, dit une jeune femme dans la foule, c'est la beauté du bien.»

Pereira laissa tomber son écuelle et fit feu.

Quand la garde du palais eut fait évacuer la place en tirant par salves devant les pieds et au ras des têtes, on ne retrouva de Manuel Pereira da Ponte Martins, le vrai, dictateur écharpé par la foule, qu'un magma méconnaissable d'os et de chair broyés. Il fut jeté à la fosse aux engrais et l'on fit à l'approximatif sosie qu'il avait abattu des funérailles où le peuple, le gouvernement, la famille et les amis versèrent les mêmes larmes. L'évêque fit au Vatican une demande en béatification, le vieux da Ponte mourut de paternel chagrin et l'ami Eduardo Rist hérita du pouvoir resté vacant.

Voilà, c'est cette histoire qu'il aurait fallu raconter.

II

Ce que je sais de Teresina

1

Ce que je sais de Teresina tient en un souvenir nocturne : cette lueur blanche qui danse au pied d'un réverbère, sous les yeux de deux rieurs accoudés à une bicyclette.

Là est la vie, se dit Manuel Pereira da Ponte Martins, avant que la foule ne se referme sur lui.

«Là est la vie», se dit-il, fugitivement, dans son rêve.

Or, cette vision, ou plus exactement le souvenir que j'en ai : ce réverbère perdu dans la nuit de Teresina, ces deux hommes vus de dos, le rire silencieux de leurs épaules, la bicyclette sur laquelle ils s'appuient, et cette lueur dansante que me cachent leurs pieds, est la raison d'être de ce livre, son acte de naissance.

Elle est consignée dans une lettre que j'écrivais à un ami, en novembre 1979.

Je vivais avec Irène, alors, au Nordeste du Brésil, à Maraponga, faubourg de Fortaleza, capitale du Ceará. Irène enseignait. Moi, je passais le plus clair de mon temps entre ciel et terre, suspendu dans mon hamac, à imaginer des romans que je n'écrivais pas.

Pour le reste, je regardais autour de moi. Mes lettres rendaient compte à l'ami.

2

Il est vrai que le dictateur brésilien de l'époque avait publiquement déclaré préférer l'odeur des chevaux à celle du peuple. Il est vrai que courait sur lui la plaisanterie du dictionnaire : « Encore un attentat contre le Président ; on lui a lancé un dictionnaire ! » Il est vrai que les Pereira et les Martins ne manquent pas, sur le continent sud-américain. Il est vrai aussi qu'à Fortaleza, j'ai vu une sorcière blanche dire l'avenir à une bande d'anthropologues extatiques qu'elle aspergeait de parfum en tournant comme une toupie pendant que je m'ennuyais ferme. Il est vrai que dans le même État du Nordeste brésilien, un médecin *fazendeiro* de notre connaissance soignait gratuitement les paysans qu'il affamait sur ses terres et que, s'il est mort aujourd'hui, ce doux esclavagiste est probablement célébré comme un saint. Il est tout aussi vrai qu'à l'hôtel Victoria d'Interlaken, en Suisse, la socialiste révolutionnaire maximaliste Tatiana Leontiev (l'historien Jacques Baynac lui a consacré un livre : *Le Roman de Tatiana*) abattit un rentier qu'elle croyait être le ministre Dournovo, dont elle n'avait vu que la caricature. Cela se passa le 1ᵉʳ septembre 1906, à 12 h 45 précises. Lors de l'enquête, Ernst Hofweber, le maître d'hôtel, eut cette phrase : « Une caricature ressemble facilement à tout le monde. »

Il est vrai encore que Yasmina Melaouah, Manuel Serrat Crespo, Évelyne Passet, et quelques autres chez mes amis traducteurs, doutent que « la fenêtre », « la janela », « das Fenster », « the window » ou « la finestra » désignent exactement la même chose, puisque aucune n'ouvre sur les mêmes bruits ni ne se referme sur les mêmes musiques.

Mais le point de départ de cette histoire, la fenêtre par où j'y suis entré, reste cette lueur blanche dans la nuit de Teresina, capitale du Piauí, au pied de ce réverbère, sous les yeux de ces deux hommes, qui rient silencieusement, accoudés à une bicyclette.

3

Nous revenions de Brasília à Fortaleza, Irène, Gouvan et moi, dans un avion qui perdait son huile en plein vol. Les passagers ignoraient ce détail. Chacun rêvassait dans sa nuit propre, à l'exception de mon voisin de fauteuil, un chimiste de renom qui, le stylo à la main, ne quittait pas ses formules des yeux.

En ce temps-là, Brasília se construisait encore. De l'avis général, cette ville ne servait à rien, une capitale fictive, un dortoir que désertaient les membres du gouvernement après chaque Conseil des ministres, les uns pour rentrer dormir à Rio, les autres à São Paulo. Quant aux ouvriers, on les parquait pour la nuit dans des baraquements alentour qui firent bientôt à la ville un anneau de misère. Brasília n'était que la chambre d'enregistrement des lois fédérales brésiliennes. Mais une splendeur, une ville-monument, une sorte de nouveau-né millénaire posé sur le dos du monde, à 1 200 mètres d'altitude, pour épater les Martiens.

J'écrivais mentalement ma lettre à l'ami, dans l'avion qui perdait son huile. Comment lui communiquer cette sensation *physique* qu'on éprouvait, à Brasília, d'habiter sur une planète ? La ville était à peu près vide, les arbres n'y avaient pas encore poussé, partout où portait le regard l'horizon faisait une courbe sous un ciel absolu. Cet élancement si léger de verre et de béton, toute cette gracieuse inutilité à formes d'oiseau semblait ne jaillir là que pour parler aux astres. D'où un sentiment de solitude cosmique où les superstitions puisaient leur aliment.

Le bruit courait que Brasília serait un jour la capitale des sectes. Déjà les trafiquants de songe vendaient des petits carrés de terre découpés autour de la ville, car les extraterrestres viendraient à Brasília sauver les rescapés d'un cataclysme prévu pour 1984 – Orwell oblige.

« La terre est ronde, Brasília en est la preuve » ; je devais fourbir ce genre de formules pour ma lettre à l'ami, quand la voix de mon voisin, le chimiste, me tira de ma rêverie :

– Vous êtes émotif, Pennac ?

– ...

– Parce que nous perdons de l'huile, ajouta-t-il après un bref coup d'œil par le hublot.

4

J'ai toujours aimé le silence. Je l'aime avec passion, comme d'autres aiment la musique. Ce que je reproche le plus à l'acouphène qui me traverse le crâne depuis quelques années, ce n'est pas de faire du bruit, c'est de me priver de silence. J'ai dans la tête une fuite aiguë – gaz? vapeur? fraise de dentiste? cigale folle? – qui me vole les qualités du silence. Quand tout se tait, je suis suspendu dans l'espace par cette note unique. Mais à l'époque dont je parle, ah! les beaux silences! j'en faisais collection. Celui qui s'installa dans notre avion, après que le commandant de bord eut confirmé le diagnostic du chimiste, y tient une bonne place.

Désolé.

Une avarie.

Contraints de nous détourner.

L'aéroport le plus proche.

Si possible.

Pas de panique.

Silence compact ; matière humaine à l'état brut, où se nouait ma propre peur. Un des plus beaux silences de ma collection.

...

(Pour en trouver un aussi « habité », il faut, toutes catégories confondues, remonter au silence de mon père immergé dans ses lectures : fauteuil, lunettes, vieux pull de laine, cône de lumière, fumée de pipe, promenade du médius et de l'annulaire sur sa tempe, jambes croisées, balancement léger du pied droit, la ponctuation d'une page qu'on tourne... Il n'était jamais aussi présent que lorsqu'il nous abandonnait dans ce silence-là.)

...

Nous perdons de l'huile...

Il y a donc de l'huile dans les réacteurs des zincs ?

On ne voyait rien par les hublots. Juste ce filet de fumée blanche fusant dans la nuit noire, entre deux tôles du réacteur. Cela faisait un trait phosphorescent dont chacun imaginait qu'il pouvait s'embraser d'une seconde à l'autre.

– Où sommes-nous ? demandai-je au chimiste.

Il jeta un coup d'œil à sa montre :

– Quelque part au-dessus du Pernambouc, ou du Piauí. Dans l'intérieur, en tout cas.

5

L'intérieur...

Comment s'appelait-elle, la pauvre, qui est morte quelques mois plus tard? C'était une élève de l'Alliance française, à Fortaleza. Entre ses cuisiniers, ses femmes de chambre, ses bonnes d'enfants, ses jardiniers, le chauffeur de son mari et le sien, elle avait neuf *empregados* à son service. De ces employés de maison, tous venus de l'intérieur, elle disait, sans rire :

– Ils m'ont permis de m'émanciper.

C'était une femme de gauche. Elle avait lu Beauvoir. Elle connaissait dom Hélder Câmara, l'«évêque rouge». Elle posait des questions charmantes, dans un français grammatical :

– En France, vous arrive-t-il parfois de voyager dans l'intérieur?

Soledad, du haut de ses vingt ans, et de sa bouche édentée par l'incroyable distance sociale, demandait la même chose :

– Chez toi, tu vas dans l'intérieur ?

C'est que les Brésiliens vivent acculés à l'océan par l'immensité intérieure. Ils tournent le dos à la terre, ils portent leur regard vers le néant du large. D'où Brasília, comme nécessité d'ériger une capitale au milieu de nulle part, pour conjurer les démons de l'intérieur.

Ce n'est pas une fable, ces démons, si on en croit ce que chantent les poètes de cordel, sur les places de l'intérieur : on envoie des soldats – une section – pour régler un problème paysan dans les profondeurs du sertão : les soldats disparaissent. On envoie une compagnie ; la compagnie revient en morceaux. (Cela se passe en 1896, dans le Nordeste, du côté de Juazeiro do Norte. Euclides da Cunha, journaliste de ce temps, fait la chronique de cette tragédie dans un gros livre au titre sobre : *Os Sertaoes*.) On envoie un bataillon ; le bataillon est avalé par le sertão. On envoie un régiment ; on retrouve les uniformes accrochés aux arbres de la caatinga, les têtes tranchées des soldats se faisant vis-à-vis sur le chemin de la déroute, et le corps du colonel, qui pourtant s'appelait César, empalé. (Quatre-vingts ans plus tard, Vargas Llosa à son tour écrit là-dessus un bon millier de pages : *La Guerre de la fin du monde*.) On appelle une brigade de l'armée fédérale, qui s'illustra dans sa victoire contre le Paraguay ; la brigade est défaite. Il faudra le tiers de l'armée brésilienne, de l'infanterie, de la cavalerie, de l'artillerie, un déploiement de forces inouï pour, finalement, écraser ces paysans sous les pierres de leur village : Canudos. Quelques centaines d'hommes, de femmes et d'enfants, guidés par un chef cocu, chaste et mystique, un boiteux à jamais légendaire, Antonio Concelheiros.

— Comment cela est-il possible ? se demandait-on dans les salons, face à la mer.

Dans l'intérieur, les duettistes de la littérature de cordel chantent encore l'épopée des Canudos sur leurs guitares éraillées.

6

Les démons de l'intérieur... Tout ce qui, semblant naître de nulle part, se trouve soudain là.

Ils nous sont apparus le jour où Gouvan nous emmena, Irène et moi, voir la *Concha acústica*, aux environs de Brasília.

Le fait est que pour un amateur de silence...

La *Concha* était un opéra en plein air où les Pavarotti du moment étaient censés venir pousser leur note. Mais pour quel public? Il n'y avait, à perte de vue, que la broussaille du *mato*, découpée par cet horizon courbe qui ne promettait rien. Si bien que la *Concha* semblait un monument à la gloire de la solitude et du silence. Nous étions venus dans une voiture de location. Nous sommes restés un bon moment debout à côté de nos portières ouvertes.

Le réel, c'est ce qui cloche.

Pas un oiseau.

Pas un souffle d'air.

Quelques insectes.

Et cet opéra.

Le vide des gradins, convergeant vers le puits muet de la scène.

Juste nous trois au-dessus de ce trou immense, vaguement grec, puissamment bétonné, conçu pour accueillir le bruit des hommes jusqu'à la fin des temps.

On pouvait entendre le capot de la voiture refroidir.

Évidemment, un opéra pour nous seuls sur une planète inhabitée, c'était tentant. Nous voilà dévalant la travée centrale pour aller déclamer au profit du néant. Trois jeunes crétins occupés à taguer le ciel, ni plus ni moins. Je garde le souvenir d'Irène et de Gouvan assis sur les gradins, un peu enlacés, à jouer au public innombrable. Qu'est-ce que je récitais, moi, sur la scène ? Les stances du *Cid* avec la voix de De Gaulle probablement, une spécialité usée de mon adolescence. Ou une variation sur le discours du Québec, adapté à la question agraire brésilienne : « Vive le sertão libre ! » De longues périodes gaulliennes pour la redistribution des terres aux paysans du Nordeste...

Jusqu'à ce que le coin de mon œil soit attiré par une présence, là-haut, sur les gradins, à ma droite.

On nous regarde.

On nous écoute.

Nous ne sommes pas seuls.

La *Concha acústica* n'a pas été creusée en vain.

C'était un grand chien jaune à taches grises. Il se tenait là-haut, droit sur ses pattes, la tête pendant vers notre profondeur, très attentif. Salut, le chien. Il a juste levé un œil vers l'autre extrémité des gradins. Je me suis retourné : un autre chien. Aussi grand que le premier, mais noir et frisé comme un briard. L'un et l'autre très maigres et très puissants, et très absorbés par notre présence au fond du trou.

C'est une chose de faire le mariole pour un public acquis, mais ces nouveaux venus avaient l'air plus exigeant. J'ai rejoint Irène et Gouvan, je leur ai montré les chiens du doigt, et le spectacle a soudain changé de point de vue. Les deux grands chiens n'étaient pas seuls. À vrai dire, ce fut comme l'apparition des Apaches dans un film de John Ford. Ils étaient une trentaine au-dessus de la scène, tête baissée, le museau vers nous, leurs épaules creuses découpées sur le ciel. Gouvan a blêmi.

– On s'en va.

– Sans courir, dis-je.

– Et en continuant de déconner, conseilla Irène.

Les chiens aussi se sont mis en route. Ils se déployaient en deux demi-cercles, suivant la courbe de la conque, l'œil sur nous, le dos creux, leurs chefs en tête. D'où sortaient-ils ? Il s'agissait de remonter l'allée centrale et d'atteindre la voiture avant que ces apparitions ne nous ferment la route... Lentement, marche par marche, et la voix claire si possible. Il y avait là toutes les combinaisons imaginables de molosses et de corniauds, clébards en récente rupture de maîtres ou vieux baroudeurs rendus à l'état sauvage depuis plusieurs générations. Toutes les races, toutes les marques, tous les styles, tous les mélanges, mais des blessures, tous, les côtes saillantes, tous, l'œil pareillement fixe, et la démarche silencieuse. J'en ai compté seize, rien que sur ma gauche. Qui aime les chiens se méfie de la chiennerie ; c'est mon cas. Qu'un seul d'entre eux eût l'idée de couper par les gradins et ils nous tombaient tous dessus en même temps.

Inutile de poursuivre ce faux suspense ; si je m'en souviens aujourd'hui, c'est que nous nous en sommes sortis. Mais de justesse. Nous n'avons pas tenu jusqu'au bout ; nous avons couru les derniers mètres. Comme prévu, ils se sont jetés sur le gibier. Ils ont rebondi contre les portières claquées de la voiture qui démarrait en trombe.

7

Une autre vision fantasmatique de l'intérieur : la mygale qui brûle sans se consumer, sous les yeux de Soledad. On la tue pour ne pas se faire piquer. On la brûle à l'alcool pour que ses œufs n'éclosent pas dans son cadavre. Et voilà que ce corps noir flambe sans fin, pattes ouvertes au ciel, se calcifie sans rapetisser, n'en finit pas de s'éteindre... Morte, elle paraît comme vive ; une authentique image de l'enfer : irréductible.

Une fois la mygale éliminée, on se fait bouffer par les moustiques, qu'elle mangeait.

On apprend à préférer les mygales.

D'ailleurs, elles ne piquent pas.

8

Les démons de l'intérieur... Brasília était encore en construction que six psychanalystes y avaient déjà ouvert leur cabinet.

9

J'écrivais ce genre de choses à l'ami. Des histoires d'intérieur. Celle de ce train éphémère, par exemple, qui déposa au cœur de l'Amazonie tous les matériaux nécessaires à la construction d'une ville nouvelle pour coupeurs de bois ; une ville complète, avec piscine, salle de police et piste d'atterrissage. Le train s'enfonçait dans un tunnel de deux mille kilomètres de verdure, creusé au fur et à mesure de son avancée par les ouvriers nordestins qui posaient les rails devant la locomotive. Quand la ville fut construite, le train rentra chez lui en avalant sa voie ; les ouvriers démontaient les rails, en chargeaient les wagons, et la forêt se referma sur ce qui ne fut même pas le souvenir d'une voie ferrée.

Est-ce Gouvan qui a pris cette photographie de la locomotive abandonnée, quelques semaines plus tard ? Le chiendent a saisi les roues, une liane serpente jusqu'aux commandes.

10

Bon, me voilà coincé dans cet avion; hier par la peur, aujourd'hui par la recherche du souvenir et le choix des mots.

En tout cas, c'est cette nuit-là que j'ai entendu le nom de Teresina pour la première fois. Il est tombé du haut-parleur avec la voix du commandant de bord qui annonçait une tentative d'atterrissage.

Teresina...

– La capitale du Piauí, m'expliqua mon voisin le chimiste. Je doute que l'aérodrome soit aux dimensions de l'appareil, ajouta-t-il avant de se replonger dans son travail.

Le silence du chimiste aussi fait partie de ma collection – catégorie britannique, sous-ensemble ostentation. Quant à celui des autres passagers, c'était le silence de la prière qui tourne sur elle-même. Des propositions de l'âme à toutes les divinités disponibles. Et il ne devait pas en manquer, dans cet avion, depuis le temps que les anges du sertão copulent avec les esprits des Caraïbes sous la bénédiction du Christ, de la Vierge et de tous leurs saints. Il a dû s'en faire, des promesses de pèlerinages, durant notre descente sur Teresina ! Et s'en dépenser, des petites fortunes en ex-voto ! Et des investissements en repentirs ! Comme il arrive qu'on réclame d'urgence la présence d'un médecin en cas de malaise, je n'aurais pas été surpris d'entendre le haut-parleur demander une Mère des saintes pour nous prédire notre avenir immédiat.

Dans ce genre de circonstances, on ne méprise pas les superstitions. On s'accroche à son siège et on pense à ce qu'on peut. La couche est mince, dans un avion qui tombe, entre un esprit qui s'affirme libre et un qui se croit habité. L'un comme l'autre refusent cette occasion unique de s'élever. Ils voudraient juste vivre encore un peu : tomber en douceur.

Il n'est pas impossible que j'aie pensé à notre ami Geraldo Markan, pendant qu'Irène et moi placions toute notre mystique dans notre ceinture de sécurité. Geraldo ne se trouvait pas avec nous dans l'avion mais il croyait en ces choses de l'au-delà... il y croyait absolument mais – comment dire ? – avec une absolue légèreté. La grâce avec grâce... C'est de Geraldo Markan que je tiens l'histoire du professeur parti consulter une sorcière blanche pour savoir s'il décrocherait la chaire d'anthropologie religieuse de telle grande université, puis fonçant chez une sorcière noire pour éliminer ses concurrents. Geraldo racontait ça avec un sourire qui lui frisait les moustaches. Qu'un anthropologue pût s'adonner aux superstitions qu'il était chargé d'étudier ne le scandalisait pas plus que la découverte d'une conviction politique dans la cervelle d'un historien. Peut-être estimait-il que cette dualité constitue, tout bien réfléchi, le seul objet d'étude qui vaille. S'il avait été avec nous dans l'avion qui perdait son huile et si nous en avions profité pour parler superstition, Geraldo m'aurait probablement dit :

– De deux choses l'une, ou nous nous écrasons et le débat sur la superstition est clos, ou nous atterrissons et, dans une vingtaine d'années, tu apprendras que le président socialiste que tu souhaites à ton pays avait consulté la Mãe Branca de chez vous pour accéder à ce trône laïc.

Nous avons atterri, vingt-trois ans se sont écoulés, le président a régné, puis il est mort, et à l'heure même où j'écris ces lignes (mardi 10 avril 2001) l'astrologue qu'il visitait effectivement vient de se voir octroyer un doctorat en sociologie par l'Université de la Sorbonne.

Rien de moins.

La situation épistémologique de l'astrologie à travers l'ambivalence fascination/rejet dans les sociétés postmodernes...

Sans rire.

Si je m'en étais offusqué, dans cet avion, Geraldo aurait probablement répondu :

– Pourquoi pas ? Al Capone n'aurait-il pas été le mieux placé pour soutenir une thèse de sociologie sur le grand banditisme, *mythe et réalité dans la tribalité contemporaine* ?

Sur quoi, Geraldo aurait sorti le minuscule peigne d'ivoire avec lequel il remettait sa moustache d'équerre après ces petits plaisirs de l'esprit.

11

Bien entendu, je ne pensais pas à Geraldo Markan dans l'avion qui perdait son huile, mais Irène vient de m'apprendre sa mort. On l'a retrouvé chez lui, dans sa maison de Fortaleza. Était-ce encore la maison où chuchotait cette fontaine, dans l'entrée?

Que nous y croyions ou non, nous nous faisons de l'au-delà l'image d'un ici-bas revu et corrigé. Notre paradis intime est peuplé de ceux qui nous ont rendu l'existence supportable. Élus par l'idée que nous nous faisions d'eux, ils y trônent à la droite de notre absence, pour ce qu'il nous reste d'années à tirer. (Avec quelques emmerdeurs, par nécessité de contraste.) La question de savoir si nous les retrouverons à notre propre sortie n'a d'intérêt que si l'on en débat avec un ami charmant, dans un hamac si possible, et si possible dans une maison dessinée pour Corto Maltese.

Telle était la situation, cet après-midi du mois de novembre 1980 où nous bavardions, Geraldo Markan et moi, sous la véranda de Maraponga, chacun dans son hamac. (De quoi parlions-nous ? Ma mémoire n'a retenu que le visage et la voix de Geraldo, la modulation alanguie de sa pensée, la bienveillance dans ses yeux, l'effet de sagesse qui émanait de ses moindres blagues, son sourire anticipé ; la plupart des sujets, eux, se sont perdus dans le temps. C'est sa musique intime que Geraldo m'a laissée en héritage.)

Toujours est-il que cet après-midi-là, à Maraponga, un ivrogne nous interrompit en surgissant sous les arbres. Haillonneux, décharné, dans un état d'agitation extrême, les yeux exorbités par la *cachaça*, il fonçait vers nous en slalomant entre les cocotiers. Il poussait des cris de terreur, il affirmait être poursuivi par un fantôme. Il lui fallait absolument vingt *cruzeiros* pour brûler un cierge à santa Rita, qu'elle fasse « remonter » le fantôme. Si nous étions de bons chrétiens, nous...

Geraldo débile débita sans discuter.

Surpris, Cachaça cessa de brailler et négocia à la hausse. Avec cinquante *cruzeiros* le cierge serait plus gros et l'ascension du fantôme plus rapide.

Geraldo refusa :

— Je le connais, ton fantôme, c'était un voisin, un brave type, très peu de péchés sur la conscience, il ne pèse pas lourd, vingt *cruzeiros* suffiront à santa Rita pour le remonter là-haut.

Cachaça eut un instant de méfiance.

– Si tu le connais, pourquoi n'as-tu pas brûlé le cierge toi-même ?

– Parce que je suis avare. Si toi tu les brûles, ces vingt *cruzeiros*, c'est ton argent que tu dépenseras.

Et voilà. Petit peigne à moustache.

12

Un matin que j'écrivais à l'ami (peut-être lui racontais-je l'histoire de l'ivrogne), une jeune femme se présenta sous la véranda de Maraponga. Je quittai ma table pour l'accueillir. Elle demandait l'autorisation d'attendre là que la pluie cesse.

Or il ne pleuvait pas.

Ciel radieux, même.

C'était une fille d'une trentaine d'années, aux yeux gris, à la robe stricte, cheveux tirés et talons plats. Je ne l'avais jamais vue. Elle ne venait ni de la favela ni des maisons voisines. Soledad lui proposa une tasse de thé. Elle préféra de l'eau de coco. Quand nous revînmes avec la noix tranchée, elle était installée dans le hamac, à surveiller le ciel.

J'ai repris ma lettre à l'ami, ravi de cette aubaine anecdotique. De temps en temps, je jetais un coup d'œil à notre visiteuse par les persiennes qui rayaient mon bureau. Bien que Soledad lui supposât une *cabeça fraca* (un léger grain), elle sirotait son eau de coco avec une parfaite tranquillité. Rien d'autre dans son attitude que la sage patience d'une femme qui attend la fin d'une averse pour reprendre sa route.

Quand je racontai la chose à Geraldo Markan, il répondit, le plus sérieusement du monde :

– C'est qu'il devait pleuvoir ailleurs.

13

Geraldo trône dans mon paradis. Avec mon père,
avec Dinko, avec Soulat, Mounier, Jean et Germaine,
avec Aymé, P'tit Louis et Patrick, mon lapin de
garenne, avec ma pauvre et radieuse Cécile, qui riait
tant au couacadi de Tardieu, avec la si belle, si vive,
si délicieusement gaffeuse cousine Monette, avec
Mathilde maintenant, Thildou la tant aimante, et
Thierry notre bâtisseur, enlevés l'un après l'autre
pendant que, insouciant du pire, j'écrivais une de ces
pages, avec le chef Thomas de mon enfance, avec
mon vieux Philou qui rêvait l'Amazonie, avec Annie,
hier, l'Annie de Sylvère, si gracieuse en son âge de
vieille dame, et avec tous ces autres qui seraient bien
surpris d'apprendre, dans leur hypothétique éternité,
que leur souvenir me fait, chaque jour, une acceptable raison d'être. C'est mon Olympe, c'est mon académie, c'est ma tribu, c'est moi – un des rares moi
qui vaillent, en tout cas.

14

Tout cela se passait il y a longtemps : l'instant
d'une vie. L'avion s'est posé, Geraldo est mort; Alice,
Tiago, Janou, Roland, Gilles, Louna, Laetitia, Antoine,
Élise, Aurélie, Rémy, Victor et beaucoup d'autres
sont nés; Soledad, Emmanuelle, Loïc, Jérôme, Vin-
cent, Mélanie, Christophe, Alban et Sophie sont
aujourd'hui des femmes et des hommes; sur ces
marées du temps, le Brésil a pris l'apparence d'une
démocratie, le *cruzeiro* s'est changé en *real*, le *real*
s'est aligné sur le dollar, le littoral continue d'attirer
à lui les affamés de l'intérieur, Fortaleza est devenue
une station balnéaire réputée, quelque buildings ont
fini par pousser sur Teresina, des empires se sont
effondrés, l'Europe est allée de droite et de gauche,
s'agrégeant et se craquelant, l'Afrique se meurt de
tous les maux pendant que l'universel commercia-
lisme prétend éradiquer les «ismes», quelque deux
mille élèves ont traversé mes classes, des couples et
des amitiés se sont défaits, d'autres se sont noués,

Minne et moi nous sommes rencontrés, Irène et moi nous sommes séparés et, dans la maison du Vercors que Christopho a retapée, j'ai écrit des livres, jamais rien sur le Brésil.

C'est au dormeur du sertão que je dois ce scrupule.

Encore une histoire d'intérieur.

15

Le dormeur du sertão était un universitaire venu faire le tour du Brésil à des fins de publication définitive. Pour l'apparence, Tartarin de Saint-Germain, ses stylos en batterie dans les cartouchières d'une saharienne de baroudeur. Pour l'intérieur de la tête, un gros bébé lové dans la matrice des concepts. Pour le social, professeur ici, nourri au jus de thèses, chroniqueur là, auteur évidemment, et un peu éditeur, collectionneur de commissions et de jurys, bien en cour chez untel, pas trop mal chez tel autre, un pion sur chaque case de l'échiquier, un homme à tous hasards, un sujet en quête d'importance : ministre un jour ou l'autre, ou diplomate, ou conseiller du prince.

Il voulait, bien entendu, « aller dans l'intérieur ». Il voulait voir ce prêtre, par exemple, dont on lui avait dit qu'il défendait la cause paysanne.

Or, le prêtre était invisible. Même pour un témoin venu d'Europe. Deux tueurs à gages envoyés par un quelconque *fazendeiro* lui avaient tiré dessus. Les

93

sertanejos prétendaient qu'ils étaient entrés à cheval dans son église. Un autre prêtre était mort, lui s'en était sorti, protégé par ses ouailles. On l'avait caché quelque part dans la caatinga.

Mais le dormeur du sertão voulait « témoigner ».

Le prêtre, le prêtre, absolument !

De filtre en planque nous avons mis quelques jours à le trouver. C'était un vieux jésuite belge (ou hollandais ? ou canadien ?) d'une inusable maigreur. La première chose qu'il nous montra dans la maison qui l'abritait fut une de ces moulinettes à main, en fonte rouge, où les bouchers de mon enfance passaient la viande de cheval dont ma mère nous faisait des tartines. « Je vous présente mon dentier », nous dit-il avec un sourire de gencives. Les quelques dents qu'il n'avait pas perdues, il les avait arrachées lui-même, histoire de « régler le problème une fois pour toutes ». Il nous offrit de l'eau de coco, il nous proposa des hamacs. Notre témoin sortit son calepin et posa sa première question. Elle avait trait aux problèmes agraires, c'était le lieu. Le jésuite élabora une réponse technique. En l'occurrence, il se voulait moins évangéliste que juriste. Il apprenait le droit aux paysans pour qu'ils pussent veiller eux-mêmes à l'application des lois de 64, votées à Brasília, et qu'aucun propriétaire terrien ne respectait dans le Nordeste : quotas de métayage par rapport aux taux de production, droit de vente sur les marchés, etc. Apprendre à ces *sertanejos* la lecture, la rédaction, et la valeur légale d'un contrat, les persuader de ce que cette légalité n'était pas fictive... Pour l'heure, le jésuite s'occupait plus particulièrement de soixante familles expropriées par un *fazendeiro* contre toute espèce de droit. Il fallait trouver de quoi héberger cette petite foule jetée dans le sertão, qu'elle n'aille pas grossir une quelconque favela...

Ce genre de choses...

Oui.

Oui, oui...

Mais notre témoin historique s'était endormi.

Dans son hamac.

Un calepin sur le ventre.

Le dormeur du sertão.

Le jésuite nous pria de ne pas le réveiller et la conversation se poursuivit entre nous. Quand nous en vînmes au chapitre de la sécheresse, et au moment même où le jésuite nous parlait irrigation, sa voix fut couverte par un grondement annonciateur d'orage. Ce n'était pas l'eau du ciel, c'était le dormeur du sertão qui ronflait.

16

Je garde un souvenir lumineux de ce jésuite. Au sens propre – c'est une histoire sous le soleil. Il avait mis au point un système de gouttières qui serpentaient dans le village pour converger vers une citerne où, du premier au dernier jour de l'année, se recueillait chaque goutte de la plus petite pluie.

– Au total, de quoi faire pousser des jardins, si les *fazendeiros* voulaient bien construire partout des citernes !

D'après lui, une partie de la question tenait à ça : les grands propriétaires terriens refusaient d'investir dans les citernes. Ils s'accommodaient de l'aridité du sertão. L'immensité de leurs domaines garantissait leurs gains et le manque d'eau maintenait les *sertanejos* en état de dépendance. Les propriétaires restaient libres de leur envoyer ou non des camions-citernes.

Sous la douche que nous offrit le jésuite, les grenouilles jaillirent avec l'eau. Nées dans la nuit du réservoir, elles nous tombèrent sur la tête avant de se coller aux parois de ciment. De minuscules grenouilles translucides, petites flaques palpitantes, éberluées.

– Et on voudrait nous faire croire à la fatalité de la sécheresse !

17

Suit un souvenir d'ombre : la maison familiale du
fazendeiro devenu, pour les besoins de la fiction, le
père de Manuel Pereira da Ponte Martins, dictateur
à l'enfance silencieuse. Un des plus gros propriétaires
terriens du Nordeste. Mais il ne menait pas grande
vie sur le littoral, comme la plupart de ses semblables
qui se contentaient de confier leurs terres à des intendants. Il vivait sur place, lui, au cœur de son empire,
avec son monde. C'était un médecin doux et petit, qui
régnait sur un territoire vaste comme un de nos
départements. Il pouvait aller de chez lui à Fortaleza
par la voie ferrée. Sa Land Rover roulait sur les rails :
«Beaucoup plus rapide que la route.» Il suffisait
d'arrêter les trains pour le laisser passer.

Il nous reçut à voix basse, dans une pièce monumentale où brodaient des paysannes. La fille du
doutor se mariait dans six mois ; ces femmes préparaient son trousseau. Elles travaillaient à la lueur de
fenêtres qui n'éclairaient que leur ouvrage. Le centre

de la pièce, où nous entretenait le *doutor* (il ne quittait jamais sa blouse blanche), restait dans la pénombre. Le *doutor* nous chuchotait la rude vie d'ici, la sécheresse du sertão, les dures lois du marché, ses longues journées d'hôpital où il soignait gratuitement les paysans (il offrait des cures de Coca-Cola aux enfants déshydratés), les misères des uns et des autres : « Je les écoute, surtout, ils me parlent et je les écoute. » De la cuisine voisine montait le fumet d'une soupe populaire qui, à quelques fioritures près, constituait aussi l'ordinaire familial. Des femmes et des enfants attendaient sur le pas de la porte, une écuelle à la main. « Nous sommes une grande famille, il faut nourrir tout le monde. » Et la famille s'entendait bien : amour paternel du *fazendeiro* pour ses *sertanejos*, amour filial des *sertanejos* pour le *doutor*, radieux amour de tous pour la jeune fille qui allait se marier, amour indiscutable des fils pour le père, amour charmant de la sœur pour les frères, amour de tous pour le Christ, crucifié dans chaque pièce... Si je ne garde pas le souvenir de la mère, c'est qu'elle devait être nulle part et partout, invisible liant de cette béchamel amoureuse.

Je le dis aujourd'hui avec ironie, mais je me souviens très bien de m'être laissé charmer par cette tranquillité féodale. L'atmosphère tranchait avec la brutalité affichée des pouvoirs en place : arrogance rigolarde du dictateur, froides milices des gouverneurs, barrages de police qui rackettaient les voyageurs à proximité des villes, assassinats de leaders syndicaux ou d'écologistes amazoniens, massacres d'Indiens, tortures d'étudiants, opposants exilés, manifestants de São Paulo déchiquetés par des chiens, enfants abattus sur les collines de Rio... Absolument inimaginable dans la maison du *doutor*. Pas de violence en ce havre, et pas de gros mots. D'ailleurs, peu de mots.

Quel fils aurais-je été, quel homme serais-je devenu, né dans ce cocon ? Quel chemin un enfant, conçu chez le *doutor*, pouvait-il emprunter pour se rendre de ce nid d'amour jusqu'aux étranges contrées du droit ? Comment, regardant par la fenêtre, pouvait-il imaginer que ce bonheur-ci fût *du même ordre* que cette violence-là ? Comment admettre que le père nourricier fût aussi l'affameur, et sa paternelle charité l'auréole d'un paternalisme meurtrier ?

Non, si les démons de l'intérieur se réveillent un jour pour écharper le *doutor*, ses fils ne le comprendront pas. Que trois ou quatre générations plus tard les manuels d'histoire accordent une légitimité à ce massacre, ses arrière-petits-enfants ne le comprendront pas davantage. Un homme si bon...

Quand le soleil sombra, les brodeuses nous quittèrent et le docteur alluma la lumière. C'était une ampoule de soixante watts qui pendait, nue, à un grand fil. Elle n'éclairait que le centre de la pièce ; les murs et le plafond s'évanouirent. On allumait l'ampoule en la vissant d'un quart de tour sur sa douille. Un quart de tour à droite, lumière ; un quart de tour à gauche, au lit.

Les chasseurs de jésuites avaient-ils pris leurs ordres sous cette ampoule ? Ou sous une autre toute semblable ?

Quoi qu'il en soit, si on raconte un jour l'histoire de Manuel Pereira da Ponte Martins, dictateur déboussolé, je le verrais assez bien naître dans ce genre de paradis.

18

Deux mois plus tard, nous reçûmes la publication du dormeur du sertão par la poste : un tour complet du Brésil, où João Pessoa, capitale portuaire du Paraíba, devenait une « petite bourgade de l'intérieur » (Toulon, gros village du Cantal...), où Gilberto Freyre, le plus célèbre des sociologues brésiliens, devenait « romancier » (comme disait le dramaturge Auguste Comte...) et où notre jésuite se livrait à un long monologue dont le dormeur s'affirmait le dépositaire attentif.

– Un homme de terrain, commenta Irène.

Qui ajouta :

– Le sien.

Je dois à ce champion du « témoignage » ma vocation de romancier.

19

Il nous arrivait toutes sortes de visiteurs. Cet archi-
tecte gentiment bab', par exemple, qui, après s'être
recueilli à Brasília devant l'œuvre immense de Nie-
meyer, voulut lui aussi monter jusqu'au Ceará, et
qu'on le promène « dans l'intérieur ».
Nous voilà roulant tous les deux sous le soleil
blanc, direction Canindè, peut-être...
Tout à coup, dans cette monotonie ocre-gris, apparut un grand champ à la sortie d'un virage, comme
une explosion de verdure.
— Arrête-toi, cria mon passager, arrête, arrête !
Tout juste s'il ne sauta pas en marche.
— Cette *herbe* !
Il hurlait, les yeux hors de la tête.
— Putain, cette *heeeeerbe* !
Je ne me suis pas arrêté. Il serait encore en train
de fumer un champ de manioc.

20

S'il n'avait tenu qu'à lui, l'ami Gouvan (celui qui avait échappé avec nous aux chiens sauvages de la *Concha acùstica*) aurait coupé les couilles du dormeur du sertão, celles du jésuite, celles du *doutor* et celles du baba cool tout ensemble; il aurait envoyé les classes moyennes de la côte et les industriels du Sud fertiliser la caatinga avec les larmes du repentir, il aurait confisqué leurs lunettes aux intellectuels pour leur coller la réalité sous le nez, il aurait éradiqué les religions, déraciné les superstitions, rééduqué les paysans inféodés, chassé le traître jusqu'au fond des consciences, débusqué l'ennemi de classe jusque dans le cœur de l'enfant...

Quand je lui opposais que le Cambodge de Pol Pot venait de perdre à ce traitement deux millions de vies humaines sur cinq, il rétorquait que c'était le prix à payer et je sentais, au plus chaud de nos débats, que mes propres couilles pourraient bien, le moment venu, enrichir sa brochette de vengeur.

Par bonheur, il était avec nous dans l'avion qui allait s'écraser.

Par bonheur encore, si nous en sortions vivants, l'ami Gouvan avait une autre priorité : passer à Paris une thèse d'État de chimie organique.

À quoi tient l'Histoire...

Pourtant, quand il n'envisageait pas la rédemption de l'humanité par son extermination, Gouvan était l'homme le plus gai du monde. D'écho en écho, son rire de belle santé recouvrait l'immensité de la caatinga.

Quant au vieux chimiste (était-il si vieux, d'ailleurs, ou moi jeune encore ? Et comment s'appelait-il donc ? Gouvan était-il son étudiant ? L'autre était-il son directeur de thèse ? Que faisions-nous ensemble dans cet avion ? Nous revenions de Brasília, oui, mais pourquoi tous les quatre ensemble ? Oh ! ma fichue mémoire...), bref, mon voisin le chimiste, quand il n'affectait pas le flegme des grands caractères, était un compagnon de voyage délicieux, attentif à la plus petite des molécules comme à la totalité du monde sensible : la curiosité même.

21

La question de la mémoire.

Les traces que laissent en nous les êtres...

Avis aux autorités qui convoqueraient mon témoignage à un procès d'assises, je n'ai pas le rappel facile. Ma mémoire couve des œufs brouillés. Mes souvenirs les plus frais sont des ombres ; dix fois dans ma vie j'ai redécouvert le même tableau dans le même musée, le même paysage derrière le même virage, comme si je ne les avais jamais vus ; à peine vécus les événements s'effacent de mon écran, et les pages lues, et la plupart des films, et les gorgées de bon vin, à croire qu'un oubli vigilant veille à maintenir mon niveau d'inculture. Les visages et les noms se dissolvent trop vite en moi, mes contemporains me laissent des impressions à la fois vagues et profondes, comme des tatouages à l'encre diluée. Les plus susceptibles en souffrent, bien sûr, me taxent d'indifférence ou d'égoïsme... Que puis-je leur répondre ? Qu'ils m'aident donc à retrouver ma voiture garée je ne sais où, et qu'ils cherchent dans les replis de ma cervelle le code oublié de ma carte de crédit.

Piètre mémoire, donc, présence chancelante au monde, qui m'interdit de témoignage. D'où mon appétit de romancier, sans doute : l'imagination affamée de souvenirs s'acharne à recomposer la vie sur esquisses.

22

Reste que l'essentiel ici – les êtres, les événements, les circonstances, les propos – est certifié vécu par les lettres à l'ami, ouvertes là, sous mes yeux. Une preuve ? La visite de Jean-Paul II à Fortaleza : *Ici, c'est l'invasion du Polonais pontifical, l'Attila des télés. On ne parle que de lui, on ne montre que lui, on n'entend que lui. Une boîte de publicité de Rio lui a trouvé un sosie qui fait de la retape pour certains grands magasins. Ce qui fait que, même quand c'est pas Lui, c'est encore lui* (Fortaleza, le 14 juillet 1980).

À y repenser aujourd'hui, la multiplication du pape sur les écrans de télévision (qui n'entraîna pas celle des petits pains), et plus généralement la duplication tous azimuts dont nous gave notre culte de l'image, n'est pas pour rien dans cette histoire de sosies gigognes. Un monde pareil à la Vache qui rit, voilà le rêve de nos « communicants ». Nous tous mis en abyme...

23

L'avion descendait maintenant comme on tombe. Mon cœur obstruait mes oreilles. Irène et moi ne voyions par le hublot que cette fumée blanche dans cette nuit toute noire.

– S'il nous pose, ce sera à la brésilienne, m'avait prévenu mon impassible voisin.

Et *il* nous posa *à la brésilienne.*

C'est-à-dire qu'*il* coupa les gaz à deux ou trois mètres au-dessus de la piste, sur laquelle l'avion tomba verticalement, de tout son poids d'immeuble. J'ai bien cru que le train d'atterrissage allait traverser la carlingue. À la seconde même, *il* enclencha les inverseurs de poussée et les réacteurs hurlèrent à s'en arracher les amygdales. Ma ceinture de sécurité me coupa en deux, mon nez s'écrasa sur la tablette relevée : ouverture des coffres, pluie de bagages, interminable sensation de freinage, comme si l'avion nous avalait, rangée par rangée...

Immobilisation en extrême bout de piste.

Un certain temps de stupeur
Le corps, enfin, se relâche.
Applaudissements.
Bienvenue à Teresina, capitale du Piauí.

– C'est impressionnant, admit mon voisin le chimiste en rangeant ses petits cahiers dans son cartable d'écolier, mais quand les pistes sont courtes, c'est plus prudent que nos atterrissages tangentiels.

24

On nous garda deux bonnes heures à l'aéroport.
Ils cherchaient une durite.

C'était ça, la panne : une durite carbonisée. Il suffisait de la remplacer.

Je me suis concentré pour qu'ils ne trouvent pas de durite dans leur fourbi. L'idée de reprendre les airs en pleine nuit avec un zinc rafistolé ne me plaisait pas. J'avais beau me dire que *tous* les avions du monde sont probablement rafistolés, que l'humanité entière vole de jour comme de nuit sur des aéroplanes rafistolés, rien n'y a fait : je ne voulais pas qu'ils trouvent de durite, point final.

Exaucé. Au lieu d'une durite, ils nous ont trouvé un hôtel, à Teresina.

Dans son cauchemar, Pereira situe cet hôtel au centre d'une place ronde. (Dans les rêves, tout se joue au centre.) Pereira sort, la place est vide ; il entend qu'on l'appelle par son nom, la place est pleine ; l'hôtel a disparu et le centre c'est lui, Pereira, vers qui les paysans se ruent. Il ne fera plus jamais confiance aux espaces libres : agoraphobe.

En réalité l'hôtel était un cube de béton planté au bord d'une place dans la nuit ardente de Teresina. Des blattes géantes nous attendaient sur les murs écaillés de nos chambres et les robinets crachotaient une eau ferrugineuse dans l'épilepsie des canalisations.

Les cuisines étant fermées, on nous réchauffa un mélange de riz blanc et de haricots noirs, qu'on saupoudra de *farofa*, la farine de manioc grillée. Je connaissais ce plat, c'était celui que nous servait Mãe Martins, la mère de Soledad, quand nous lui rendions visite dans l'intérieur. Riz et *feijão* constituent l'ordinaire de l'Amérique latine, quand les haricots ou le riz ne manquent pas ; un mélange pour affamé, qui doit lester le paysan si léger de la caatinga, lui éviter de s'envoler. Les jours de fête, Mãe Martins y ajoutait le sang d'une poule.

Je conçois qu'un fils de *fazendeiro*, élevé au cœur d'une maison silencieuse et rêvant de voyages, puisse haïr cette pitance de l'intérieur. Et qu'il puisse assimiler la *farofa* au néant, je l'admets ; mais, en l'occurrence, c'est Kathleen Lockeridge, la danseuse écossaise, qui a raison : les haricots et le riz se marient bien, tout le continent sud-américain vous le confirmera. Quant à la *farofa*, avec cet arrière-goût si délicat de fève grillée, son souvenir à lui seul alimente ma *saudade*.

...

Ici, un saut de quelques mois en avant : nous nous retrouvons, Irène et moi, dans un salon chic, à Rio. Je me tiens debout, en équilibre instable entre un cocktail de je ne sais quoi et une bouchée sophistiquée (que fichions-nous là ?). À une question qu'on me pose, je m'entends prononcer le nom du Piauí.

– Le Piauí ? Où est-ce ? demande quelqu'un.

– Quelque part dans notre préhistoire, répond notre hôte, un malin du Sud, un *carioca* élevé au grain.

À cette réponse civilisée, je préfère celle d'Irène :

– Le Piauí, c'est l'intérieur de l'Intérieur.

...

Oui, et Teresina en était le centre, et notre hôtel le cœur de ce centre, et notre table, le centre de ce cœur, et chacun de nous au-dessus de notre assiette... (On n'en a jamais fini de creuser l'idée d'« intérieur ».)

En somme, le hasard d'un incident mécanique avait posé chacun de nous au cœur de lui-même. Irène, le vieux chimiste, Gouvan et moi.

Quelqu'un proposa d'en sortir.

D'aller visiter Teresina.

Mais on ne « sort » pas, à Teresina. Dehors, c'est encore dedans. La place était bordée de maisons basses à toits de tôle. Aux lueurs de l'hôtel nous les devinions badigeonnées de ces verts et de ces ocres qui font de chaque ville de l'intérieur une tentation d'aquarelliste. Quelques pas de plus et les maisons perdirent leurs couleurs dans la nuit. Pas la moindre lumière à l'horizon. Ni le plus petit bruit alentour. « Le fond du sac, murmurait Irène. Dans vingt-quatre heures, si je suis encore ici, j'aurai oublié mon nom. » Teresina dormait. Combien d'estomacs avaient eu leur content de riz et de *feijão*, derrière ces murs de pisé ? Et l'eau du ciel, quand donc était-elle tombée pour la dernière fois sur le sol de Teresina qui crissait sous nos pas ? Teresina dormait sur sa faim, la gorge sèche. Il me parut soudain que la fiction architecturale de Brasília – ses buildings de verre, son lac artificiel, ses ailes d'oiseau éployées – n'avait été imaginée que pour faire oublier la réalité de Teresina. Et cette nuit-là, sans que je le sache encore, Teresina – dont j'ignorais tout et dont je ne saurais jamais rien – devint la capitale de cette histoire.

Rentrée à Fortaleza, Irène s'empressa de vérifier sur une carte de géographie que Teresina existait bien, que notre escale forcée n'avait pas été le fruit d'une « hallucination partagée ».

Nous avions quitté la place de l'hôtel, à présent. Nous divaguions de ruelle en ruelle. Nous ne bavardions pas, ou peut-être à voix très basse. À quoi rêvaient les dormeurs de Teresina dans leurs hamacs ? Aux lumières du littoral, d'après Irène, à tout ce qui les appelait sur la côte : « Les vitrines qui brillent, la magie de la marchandise, les touristes et l'argent, la

114

fête, le travail et l'effervescence... se frotter aux mirages payants du littoral.» Oui, et finir dans le dernier cercle d'une quelconque favela, noyer la saudade dans la *cachaça*, faire la manche à Rio ou chanter la gloire du sertão sur les marchés de São Paulo, une guitare en bandoulière, avec les autres exilés de la caatinga, en comptant ce qu'il faut gagner de *reals* pour assouvir ce rêve nouveau : retourner à Teresina, à Canindè, à Juaseiro, à Sobral, à Campina Grande, retrouver le sertão et la part inestimable de soi qui nous y attend, patiente, sous les flamboyants : notre solitude.

C'est alors que nous avons débouché sur la place ronde – celle du rêve de Pereira – et que nous avons aperçu là-bas, de l'autre côté, la lueur de ce réverbère, le seul de la ville dans mon souvenir. Ce fut une vraie surprise, et les deux silhouettes debout au pied du réverbère la révélation même de la vie. Notre solitude et notre besoin de lumière nous ont poussés vers cette compagnie. Du centre de la place on distinguait mieux la scène : c'étaient deux *sertanejos* appuyés à une bicyclette. Leurs jambes grêles flottaient dans des pantalons en loques et un rire que nous n'entendions pas secouait leurs épaules. Ils regardaient à leurs pieds quelque chose qui produisait une lueur blafarde. Nous pénétrâmes sous la lumière du réverbère. Aucun doute : le feu pâle aux pieds des *sertanejos* les faisait rire. Ils riaient tout entiers mais sans éclats. Cette gaieté silencieuse aussi nous attira, et

115

cette lueur dansante, cachée maintenant par leurs pieds nus et le bas effrangé de leurs pantalons. C'était un vieux poste de télévision. Ils avaient bidouillé la carcasse d'une petite télé noir et blanc sur l'électricité municipale. Et ma foi, ça marchait. Ils étaient en train de regarder *La Ruée vers l'or* de Charlie Chaplin. Le premier avait les coudes posés sur la selle, l'autre les mains croisées sur le guidon rouillé du vélo. Tous deux riaient d'un rire muet devant un film sans paroles. Ils riaient en regardant Charlot lutter contre la neige et le vent, ils riaient en regardant Charlot manger son godillot et sucer ses lacets, ils riaient en regardant Charlot transformé en poule appétissante, poursuivi par son compagnon au ventre vide, ils riaient en regardant Charlot séduire Georgia. Et nous voilà maintenant, riant avec eux parce que Charlot a planté deux fourchettes dans des petits pains qu'il fait danser pour les beaux yeux de Georgia. Mais Georgia ne viendra pas, c'est un rêve, Charlot s'est endormi sur la table de fête qu'il a dressée en vain, Georgia danse avec d'autres dans un saloon, et Charlot, endormi dans sa cabane déserte, *rêve* la danse des petits pains, et nous, nous continuons de rire, eux deux qui n'ont jamais vu de petits pains, et moins encore des chaussons de ballerine, et nous quatre qui n'avons jamais eu faim, nous rions ensemble du même rire silencieux, aux mêmes moments, devant les mêmes images, nous rions des mêmes gags, de cet inépuisable comique pour affamés, cette drôlerie de solitaire, nous rions ensemble dans la nuit de Teresina, dont nous n'avons rien vu, où nous ne retournerons jamais, Teresina devenue soudain capitale du monde.

« Là est la vie », se dit fugitivement Manuel Pereira da Ponte Martins, dans son propre rêve.

Et là s'est ouverte la fenêtre de mon histoire.

III

La fenêtre
The window
La ventana
El-taka
La janela
Das Fenster
La finestra

1

Si j'avais à raconter l'histoire de ce dictateur ago-
raphobe, c'est par cette fenêtre que s'évaderait le pre-
mier sosie de Pereira.
La découverte d'un film de Chaplin...
Comme une visite de l'archange.
Qui bouleverserait sa vie.
Sans pour autant modifier son destin.

2

Qui est-il, ce sosie ? D'où vient-il ?

Un anonyme de l'intérieur, comme tous ceux (domestiques, policiers, hommes de main, prostituées,
jardiniers, femmes de peine) qui sont recrutés pour
servir en se taisant.

Lorsque Pereira l'a engagé, il faisait le barbier dans
une petite ville, près de Teresina, à trois jours de son
village natal. Jusqu'à cette rencontre, son histoire
était simple : celle d'un enfant suffisamment intelligent pour que l'inévitable jésuite de passage le repère,
l'emmène à la ville, lui apprenne à lire et à écrire, un
peu de latin pour servir la messe, trois mots de langues étrangères, quelques notions de mathématiques
et les bonnes manières. Mais le jésuite est abattu par
un chasseur de prêtres et le barbier local recueille le
gamin auquel il enseigne l'art du sabre et des ciseaux,
avant de lui abandonner la boutique pour mourir à
son tour, du *vomito negro*. (Ah ! il lui a appris l'italien, aussi ; c'était un vieil Italien, ce barbier, un gari-

baldien exilé depuis la nuit des temps, une chemise rouge jetée au fond du monde.)

Devenu jeune homme notre apprenti barbier laisse les poils envahir son visage afin de s'entraîner au métier en se rasant lui-même, car les barbus sont rares dans l'intérieur. Fourchue, carrée, pointue, impériale, touffue ou frisée à la garibaldienne, chaque mois il porte une barbe différente et les moustaches assorties. Dans tous les cas de figure, il a fière allure. Et c'est un bon coiffeur.

Or, voici qu'un jour de visite présidentielle, une sorte de Falstaff entre en coup de vent dans sa boutique : c'est Manuel Callado Crespo, le chef des interprètes. Callado voudrait qu'on mette un peu d'ordre dans l'amazonienne végétation de son visage. Notre coiffeur attaque la barbe de l'interprète à la serpe, débroussaille ses cheveux, ôte les ronces de ses narines et la fougère de ses oreilles, taille la haie folle de ses sourcils, le coiffe enfin, le parfume, achève de le civiliser en lui appliquant la serviette chaude et le talc ; bref, il en fait un homme si présentable qu'une heure plus tard le président Pereira en personne pénètre dans la boutique et s'assied d'autorité dans le fauteuil :

– Je veux être aussi beau que l'autre, là.

Du pouce, Pereira désigne Callado qui se tient debout derrière lui, flambant neuf.

– Seulement n'oublie pas que moi je suis une image, précise Pereira ; il ne faut rien y changer.

Le coiffeur n'a pas grand-chose à faire : raccourcir un peu les cheveux du président, souligner la pureté de son visage. Il la connaît bien, cette tête présidentielle, elle est affichée partout, y compris dans sa boutique. Il a l'impression de recopier un dessin.

Pendant que le jeune homme travaille, Pereira ne le lâche pas des yeux. C'est inhabituel. Généralement les clients se regardent eux-mêmes quand on les coiffe ; celui-ci c'est le coiffeur qu'il dévisage. Lequel laisse voleter son peigne et ses ciseaux sans s'émouvoir.

Mais voilà que le président bondit, arrache sa serviette, pointe la porte du doigt.

– Callado, laissez-moi seul avec cet homme.

Exit Manuel Callado Crespo.

– Assieds-toi.

Pereira tend au coiffeur le blaireau et le bol de savon :

– Rase cette barbe et ces moustaches ridicules, coiffe-toi comme je suis coiffé et dis-moi ce que tu vois.

C'est ainsi que le jeune barbier se découvre, à epsilon près, la tête du jeune dictateur : cette sorte de visages si nets qu'on les croirait dessinés d'un trait unique et qui, pour cette raison, ne vieillissent jamais comme on le souhaiterait. («Dire qu'il était si beau quand il était jeune...»)

On connaît la suite. Pereira engage le sosie en grand secret («tu diras à ta mère que tu t'es fait bar-

124

bier sur un transatlantique »), l'entraîne au mimétisme et à l'oubli de lui-même, bref lui fournit le rôle
de sa vie pour aller vivre la sienne en Europe, loin
des foules paysannes et massacrantes.

3

Bien. À ce stade du récit, le sosie (il joue son rôle de président depuis un certain temps déjà) ne sait encore rien du cinématographe. Il est né la même année que les images dansantes mais vingt-cinq ans plus tard elles n'ont toujours pas atteint Teresina, ce cœur perdu d'un continent.

De son côté, Pereira préfère le théâtre. Préférer n'est d'ailleurs pas le mot ; le cinématographe ne l'intéresse pas, tout simplement. Non, ce n'est pas ça non plus, c'est plus...

Si surprenant que cela paraisse, la première fois que Pereira a vu bouger des images il a eu peur, voilà la vérité. C'était tout au début de son séjour en Europe ; Pereira se trouvait à Londres, parmi d'autres spectateurs, dans une salle obscure, devant une pantomime idiote que rythmait un piano désaccordé. Pendant qu'on s'esclaffait autour de lui, en tirant sur des pipes et des cigares (peu importe le film projeté, quelque chose comme *L'Arroseur arrosé*...), Pereira avait senti remonter de son enfance cette terreur qui lui coupait le souffle, quand la lune et le vent faisaient danser les ombres de sa moustiquaire et que son lit, soudain, lui paraissait perdu dans l'immensité du continent. Le noir et le blanc lui ont fait peur. Le silence des images lui a fait peur, ces bouches sans paroles lui ont fait peur, cette mutité parlante qu'accentuait encore le tapage du bastringue... l'immatérialité des personnages... ces corps sans densité... leur tremblante précarité... le faisceau livide du projecteur... de la mort flottante, tout ça... le vague pressentiment que, si l'appareil s'éteignait, ces visions emporteraient la lumière et les spectateurs avec elles, l'abandonnant là, à jamais seul dans les ténèbres.

Mais chez Pereira, l'homme d'État reprenait vite le dessus : le cinématographe est une fabrique de fantômes, décida-t-il. Nos paysans ont suffisamment à faire avec leurs superstitions pour qu'on n'y ajoute pas ces impalpables chimères. Pas de cinématographe en terre de syncrétisme, point final. Interdit à Teresina, donc. Il y allait de la santé du peuple.

Le théâtre, en revanche... Pereira ne jurait que par le théâtre.

– Le théâtre est la métaphore de la politique.

Il brodait souvent sur ce thème, quand il bavardait avec Kathleen Lockeridge.

– Côté scène, on joue à être roi sans jamais oublier d'être soi ; côté salle, on feint de s'oublier sans jamais cesser d'être là...

Il enfilait ce genre de vérités.

– Un jeu de dupes ? hasardait la danseuse écossaise.

– De dupes lucides, ma chère. Tout le passionnant de la politique tient à ça.

Lui-même pouvait disserter indéfiniment sur la nature de ce « ça ».

– En politique, objecta-t-elle un jour, les morts ne reviennent pas saluer.

– Alors que les mauvais comédiens ne s'en privent pas, c'est vrai, admit-il. Preuve que la politique – y compris la mienne – est affaire de morale.

Un jour qu'elle le poussait dans ses derniers retranchements en défendant mordicus les modernes mérites du cinématographe, Pereira lâcha un argument massue :

– Les salles de cinéma sentent la sueur, les théâtres sentent la femme ; je préfère. Voilà.

Il n'en faut pas davantage pour décider d'une politique culturelle.

Le cinématographe fut donc interdit à Teresina, où le jeune président, en contrepartie, fit ériger le théâtre Manuel Pereira da Ponte Martins. C'était une rotonde octogonale en longerons et poutrelles métalliques, commandée à l'ingénieur français Gustave Eiffel mais dessinée par Pereira lui-même. Pereira avait tenu à lui donner l'apparence d'un « bosquet tropical » ; il avait fait veiner les poutres de fer, avait exigé qu'on les tordît comme des branches et que

128

chaque boulon évoquât le nœud du bois. On avait recouvert le toit de feuilles en zinc ; des lianes qui étaient des câbles torsadés dégringolaient tout autour ; le tout fut passé au minium et peint en vert – le plus végétal des verts. Résultat, un morceau d'Amazonie inoxydable planté au cœur assoiffé de Teresina : le théâtre Manuel Pereira da Ponte Martins.

4

Le hasard voulut que le sosie découvrît le cinématographe le soir même où il devait inaugurer le théâtre Manuel Pereira da Ponte Martins. Une troupe parisienne allait y donner *La Cagnotte* d'Eugène Labiche.

Le sosie fait son entrée dans la loge présidentielle, frangée de feuilles d'or. Ah! voici le président! La salle se lève; frou-frou des robes, applaudissements gantés, Dieu qu'il est beau! Merci, merci, salut à tous, asseyez-vous je vous en prie, disent les mains – les belles mains pastorales – du pseudo-président. Les lumières s'éteignent, les trois coups résonnent, le rideau se lève, Manuel Callado Crespo, le chef des interprètes, se glisse derrière le sosie : « Je suis là, Monsieur le Président », et, dès les premières répliques, l'ennui s'installe à son tour dans la loge. Cela fait longtemps maintenant que le sosie joue le rôle de Pereira. Il est, si l'on peut dire, au sommet de son

130

art. Le comédien en lui juge les comédiens : ces gens, sur la scène, ne savent pas jouer. Les mots leur sortent de la bouche sans être passés par le corps. Ils parlent du nez et gueulent à tue-tête comme s'ils s'adressaient à des sourds ou à des enfants. Et comme ils sont pressés de donner leur réplique ! Ôte-toi de là qu'on m'entende... Ils ignorent l'art d'écouter. Combien de temps tiendraient-ils, ces impatients, devant la file des malheureux que je dois confesser tous les soirs ? Et comment le diraient-ils ce « je t'ai entendu », qui congédie en consolant ? Le sosie en a perdu le fil de la pièce. Où en sommes-nous ? Tout ça va à une allure... Le sosie ne possède pas suffisamment la langue française pour suivre le rythme des répliques, mais les bribes que Callado lui traduit à l'oreille le confortent dans son opinion : ces personnages ne se *parlent* pas, il n'y a aucune *intention* dans ces mots-là, personne n'*existe* sur cette scène. Le sosie jette un œil distrait dans les loges alentour ; ma foi, le corps diplomatique semble s'amuser. On peut même lire un demi-sourire sur le profil de sir Anthony Calvin Cook, l'ambassadeur de Grande-Bretagne.

– Ne vous y trompez pas, Monsieur le Président, chuchote Callado, l'Anglais est en train de se dire que Shaw est décidément supérieur à Labiche.

Le sosie sourit dans la pénombre : « Contents les diplomates, ils découvrent qu'on peut jouer la comédie plus mal qu'eux »... Mais son sourire se brise : ce n'est pas de lui, cette plaisanterie, c'est la voix de

Pereira ! Retour de l'obsession. Pereira pense en moi ! Pereira parle dans ma tête. Sueur froide. De la possession pure et simple ! Secoue-toi, ricane en lui la voix de Pereira, sors de toi-même, ne t'occupe pas de moi, c'est sur la scène que ça se passe... Le sosie obéit, le sosie fait un effort surhumain pour s'intéresser de nouveau à *La Cagnotte*, d'Eugène Labiche.

Par bonheur, la porte de la loge présidentielle s'ouvre. Apparaît le capitaine Guerrilho Martins, un officier du Renseignement. Le capitaine vient informer Monsieur le Président que ses services ont appréhendé un individu qui contrevenait gravement à la réglementation sur l'affichage.

— J'ai fait arrêter l'homme et saisir le matériel, précise le capitaine Guerrilho Martins, qui ajoute : On l'interroge.

— Ça ne me regarde pas, répond le sosie, vois avec le colonel Rist.

Mais, comme la porte se referme :

— Non, Guerrilho, attends, j'arrive !

Et, à Manuel Callado Crespo, qu'il laisse sur place :

— Vous me raconterez la fin, Callado, que je n'aie pas l'air idiot quand il faudra féliciter ces imbéciles.

En réalité, ce que le sosie devra dire à cette troupe, tout à l'heure, figure en toutes lettres dans le câble que Pereira lui a envoyé pour la circonstance : *Tu leur diras : « La Cagnotte est un chef-d'œuvre de drôlerie. Je ne connais que George Bernard Shaw pour m'amuser autant que Labiche, mais dans un registre différent. »*

5

En fuyant la loge présidentielle pour échapper à la voix de Pereira, le sosie est sorti de son rôle, il le sait. Il aurait dû rester à son poste, il le sait, et laisser le capitaine Guerrilho Martins rendre compte au colonel Eduardo Rist, comme l'exige le respect de la voie hiérarchique. Ce n'est pas grand-chose, une minuscule entorse, la toute première d'ailleurs, mais elle va bouleverser le cours de son existence – sans pour autant modifier son destin – et cela, dira-t-il plus tard, «je ne le savais pas encore».

Dans le bureau de Pereira (ce bureau où Pereira lui a, entre autres enseignements, appris à danser le tango), le sosie s'offre un moment de détente. Il fume lentement en examinant le matériel confisqué par les hommes de Guerrilho Martins : une sorte de chambre photographique montée sur un trépied et dotée d'une manivelle (un appareil de projection, il n'en a encore jamais vu), quatre boîtes métalliques rondes et plates, le sosie en ouvre une en s'ébréchant un ongle (la pellicule d'un film, il n'en a encore jamais vu), et un rouleau de ces affiches que l'inconnu placardait sur les murs de Teresina.

– Ah! le voilà, le péché mortel...

L'affiche, déroulée sur le bureau, représente le visage d'un homme qui n'est ni le Christ roi ni le président Pereira da Ponte. Une tête frisée sous un chapeau melon trop petit, posé de guingois. Au premier coup d'œil le sosie comprend la réaction de Guerrilho Martins. Il faut un fameux culot pour placarder au mur de Teresina une tête aussi ouvertement séditieuse! Tout dans ce visage se moque. Le sourire en coin se moque : «Vous y croyez vraiment?» L'autre coin de la bouche, celui qui tombe, se moque : «Tant pis pour vous!» L'œil droit, écarquillé, se moque : «Dupes à ce point?» Le sourcil gauche, abattu, se moque : «Mes pauvres amis...» La lumière dans le regard se moque, les guillemets des fossettes se moquent, la moustache (postiche?) se moque...

Et toute cette moquerie affiche son nom :

Charlie Chaplin

Drôlerie, sédition, détermination...
Plus qu'un pitre, un ironiste.
Fauteur de troubles.
Résolu à faire rire tout le pays.
Aux dépens de qui?

C'est ce que les hommes de Guerrilho Martins ont dû lui demander.

À quoi ressemble-t-il, ce Chaplin, « en vrai » ?

– Faites entrer le prisonnier.

6

Charlie Chaplin, si c'est lui, ne ressemble plus à rien. Il lève sur le sosie un œil poché comme un cul de babouin (Alex, le babouin du zoo de Teresina). L'autre œil est fermé. On lui a cassé le nez, peut-être la mâchoire. Les gardes le traînent plus qu'ils ne l'accompagnent. Dieu de Dieu, ils n'y sont pas allés de main morte! Le colonel Eduardo Rist n'aimera pas ça. Des paysans, dira Eduardo, ils ne savent que cogner. Pour eux, le renseignement c'est du jus d'homme, ça s'obtient en écrasant.

Le sosie désigne une chaise.

— Asseyez-le et laissez-nous.

Une fois seul avec le prisonnier, le sosie lui montre l'affiche :

— C'est toi?

Non de la tête.

Non, ce n'est pas lui sur l'affiche; sur l'affiche c'est Charlie Chaplin, un Anglais qui fait l'acteur chez les gringos, en Amérique, un immigré devenu célèbre...

Lui, le prisonnier, n'est qu'un anonyme, un ex-employé de la Mutual Film Corporation, un projectionniste en rupture de ban, un Latino qui s'est enfui d'Hollywood avec cet appareil et quelques films, pour rentrer au pays, dans sa famille, à la maison.

– Tu les as volés ?

Il y a quelques années de ça, oui, une idée stupide. Il s'était dit qu'il pourrait nourrir femme et enfants en projetant ces films chez lui, où le cinématographe n'était pas connu, mais il avait négligé la question de l'électricité. L'électricité n'avait pas encore atteint son village. Il lui avait fallu reprendre la route, se produire dans les plus grandes villes de la côte. Hélas, les premières salles s'installaient. Elles lui avaient fait une concurrence féroce. On l'avait menacé, passé à tabac, chassé de partout. On lui avait volé presque tous ses films. (Il ne lui en restait que deux, *L'Émigrant*, et un autre, dont une erreur de manipulation avait arraché le titre, Chaplin y faisait le soldat.) Il avait dû passer des frontières, s'enfoncer dans le continent. Teresina était sa capitale la plus reculée. Il priait humblement Monsieur le Président de lui pardonner, mais il ignorait tout de la réglementation locale sur l'affichage. Foi de sa foi ! Et que le cinéma était interdit, il l'ignorait aussi. Juré ! Non, ce n'étaient pas des films de propagande, non, rien à craindre, de la drôlerie innocente, de la pantomime projetée sur des toiles de hamac ou sur des murs de salpêtre, quelque chose comme *Guignol*, aussi inoffensif que le *Bumba meu boi* du sertão brésilien, vous voyez? Des images pour les enfants! Juste de quoi faire rire les faubourgs, distraire les paysans. Charlie Chaplin? Un clown, pas davantage, rien qu'un bon clown : coups de bâton, tartes à la crème et pieds au cul. Non, aucune atteinte à la dignité du président, pas la plus petite allusion à la politique locale, il le jure sur la tête de ses enfants! D'ailleurs, il a organisé des séances dans des casernes de la *guardia civil*, en Argentine, c'est dire! Et en Uruguay aussi, devant le président Battle y Ordóñez, «votre collègue, là-bas!».

– Fais voir.

Amusé, le sosie a désigné l'appareil de projection et les bobines :

– Allez, montre! Si Don José a vu, moi aussi j'ai le droit de voir.

Ce fut à cet instant que sa vie bascula.

Quand le projecteur lança au mur les premières images, dans un rectangle éblouissant, juste au-dessus du secrétaire à tambour où Pereira remisait ses discours, et que les images *s'animèrent*!

Vu les bouleversements qui s'ensuivirent, il n'est pas interdit de penser que le sosie éprouva ici ce que son mentor le jésuite appelait l'«extase» : cet instant où les âmes s'embrasent et fusionnent avec la Vérité, cette «sage stupeur», disait encore le jésuite, le surgissement inopiné de la «Lumière pressentie», expliquait-il, la «révélation»! Une révélation, oui : sous ses yeux, les images bougeaient! Le sosie eut le sentiment d'avoir passé sa vie à espérer ce miracle. Enfin! Enfin! Stupeur et ravissement... Quelqu'un était venu qui avait arraché les images au sarcophage de la photographie et les avait lancées, toutes vivantes, dans un rectangle de lumière. «Réveillez-vous et bougez!» Résurrection! Et la vitalité de ce Charlie Chaplin éclaboussait le mur! Et les murs danseraient longtemps après la mort de Charlie Chaplin! Les murs danseraient aussi longtemps que le cliquetis des projecteurs mènerait la sarabande! Le cinématographe était une machine à vous éterniser vivant, voilà ce qu'était le cinématographe! Et ce Chaplin était l'archange de cette Annonciation! Son archange lumineux! Quel acteur! Non, mais, quel acteur quand on songeait aux pantins de *La Cagnotte*! Quelle grâce! Quelle justesse! Quelle vivacité! Quelle vérité! Et quelle liberté!

Une révélation, donc.

Le sosie ne perdit pas son temps à s'en étonner.

Sa décision fut immédiate :

Lui aussi deviendrait une image vivante! Lui aussi tournerait pour le cinématographe! Il allait refiler à un autre sosie sa défroque de pseudo-président et partir à la conquête de l'éternité, là-bas, en Américky, patrie du cinématographe! Oh! oui, c'est ce qu'il allait faire! Il allait éliminer ce projectionniste («disparition», ordonna comme prévu le télégramme de Pereira, quand le sosie lui eut exposé le cas du contrevenant), garder secrètement cet appareil de projection (un Motiograph 1908, il le conservera presque jusqu'à sa mort, en effet), repasser les films de ce Chaplin jusqu'à épuiser les secrets de son art (tant et tant que les pellicules tomberont en poudre…), il allait quitter Teresina pour Los Angeles, pas Los Angeles du Bio-Bio, non, Los Angeles de Californie, la vraie – Hollywood ! – où, d'après le récit du projectionniste, les anges prenaient leur vol sur le faisceau des projecteurs…

Voilà ce qu'il allait faire !

7

Quelques mois plus tard, le jour de sa fuite, le sosie se trouve dans une province minière du Nord, à une portée de fusil de la frontière. Il prononce un dernier discours sur le perron du gouverneur Cesare Elpidio de Menezes Martins. Au-dessus de lui, sur toute la façade du palais, un gigantesque portrait de Pereira. À ses pieds, la place centrale de la petite ville, noire de monde. À ses côtés, le gouverneur Cesare Elpidio dans son uniforme blanc, les trois plus gros propriétaires terriens de la région, quelques officiers de la garde, des chefs de villages, et Manuel Callado Crespo, qui est de tous les déplacements officiels. Une dizaine de camions font un demi-cercle autour du palais du gouverneur. Ils sont bâchés de blanc, comme des tabernacles qui promettraient des merveilles. Et lui, le sosie, debout sur le perron, au-dessus des camions, face à la foule, joue le rôle de ce président qui ne vient jamais sans cadeaux. C'est sa dernière représentation. Il prononce là son dernier discours de président. Ce soir, il s'en va. Il se fait à son tour remplacer par un sosie.

Depuis un mois, partout où il est passé, il a prononcé le même discours : un plaidoyer rédigé par Pereira sur la nécessaire transmutation du paysan en mineur. Priorité à l'exploitation du sous-sol, c'est la grande affaire du moment. Le progrès l'exige, affirme le président du haut de son perron. Nécessaire évolution, affirme le président, aussi inévitable, affirme le président, que l'électricité « qui tisse dans notre nuit sa toile de lumière ». Et le président désigne les poteaux électriques plantés depuis peu autour de la place. Le président fait rire son auditoire aussi. Il demande, par exemple, si une mère des saintes, une seule dans tout le pays, et ici même parmi l'assemblée, aurait pu prédire que « vous feriez le jour et la nuit dans votre chambre à coucher par simple pression de votre pouce sur une petite banane » ? Bien qu'ils habitent tous la même pièce, qu'ils dorment tous dans des hamacs, qu'ils s'éclairent tous à l'huile crachotante, bien qu'aucun d'eux ne puisse se représenter exactement cette banane magique, tous rient de bonheur, comme si la petite banane pendait bel et bien au-dessus de leur tête à la proue d'un lit matrimonial. Ils ont une telle confiance en la parole du président ! N'est-ce pas lui qui a tué le boucher du Nord ? Ils sont venus si nombreux, pour l'écouter ! Ils seront si nombreux ce soir à se confier à son Oreille, au pied du flamboyant, chez le vieux Cesare Elpidio ! Le président leur

142

parle comme un livre d'images. Il les convainc de troquer leurs bêches de paysans contre le piolet du mineur. Savent-ils la différence entre une aubergine et une pépite d'or? C'est une devinette. Le président leur pose cette devinette. La différence entre l'aubergine et la pépite. Oui? Non? Ils savent? Ne savent pas? Le président s'amuse à attendre la réponse. Et on se garde bien de la lui fournir, même ceux qui ont déjà entendu le discours ailleurs, parce qu'on aime quand le président joue à faire celui qui attend. Il paraît tout proche de vous dans ces moments-là, comme un camarade debout au comptoir, son coude contre le tien, qui va t'en sortir une bien bonne.

– L'aubergine vous fait attendre alors que la pépite n'attend que vous, bande de nigauds, la voilà la différence!

Là-dessus, il se met à imiter le paysan occupé à attendre l'apparition d'une aubergine, et toute la place éclate d'un même rire. Et les officiels sur le perron éclatent du rire de la place. C'est vraiment comique, un paysan qui attend une aubergine!

– L'or n'est pas sujet à la sécheresse, reprend le président de nouveau sérieux. L'or est à l'abri des siècles et des intempéries. L'or, l'argent, le cuivre, le nickel, le pétrole et l'akmadon sont là où Dieu les a cachés pour que l'homme les trouve et les partage avec ses frères.

Le président laisse s'égrener les secondes entre chacune de ses phrases. Une question, tout à coup :

143

– Voulez-vous que des étrangers viennent extraire à votre place l'or que Dieu a caché sous votre terre?

(Il n'a pas dit « notre », il a dit « votre » terre...)

Non, hurle la foule, pas les mineurs étrangers, non.

Ainsi parle le président. C'est un discours plus délicat qu'il n'y paraît. Il s'adresse aux paysans du Nord, ceux-là même que feu le Général Président a massacrés naguère, justement parce qu'ils refusaient de quitter leurs champs pour descendre à la mine.

– Bien sûr qu'il faut des paysans! La blague de l'aubergine, c'était pour vous faire rire, mais il en faut des paysans, et des *vaqueiros* et des chasseurs, c'est la vie même, et c'est le ventre plein de vos frères mineurs! Et quand les mineurs seront fatigués ils se feront paysans à leur tour, et le paysan prendra le piolet du mineur, et le mineur la bêche du paysan, car il faut bien que le paysan s'enrichisse et que le mineur respire, et cela s'appelle la fraternité, et c'est la force même de la patrie, votre fraternité, la force immense de notre patrie!

(Cette fois-ci, il a dit « notre », « notre patrie ».)

Ovation, bien sûr.

Ainsi parle le président. Dans la prochaine volée de phrases, il vantera la régularité du salaire contre l'incertitude des récoltes. Le salaire du mineur c'est la bonne pluie, chaque fin de semaine. On ouvre les mains le samedi soir et les mains se remplissent, pas de saison sèche! Seulement ils ont entendu dire que la mine tue plus qu'elle ne nourrit, qu'ils seront trai-

144

tés comme des esclaves par des contremaîtres en armes, que pas un gramme d'or ne retombera dans leurs poches. Vous l'avez entendu dire, non ? Des témoignages directs, même ! Vous l'avez entendu de la bouche de ceux qui en sont revenus, des compères moitié morts qui ont vu leurs cousins écrasés sous des galeries mal étayées, emportés par des torrents de boue, égorgés à la découverte de leur première pépite, dévorés par la fièvre du mineur, morts de folie jaune. N'est-ce pas ? Eh bien, c'était la vérité ! s'exclame le président. Vos témoins ont dit la vérité ! Il voit le mot « vérité » se ficher dans les visages. Vérité vraie ! répète-t-il. Avant d'ajouter, beaucoup plus bas, dans un grondement de fureur, un peu comme s'il faisait un serment sur sa propre tête :

– Mais cela, c'était avant que je vienne.

Ainsi parle le président.

– Regardez-moi dans les yeux ! Tous dans mes yeux, allez !

Et tous, jusqu'aux plus éloignés du perron, à l'autre extrémité de la place, cherchent les yeux du président, et chacun y plonge personnellement.

– Me croyez-vous capable de vous mentir comme feu le Général Président ?

Qu'ils réfléchissent bien ! Les a-t-il débarrassés de ce bourreau pour venir les tromper à son tour, ici, lui, eux ? Moi ? Moi ! Il les voit qui font non de la tête, il les entend qui font non de la voix.

– Ce sont vos morts qui m'envoient auprès de

145

vous : ton père, que j'ai vengé! Ton frère, que j'ai vengé!

Le président lance son index dans la foule, par-ci, par-là, et tous ceux qui ont perdu un proche dans l'effroyable répression se sentent désignés par le doigt du vengeur.

Ainsi parle le président.

Et il annonce une surprise.

– Qu'on débâche les camions!

Les camions sont bourrés de matériel flambant neuf : des tamis, des piolets, des lampes à acétylène, la panoplie complète du mineur, la fortune du chercheur d'or, le tout offert, gratis, par les trois plus gros propriétaires terriens de la région :

– Don Mercucio Martins pour les lampes, Don Theobaldo de Menezes Pereira pour les tamis, Dona Cunha da Ponte, ma propre tante, pour le reste...

Ainsi parle le saint président, qui veillera personnellement à la santé du mineur et à la prospérité du paysan...

– Personnellement!

Mais le sosie, en lui, se dit autre chose.

Le sosie n'est déjà plus là.

Finie la comédie, c'est mon dernier discours. Ce n'est pas moi qui écouterai vos lamentations ou vos remerciements, ce soir, à l'ombre du flamboyant, chez Cesare Elpidio, c'est un autre moi-même qui ne sera pas moi.

8

De fait, le soir même, il a passé la frontière; il galope vers la mer. La mer n'est pas toute proche. Il faut traverser la moitié du continent pour l'atteindre. Il tient dans son poing la longe de la mule qui porte son barda, ses armes, son eau, ses munitions, l'appareil de projection et les boîtes de films. Il galope, aussi vite qu'une mule peut suivre un cheval au galop. Lui aussi, comme le Pereira de la fable, est un homme qui cherche à fuir son destin. Lui aussi échouera, mais lui aussi mérite qu'on raconte l'histoire de cette tentative. Pour l'instant il n'a d'autre souci que de mettre le plus de distance possible entre la frontière et lui. Quand il aura traversé le continent, il aura pris assez d'élan pour sauter par-dessus l'océan. Oh! oui, si ça ne tenait qu'à lui, il volerait d'un coup d'aile jusqu'en Américky! Par chance, c'est une nuit de lune; d'horizon en horizon les cailloux de la piste tracent une blanche perspective que ponctuent les poteaux électriques. Quand on aura tendu des fils entre ces poteaux, posé des rails à leur pied, lancé des trains sur ces rails, l'ample houle de la ligne électrique rythmera les voyages.

Il galope, donc, il galope, il suit le futur chemin de l'électricité.

Mais les heures passent,
les poteaux disparaissent,
la piste se dissout dans les épineux de la caatinga,
le cheval renâcle,
la mule faiblit,
la lune se brouille...
Et le voilà en train d'allumer un feu, au cœur même du continent.

Il a débâté la mule, il a posé l'appareil de projection et les boîtes de pellicules à côté du feu pour qu'elles ne prennent pas l'humidité de la rosée, il a armé son fusil et maintenant il pense, les yeux dans les flammes.

Il pense à son sosie qui depuis ce soir écoute à sa place les doléances de tout un peuple, assis sous le flamboyant du gouverneur Cesare Elpidio. À l'heure qu'il est, il doit lui rester une longue file de pénitents à entendre. Des heures de malheur humain à ingurgiter, sans rien d'autre à offrir que ce «je t'ai entendu», qui vaut absolution. Tu lèves ta main, tu la poses sur son épaule et tu dis : «Je t'ai entendu.» Ne t'attarde pas sur l'épaule! Non, ne caresse pas mon épaule, je te dis, tu veux coucher avec moi ou quoi? Combien de fois faudra-t-il te le répéter : cette main n'est pas seulement consolante ! C'est une main paternelle, oui, mais qui passe au suivant – la famille est nombreuse, figure-toi ! Ta main doit consoler *et* congédier. Recommence ! Elle enrobe et elle repousse, je te l'ai dit cent fois. Recommence encore. Dis-moi : « Je t'ai entendu. » Non, tu ne m'as pas entendu, imbécile ! Je ne l'ai senti ni dans ta voix, ni dans tes yeux, ni sous ta main. Ta main cette fois est sans chaleur, c'est un poisson mort ! Comment veux-tu que je me sente apaisé par ce truc mou sur mon épaule, qui sent la pisse froide ? Autant me confier à un pot de chambre. Qu'est-ce qu'il y a ? Tu penses à ton lit ? À la retraite ? Au dîner ? Je viens de me confier à un ventre ? Recommence. Je ne me confie pas à un ventre, moi, je suis un malheureux de la terre ! Un ventre qui prétend se faire passer pour un cœur, j'y plonge la lame de mon couteau ! Pour qui les prends-tu ? On ne les trompe pas comme ça. On ne les trompe que s'ils le veulent ! C'est à toi d'éveiller leur désir d'être trompés ! Et c'est à toi de l'entretenir ! La politique, c'est le paradoxe du spectateur. Ce n'est pas qu'ils aiment le *bacalhau do menino*, c'est qu'ils *veulent l'aimer*, tu comprends ? Si tu rates ton affaire, tu en feras de la chair à révolution. Ils en croiront un autre et ils te tomberont dessus à coups de machette. Tu t'imagines que je vais risquer mon gouvernement sur ta tête ? Recommence, abruti ! Trouve le ton juste ou je t'étripe ! Foi de moi, je te sors les boyaux !

Pendant une séance d'entraînement, il avait glissé la lame d'un couteau sous la dernière côte de son sosie. Un mouvement du poignet aurait suffi. Il l'aurait fait. Une autre fois, il lui avait collé le canon de son parabellum sur la tempe, comme le faisait Pereira. Il avait le doigt sur la détente. Il l'aurait pressée.

– Entraînement à balle réelle : être sosie, ça se désire ! Et un sosie, ça se remplace ! Il suffit d'avoir foi en la ressemblance.

Il vient de prononcer la phrase de Pereira à voix haute, seul au milieu de la caatinga. Surpris dans sa somnolence, le cheval a frémi. La mule a battu des antérieurs, comme piquée par une tarentule. Il se lève lentement, le fusil à la main. Il écoute les épineux. Silence. Il se dit qu'il aurait dû prendre un chien. Les chiens sont des baromètres à léopards. Une telle peur des pumas, qu'ils les reniflent à des kilomètres.

La nuit ne bronche pas.

Il se rassied doucement.

Lui n'a plus peur de rien.

Les fauves, les serpents, les araignées, les chiens sauvages, les bandits, le silence du continent même ne l'effraient pas. Il a épuisé sa provision de terreur pendant ses années Pereira. C'est fou ce que Pereira lui aura fait peur, tout de même ! Il a pris la mesure de cette peur en préparant son propre sosie à sa succession. La fureur qu'il mettait à ses séances d'entraînement montait du fond de sa propre terreur.

– Regarde-moi! Es-tu le président? Es-tu le fils de mon père? Prends-toi pour moi, si peu que ce soit; j'attends. J'attends!

Voilà qu'il sourit, à présent. La joue sur son barda, à la lisière du sommeil, seul au monde, il sourit. C'était idiot. Pereira ne l'a jamais sérieusement menacé. Pereira l'a terrorisé pour ne plus avoir à s'occuper de lui. Pereira s'est installé dans sa tête pour vivre en paix dans la sienne. Pereira a fichu le camp, tout comme lui, sans intention de retour. Pereira ne lui a fait que du bien. Il doit à ce Pereira, qu'il craignait comme sa propre mort, la révélation de sa vie : son don de comédien. Et, d'une certaine façon, il lui doit la découverte du cinématographe. Qui va lui donner gloire, richesse et vie éternelle, là-bas, en Américky!

Dis merci à Pereira.

– Merci, Pereira.

Couché sur le dos, la carabine dans ses bras, il appelle le sommeil en fredonnant ce que les hommes de Guerrilho Martins font chanter, les jours de marché, sur les places de Teresina :

Dentro da nossa pobreza
É grande nossa riqueza
O povo de Terezina
Por uma graça divina
Recebeu um soberano
Melhor dito sobre-humano!

Au cœur de notre détresse
Grande est notre richesse
Le peuple de Teresina
Par une grâce divine
A reçu un souverain
Pour tout dire surhumain !

C'est un long rire silencieux qui, finalement, l'endort.

9

Inutile de s'attarder sur ce que fut cette traversée d'un continent. Ce voyage, il le racontera lui-même à qui voudra l'entendre, pendant les dernières années de sa vie. Il dira le jour où le puma tua la mule après l'avoir attiré, lui, loin de son campement, en chiant ici, en pissant là, en laissant des traces si fraîches qu'il semblait toujours à une portée de carabine, en se montrant même (l'homme avait eu le temps de viser la bête deux fois, ce n'était pas un puma, c'était une *suçuarana*, une once de la taille d'un tigre, qui portait sous sa robe noire les mouchetures du léopard, comme des cicatrices rouillées), mais la bête disparaissait aussitôt, l'attirait toujours plus loin, l'égarant délibérément, jusqu'au moment où elle l'abandonna au milieu des épineux pour retourner égorger la mule, la dévorer en famille, et ne laisser d'elle que ses sabots, sa mâchoire, les bobines de films et l'appareil de projection.

Ensuite, ce fut la mort du cheval, piqué aux naseaux par une vipère cornue alors qu'il baissait l'encolure pour aspirer la flaque de boue où le serpent se tenait en embuscade. Depuis combien de temps cette saloperie, qui pesait bien ses sept kilos pour un mètre soixante de longueur, attendait-elle le baiser duveteux de son cheval, lovée dans cette mare ? Puis ça avait failli être son tour : en tranchant la tête du reptile avec sa machette, il avait percé la poche à venin ; une goutte empoisonnée projetée sur sa joue avait infecté l'écorchure d'une piqûre de moustique, et voilà qu'il s'était mis à enfler comme une outre et à délirer comme une mère des saintes. Il dira les cauchemars qu'il fit alors, comment il rêva d'une faune devenue intelligente : fauves, oiseaux, reptiles, insectes, tous unis pour fomenter une révolution universelle contre l'espèce humaine dont il était le seul représentant sur le dos du monde. Il racontera comment il marchait, ainsi délirant, sans mule ni cheval, l'appareil de projection au travers des épaules et les bobines comme des nouveau-nés, maintenues par le hamac qu'il avait noué sur sa poitrine.

— À la fois Christ en croix et Vierge à l'enfant, oui ! J'étais un apôtre du cinématographe.

Sur quoi, il avait sombré dans un profond coma et s'était réveillé entre quatre murs de pisé, le visage couvert de feuilles astringentes ; il avait été recueilli par une famille de paysans cabocles dont la grand-mère le nourrissait à la becquée.

— Elle mâchait la pulpe de coco, cette vieille, avant

154

de la glisser entre mes lèvres avec le bout de sa langue. Comme elle chiquait aussi, j'avalais en prime son jus de tabac. J'ai guéri très vite pour que ça s'arrête.

Bien entendu, les cabocles ne possédaient pas l'électricité et ignoraient l'existence du cinématographe. Quand les habitants du village lui demandèrent ce que «représentait» (des années après il s'émerveillait encore de ce verbe divinatoire dans leur bouche ignorante) cette machine – l'appareil de projection –, et à quoi servaient ces roues sans axe – les boîtes de pellicules –, il leur répondit que c'était un appareil à montrer les rêves, et que les rêves en question dormaient enroulés sur eux-mêmes dans ces boîtes rondes. On voulut savoir si ces rêves étaient les siens. Pour plus de commodité, il répondit que oui. Et de quel genre de rêves s'agissait-il ? Eh bien, par exemple, le rêve de partir, ou par exemple le rêve de manger à ma faim. Quand ils demandèrent à voir les rêves en question, il n'eut pas le cœur de répondre qu'il leur fallait attendre l'arrivée de l'électricité. Il fit déployer un hamac blanc entre deux troncs d'*umbuzeiros*, installa le projecteur à la distance convenable, enclencha la pellicule, demanda qui dans le village avait jamais rêvé de partir, plaça derrière le projecteur l'adolescent qui répondit «moi» et quand, à son signal, le garçon tourna la manivelle, il se mit à leur jouer *L'Émigrant* de Charlie Chaplin, en gesticulant devant la toile blanche.

— Ma première projection publique, comme je vous le dis.

Tout cela, il le racontera à la fin de sa vie, titubant de bar en bar, tentant de rejouer sur ses jambes flageolantes les rôles de *L'Émigrant* qu'il avait interprétés devant les villageois hilares : Charlot, la jeune fille et sa mère, mais aussi la foule des émigrés, les membres de l'équipage, et le bateau qui roule, et les assiettes qui glissent d'une extrémité de la table à l'autre.

— J'ai même joué le rôle des assiettes et celui de la table ! Quand le gosse s'arrêtait de tourner la manivelle parce qu'il rigolait trop, je m'arrêtais moi aussi, tout net. Et s'il la tournait à l'envers pour me faire une blague, je me rembobinais moi-même, si vous voyez ce que je veux dire...

Voilà ce qu'il racontera, de bar en bar, les dernières années de sa vie.

Cause toujours...

L'indifférence des fonds de verre...

Aux rares personnes qui lui demanderont les raisons pour lesquelles il boit tant, il n'évoquera jamais un quelconque désespoir, sa débâcle personnelle, cette existence perdue à la recherche de lui-même, non, il reviendra toujours à cette période de sa vie – la traversée d'un continent – où le soleil, dira-t-il, l'avait changé en os de seiche.

— Un de ces trucs blancs qu'on donne aux perruches pour qu'elles se calment le bec, tu vois ?

156

C'est qu'il s'est laissé surprendre par la sécheresse. Il a quitté le village un 14 mars, alors qu'il n'avait pas plu depuis le jour de Noël. Quand les paysans lui ont dit que c'était signe de sécheresse et qu'il ne tomberait plus une goutte d'eau jusqu'à la prochaine naissance du Christ, il ne les a pas crus. Il a repris la route, son équipement arrimé sur deux ânes de Judée, dont l'un pleurait de l'œil droit, comme s'il savait déjà que la terre allait devenir une enclume où il sècherait debout.

L'âne avait vu juste, son compagnon et lui moururent momifiés, deux mois plus tard, à quelques kilomètres l'un de l'autre.

– Allez-y voir, si vous ne me croyez pas, rien ne pourrit là-bas, ils y sont encore.

Il jurera ses grands dieux avoir traversé des plateaux si arides que, pour se protéger du soleil, les arbres y poussent à l'envers, enfouissant leur ramure dans le sol, et que des plantes qui n'ont rien de commun entre elles s'allient en secret contre le ciel en entremêlant leurs racines dans les profondeurs de la terre pour partager leur eau.

– C'est comme ça. Il existe sous nos continents une société de plantes plus solidaires que nous autres en surface ! Je le sais, j'ai creusé !

Tais-toi donc...

Il ne trouvera personne pour le croire. C'est que personne, dans les bars qu'il hante, ne connaît le *Tableau des plantes sociales* de Humboldt ou n'a lu le

157

botaniste Saint-Hilaire, ou même parcouru les *Hautes Terres* d'Euclides da Cunha qui ont servi à la documentation de ces pages... Et on ne le croira pas davantage quand il racontera son plus terrible souvenir : *la pluie qui n'atteint pas le sol*. Les nuages tant attendus s'accumulent enfin au-dessus de ta tête, le ciel noir s'ouvre comme une outre fendue, la pluie, alors, tombe, mais les gouttes explosent à l'approche de la terre trop brûlante, « explosent juste au-dessus de tes mains tendues, de ta bouche ouverte, de tes lèvres pelées, les gouttes explosent avant de t'atteindre, comme si la terre était devenue le soleil en personne, et remontent en fusées de vapeur pour reconstituer les nuages que le vent pousse ailleurs ; là, oui, là, tu sais ce que c'est que l'enfer... ».

– Alors je bois.

10

C'est un miracle s'il atteint la côte vivant. Lind-
bergh sera fêté pour avoir traversé l'Atlantique, lui
c'est le soleil qu'il a traversé, et rien : personne ne le
croira jamais. Il est arrivé au bord du continent quasi
nu, sans un sou, car il a fallu compter avec les bandits aussi, qui lui ont tout pris sauf le projecteur et
les films dont ils n'avaient que faire. Un beau jour, il
a surgi au sommet d'une dune, affamé, les reins secs
et les boyaux collés. En reconnaissant la mer, qu'il
n'avait vue que dans *L'Émigrant* de Chaplin, il a vomi,
comme le Charlot de *L'Émigrant*. À la seule vision du
ressac son cœur a bondi à ses lèvres, les spasmes l'ont
coupé en deux, et tout en produisant des petits jets
de bile cuisante (« mon cul pointait l'air comme le cul
de Charlot »), il riait de bonheur. Ce n'était pas seulement d'avoir atteint la mer, c'était d'être à ce point
possédé par la magie du cinématographe.

– Je te connais, vieil océan, je te connais mieux

que toi-même, je t'ai vu tout vivant dans un film, alors je vomis, bien sûr!

Il fallait boire et manger, vite, vite. Dans la première *tasca* de rencontre, il négocia une séance de projection contre un plat de poulpes frits arrosés à l'eau de coco. L'aubergiste lui fit repasser les films autant de fois qu'il le fallut pour épuiser l'hilarité de sa clientèle.

C'est ainsi qu'il se reconstitua en descendant la côte : il projetait ses films contre le couvert, le gîte, l'habit même; puis, quand il fut bien nourri et convenablement vêtu, il demanda de l'argent. Instruit par l'expérience de feu le projectionniste ambulant, il évita de tendre sa toile au centre des grandes villes où régnaient les propriétaires de salles. Il choisit de se produire dans les lieux clos qui jalonnaient sa route. Certains de ces établissements (les bordels de Doña Taïssa, par exemple, ou les couvents de Sainte-Apolline) lui rappelaient Teresina : ils étaient à ce point fermés sur eux-mêmes que la réalité y pénétrait par les seuls récits qu'on voulait bien en faire. Il projeta dans des casernes, des pensionnats, des postes frontières, mais aussi dans des salons huppés et dans ces hospices où les dames de charité font leur salut en ouvrant les portes de la mort à des vieillards qu'elles n'auraient jamais autorisés à franchir celle de leur maison. Partout, il constata que ses films réveillaient ce que la vie avait éteint. Le cinématographe faisait rire des grabataires et même pleurer des

160

adolescentes qui avaient juré ne s'émouvoir de rien. Dès les premiers tours de manivelle, des émotions oubliées se réveillaient pour exploser en cris de surprise à la surface de vies qu'on croyait inertes. C'étaient des « Oh », des « Ah ! » des « Non mais… », des « Vous avez vu ? » des « Regardez, regardez ! ». Les mourants s'asseyaient en eux-mêmes, leurs visages s'éclairaient ; ils avaient eu des yeux, le cinématographe leur offrait un regard !

De pays en pays, tout au long de son voyage sur la côte, il se prit pour un marchand de résurrection. Il venait de traverser un désert et voilà que les morts se levaient sur son passage !

– C'était ça, les débuts du cinéma ; partout où je plantais mon projecteur, Lazare sortait de son tombeau.

Il se trompait, le cinématographe n'en était pas à ses débuts. (« Exact, c'étaient mes débuts à moi, en fait, et je projetais dans des lieux où les images vivantes n'étaient jamais entrées, d'où l'erreur. ») Il fit son éducation en allant voir d'autres films dans de vraies salles. Il lut des revues spécialisées, il conversa jusqu'à plus soif avec des fanatiques de la pellicule. Il découvrit que Charlie Chaplin n'était pas le seul à faire des films : de la France à l'Argentine, en passant par le Japon, l'Italie, la toute jeune Russie soviétique, et même la Finlande minuscule, la terre entière parlait déjà la langue unique et muette du cinémato-

161

graphe. Le magazine *Photoplay* lui confirma qu'Hollywood était le soleil de cette galaxie : on y tournait 80 % des films de la planète, près de mille par an. (« En fait, Teresina était une exception préhistorique ; nos diplomates devaient être les derniers *Homo sapiens* à s'intéresser à *La Cagnotte* d'Eugène Labiche. ») *Motion Pictures* et *Picture-goer*, *Photoplay*, *Screenland*, *Moving Picture News*, *Motography*, *Variety* et le *New York Dramatic Mirror* lui apprirent tout ce qu'il y avait à savoir sur l'Olympe hollywoodien : Mary Pickford et Douglas Fairbanks formaient un couple incomparable, Peggy Hopkins Joyce inaugurait son cinquième mari et Gloria Swanson songeait à dévorer le foie de Pola Negri. Charlie Chaplin, quant à lui, rentrait d'une tournée européenne absolument triomphale ; il avait plaqué la First National pour fonder les Artistes associés avec une bande d'amis dont la Pickford était le fer de lance : un coup d'État contre le tout-puissant empire des producteurs et des banquiers. Le petit homme qui ressuscitait les morts en marchant comme un canard pesait cinq millions de dollars ! Dix ans plus tôt, c'était un bouffon de music-hall à cinq livres la semaine.

– Tout ça me stimulait énormément.

Un jour qu'il quittait un orphelinat encore sonnant des rires que Chaplin y avait déclenchés, il eut l'idée, pour ajouter à la magie, de s'habiller et de se grimer comme le Charlot des films : melon trop petit, redingote étriquée, pantalons trop larges, godillots démesurés, badine flexible et fausse moustache. L'effet fut immédiat; à le voir tourner la manivelle ici et jouer la comédie là-bas, sur un drap blanc, les spectateurs (des prisonniers, cette fois, des voleurs et des assassins) le regardèrent comme un dieu doué d'ubiquité.

– Certains me tiraient la manche pour vérifier qui de moi ou de l'image était l'image ou moi.

Jamais il n'avait lu pareille ferveur dans les regards; ni pendant son enfance quand il accompagnait le jésuite au chevet des mourants, ni dans son adolescence quand son maître barbier lui récitait, plein de l'espoir qu'il plaçait en lui, la poésie révolutionnaire de Garibaldi, ni même à Teresina quand les plus déshérités venaient lui parler à l'oreille. Il se dit que Charlie Chaplin devait vivre chaque jour le bonheur indicible d'être à la fois cette image et cet homme. C'était cela la gloire! Il jura que ce bonheur serait le sien, à lui, sans partage, et le plus tôt possible! Comme tous ceux qui la désirent ardemment, il se faisait de la gloire une idée précise, dont il jouissait par anticipation : chaque fois qu'il croiserait un regard émerveillé, il vivrait le mystère de sa propre incarnation! Béatifié de son vivant! Être à la fois soi-même et ce «corps glorieux» que son mentor le jésuite promettait aux bienheureux à l'instant de la résurrection. La gloire! De la joie pure! Il connaîtrait enfin l'honneur de se fréquenter.

Allez, allez ! S'embarquer le plus tôt possible !
Traverser l'océan une fois pour toutes.
Hollywood ! Hollywood !
Il n'allait pas traîner longtemps déguisé en Charlot.
Il allait jeter cette défroque aux orties pour devenir
lui-même et l'image de lui-même. La Gloire ! Enfin !
« Tu diras à ta mère que tu t'es fait barbier sur un
transatlantique. »
Et comment !
Il écuma les ports. Il proposa ses services de barbier à trois douzaines de commandants. Il aurait
beaucoup aimé trouver un embarquement en qualité
de barbier. Le destin (ou ce qui en tient lieu : le
hasard, la guigne – mais qui, bien entendu, se présenta comme une chance inespérée) en décida autrement.

11

Où embarqua-t-il exactement ? À Montevideo ? À Buenos Aires ? Curieusement, il l'oubliera. De l'autre côté du continent ?

– Pas sur la côte brésilienne, en tout cas, on parlait l'anglais et l'espagnol, dans cette gargote. La seule chose qui me revient c'est le nom du bateau, à croire qu'il a effacé le reste de mes souvenirs.

Le *Cleveland*.

– Exact, le *Cleveland*, un paquebot de la Hambourg American Line.

Et le nom du capitaine.

– Un Italien, le commandant Polcinelli.

Un nom de comédie...

– Ça ne console de rien, croyez-moi.

Il avait renoncé à se faire embaucher comme barbier. Apparemment la place était courue. Il avait décidé de payer son voyage : il gagnerait l'argent de la traversée grâce à ses projections – le compte y était presque, d'ailleurs – et il voyagerait dans l'entrepont, avec les émigrants. Qu'était-il d'autre, après tout ? Il débuterait au niveau le plus bas pour mieux s'en prévaloir, une fois le sommet atteint. Il s'entendait déjà, tout là-haut, vanter les mérites de la démocratie américaine « qui rend tout possible », ainsi que l'affirmait Mister Chaplin dans ses interviews, « un immigré lui aussi, si je ne m'abuse ».

Donc le voilà qui pousse la porte de cette taverne. (« Mais dans quel port, bon Dieu ? ») L'équipage du *Cleveland* est occupé à se remplir de bière. Ça boit, ça fume, ça braille, c'est on ne peut mieux disposé à s'offrir une bonne tranche de rigolade. Dès qu'ils aperçoivent sa silhouette, les matelots lèvent leurs chopes :

– Eh ! Charlie !

Bon, des Américains. Les marins américains préfèrent la lumière des ports au centre obscur des villes, il n'en a jamais croisé ailleurs que sur les quais. Ce n'est pas la première fois non plus qu'on l'accueille par le nom de son personnage. Il salue à la Charlot, en soulevant son melon du bout de sa badine glissée derrière son dos.

– Amène-toi, Charlie !

Il pose l'appareil de projection dans un coin et godille entre les tables de sa démarche de canard. On s'amuse. Sans un mot, il tend son chapeau qu'il désigne d'un index autoritaire, sourcils arqués, bouche en cul de poule. Sonnent les premières pièces. Il en vérifie une d'un coup de dent. D'une pichenette méprisante il en envoie une autre – minuscule – dans un crachoir. Il fait tout cela très bien. Il s'y est entraîné pendant des heures dans le bureau de Pereira. Et faire tournoyer sa badine, et faire demi-tour sur un talon, et les regards en coin, et les sourires faussement confus, et les crises de hoquet, et les déséquilibres feints... Il connaît son Charlot sur le bout des doigts. On s'esclaffe. Le chapeau se remplit. Sa récolte en poche, il projette *L'Émigrant* sur une nappe clouée entre deux fenêtres. Certains ont déjà vu le film mais tout le monde s'amuse de bon cœur. On en redemande, il en redonne. Il ne faudrait tout de même pas qu'il s'éternise, il a d'autres auberges à visiter, et ce restaurant assez chic qu'il a repéré sur les hauteurs lumineuses de la ville.

Il ne visitera aucune auberge, aucun restaurant. Il passera directement de cette taverne au pont du *Cleveland*.

– Un peu comme dans le temps, quand on saoulait les jeunots et qu'ils se réveillaient en haute mer, mousses sur un baleinier pourri.

(À ceci près qu'on ne l'a pas saoulé, lui, que le *Cleveland* est un luxueux paquebot de la Hambourg American Line, et qu'il va faire la traversée dans la meilleure cabine.)

– Mister Chaplin ?

Il vient de donner le dernier tour de manivelle.

– Mister Chaplin ?

Il se retourne. La lumière s'allume. Il se trouve face

167

au sourire ravi du commandant Polcinelli. Après une infime hésitation, le commandant, émerveillé, murmure en italien :

– Charlie Chaplin... *Non posso crederci !* (Charlie Chaplin... Je ne peux pas y croire !)

Le commandant Polcinelli vient d'entrer. Il est encore tout frais de l'extérieur. Il fait un pas en arrière et crie, par la porte restée ouverte :

– Tommaso, viens par ici, regarde qui est là !

Un autre officier apparaît sur le seuil. C'est le commissaire de bord du *Cleveland* : Tommaso Morasecchi. Le visage du commissaire Morasecchi s'illumine d'un sourire enfantin :

– Chaplin ? *Charlie* Chaplin ? *Ma non è vero !*

– *Guarda, guarda !* insiste le commandant, regarde ! Mais regarde !

12

Ici, une pause.

Un coup d'arrêt, même.

Des années plus tard, devant un de ses innombrables verres vides, le faux Chaplin aura cette réflexion : «Si j'avais tenu compte du *ton* de ces *"guarda"*, surtout du deuxième, j'aurais peut-être saisi l'*intention* de ces rigolos, et je n'aurais pas embarqué sur ce putain de bateau.» Il ajoutera : «On ne peut jamais dire qu'on n'a pas été prévenu...»

Oui... Oui, c'est vrai, s'il avait été plus attentif au ton, et sans doute aux mimiques des deux officiers, il ne serait jamais monté sur le *Cleveland* et la suite de sa vie aurait échappé à ces pages.

Dans le ton du premier *guarda* il fallait entendre : «Morasecchi, regarde attentivement ce type qui essaie de se faire passer pour Charlie Chaplin.» Et dans le deuxième *guarda* cette précision : «Ma foi, s'il veut qu'on le prenne pour Chaplin, faisons-lui ce plaisir, ça nous donnera une occasion de rigoler.»

En d'autres termes, ni Polcinelli ni Morasecchi ne crurent une seconde qu'ils se trouvaient en présence du véritable Chaplin ; leurs exclamations : *Non è vero, non posso crederci* (sur un ton de joyeuse sidération destiné à tromper l'usurpateur) étaient à prendre au pied de la lettre.

La question du ton...

Les mots ne sont que les mots, à peu près rien sans leur dessein que l'on confie au ton et qui transcende leur sens à jamais prisonnier des dictionnaires. Il faut avoir été pensionnaire toute sa jeunesse pour comprendre ce genre de choses, ou prisonnier sous l'oreille de gardiens suspicieux, ou frère et sœur dans la tabatière d'une famille irrespirable, ou médecin chargé quotidiennement d'annoncer l'insupportable, ou alors il faut être deux diplomates, voire deux marins au long cours, Polcinelli et Morasecchi par exemple, habitués à s'ennuyer ensemble dans l'éternité des salons ou sur l'infini des flots.

Cela dit, n'exagérons pas les mérites du commandant et de son commissaire de bord en matière de perspicacité. S'ils n'ont pas cru que le sosie était Chaplin, c'est qu'ils l'ont immédiatement pris pour quelqu'un d'autre. Lorsque le commandant Polcinelli s'exclama : « Tommaso, viens par ici, regarde *qui* est là ! », le pronom relatif « qui » – le *ton* donné par Polcinelli à ce pronom – indiqua clairement à l'oreille complice de Morasecchi que tous deux connaissaient le nouveau venu et que le commandant était ravi de le revoir. Plaisir que partagea instantanément le commissaire de bord quand il crut lui aussi reconnaître l'homme qui prétendait se cacher sous le déguisement de Charlot. (Du coup, le ton de son *Ma non è vero* se teinta d'une nuance d'affection – que le sosie prit pour un effet particulier de l'admiration universelle vouée à Charlie Chaplin.)

Un imbroglio de malentendus donc.

Et, chez les deux marins, une erreur partagée. (La communion dans l'erreur est un des inconvénients de l'amitié.)

Mais qui donc Polcinelli et Morasecchi ont-ils cru reconnaître en la personne du sosie ?

Pour le comprendre, il faut remonter neuf ans plus haut dans leur histoire commune, jusqu'à ce mois de mai 1913 où, le *Cleveland* se traînant sur une mer d'huile et sous un ciel plombé (une avarie de machine avait réduit sa vitesse de moitié), les passagers de première classe frisaient la neurasthénie, au point que le commandant Polcinelli dut secouer son commissaire de bord :

– Trouve quelque chose pour les distraire, merde, ils n'ont même plus envie de se cocufier. Tu ne vois pas qu'ils vont se jeter à l'eau ?

En désespoir de cause, Morasecchi (existe-t-elle toujours, cette profession maritime : commissaire de bord, amphitryon de haute mer ?) alla chercher l'inspiration dans l'entrepont, chez les émigrants. Et

171

là, dans la fermentation des corps, le remugle des tinettes, l'odeur de tôles grasses et de viande avariée, tout cela recuit par une chaleur de damnés, l'attendait un spectacle féerique :

Un couple dansait le tango.

Inutile de décrire l'indescriptible.

Pas de phrase assez légère.

D'un point de vue chorégraphique la fille ne valait pas grand-chose, mais lui,

lui, le garçon...

se disait Morasecchi, saisi par la muette fascination de tous les types de spectateurs que l'humanité avait entassés dans cette cale...

l'émerveillement dans leur regard !

le bonheur unique de gens si différents !

Non, jamais on n'avait vu pareil danseur, et jamais artiste n'eut meilleur imprésario que cette foule déguenillée...

— C'est comme s'il avait été élu par la terre entière, dira Morasecchi à Polcinelli, des années plus tard, un soir où l'ennui réduisait une fois de plus les deux hommes à ronger leurs maigres souvenirs de marins.

Bref, le commissaire engage le jeune *tanguista* à six dollars la semaine, lui flanque un smoking sur le dos (quelle grâce ! même en pingouin !) et le lance tout vivant sur la piste de danse des première classe.

Les cavalières ne lui manquant pas, la croisière devint inoubliable.

Que dis-je, inoubliable...

172

Historique !

...

Car dans la décennie qui suivit, le beau jeune homme, après avoir rapidement glissé sur une carrière de danseur mondain, planta sa bannière au sommet d'Hollywood et se fit universellement connaître sous le nom de Rudolph Valentino.

Rudolph Valentino ! *Le Cheikh* ! La star absolue du moment. Tel était l'homme que les deux amis avaient cru reconnaître sous les traits du sosie déguisé en Charlot.

Hasard, dira-t-on, hasard...

Plutôt fatalité.

Invraisemblance ?

Non. Pas si l'on se reporte aux pages 34-35 de ce récit pour y entendre Kathleen Lockeridge, la danseuse écossaise, décréter que Manuel Pereira da Ponte Martins (et par conséquent son sosie, bien qu'elle en ignorât l'existence) ressemblait à Rudolph Valentino « comme deux gouttes d'eau trouble dans un verre de Murano ».

13

Comment je pouvais deviner ça, moi? (Ce sera un des plus longs monologues du sosie, une tirade qu'on aimera lui faire répéter; il arrivera même qu'on lui remplisse plusieurs fois son verre pour le relancer.) Comment je pouvais me douter qu'au premier coup d'œil, ce crétin de Polcinelli m'avait pris pour Rudolph Valentino? Parce que Pereira lui ressemblait? Mais j'en savais rien! Je n'avais jamais vu un film de Valentino – des trucs de midinettes! – et depuis la sortie du *Cheikh* ses photos ne le montraient qu'emmitouflé dans des chiffons d'Arabe! Comment j'aurais pu reconnaître Pereira sous ces serpillières de luxe? Non, je pouvais vraiment pas savoir que ces deux abrutis avaient reconnu Rudy, le soleil d'Hollywood, sous ma perruque de Charlot, et que le ton des deux *guarda* signifiait : *Gaffe, Morasecchi, fais gaffe, Tommaso mio, tu vois ce gars qui essaie de nous la faire? Eh bien, regarde-le bien, c'est pas Charlie Chaplin, c'est encore mieux, c'est Valentino! Tu ne le reconnais pas?*

174

Rodolfo ! Rodolfo Pietro Filiberto Raffaello Guglielmi di Valentina, alias Valentino ! Comme je te le dis, Rudy en personne ! Le môme de l'entrepont, il y a dix ans, le tanguista *qui a grimpé les collines d'Hollywood sur son cheval blanc, la star que nous avons découverte, nous deux, moi et toi, dans la fosse aux émigrants :* Valentino, Le Cheikh *! Ça y est ? Tu le remets, maintenant, commissaire ? Il est dans la bonne case ?* Tout ça, dans le ton de deux *guarda* ? Allons... En plus, je ne savais même pas que Rudy avait émigré sur le *Cleveland* ! Je ne savais pas que le *Cleveland* avait été son rafiot d'immigration ! Il aurait fallu le savoir, ça aussi !

14

Et puis, il était trop à la joie du jeu pour se méfier, trop excité d'être pris pour Chaplin par ces deux officiers, des hommes instruits, des habitués de la première classe, des mondains à qui on ne la fait pas. Leur enthousiasme confirmait son génie de comédien, voilà ce qu'il se disait ! Il était trop heureux, aussi, d'entendre parler l'italien de son adolescence. D'autant qu'avec sa barbe et ses cheveux frisés autour de ses lunettes rondes, le commissaire Morasecchi lui rappelait son vieux barbier garibaldien.

Alors, sans s'attarder au ton des deux *guarda*, il avait tendu une main franche au commissaire Morasecchi, et dit, dans son meilleur italien :

– *Guarda e toca, Tommaso, uomo di poca fede.* (Regarde et touche, Thomas, homme de peu de foi.)

L'autre n'en finissait pas de lui secouer la main.

176

– Mister Chaplin! Et vous parlez l'italien, par-dessus le marché!

– L'italien, l'espagnol, le portugais, mon anglais d'Angleterre, et même un peu de français quand il faut vraiment que je paraisse intelligent.

15

C'est vrai, je me suis mis à leur parler italien, par-dessus le marché ! *Tommaso, uomo di poca fede...* Quand j'y repense... Le coup d'œil qu'ils ont dû échanger, à ce moment-là ! « Putain, tu as raison, Pol-cinelli, c'est Valentino, il parle italien, et il n'a pas perdu son accent des Pouilles ! » Eh oui, j'ai l'accent pouilleux quand je parle italien, vu que mon barbier, le garibaldien, était des Pouilles, comme Valentino, et comme la mère du commissaire Morasecchi, une fille de Tarente ! « Il parle l'italien de chez nous, c'est Rudy ! Son père était de Castellaneta ! – Et sa mère était française, non ? – Si ! Une Alsacienne. » Ce qu'ils ont dû se monter le bourrichon, dès que j'ai eu le dos tourné ! « Mais qu'est-ce qu'il fout ici, déguisé en Cha-plin ? – Va savoir... Se prouver à lui-même qu'il peut jouer autre chose que les roucouleurs du désert... – D'accord, mais pourquoi *Chaplin* ? – Parce que c'est un comique ! Parce qu'il n'y a pas plus différent de lui ! Et parce que Chaplin est le meilleur ! Parce que si tu réussis ce coup-là, te faire passer pour Chaplin quand tu es Valentino, tu peux jouer n'importe quoi!»... Avec le recul, j'imagine assez leurs spéculations à la con... «Chagrin d'amour, aussi, il vient de se faire plaquer par la Rambowa, c'est quand même sa deuxième femme! Va savoir comment une idole comme Valentino peut réagir à ça? – Attends, attends, et Pola Negri, on ne parle pas de Pola Negri ces temps-ci? Je croyais qu'il se consolait avec Pola Negri... – Pola Negri, Pola Negri... dis donc, c'est une ex de Chaplin, ça, Pola Negri, non? – Si, si! *Le plus sinistre des comiques*, elle disait. – Se foutre de Chaplin, alors? Valentino veut se payer Chaplin?»... Bon Dieu, je les entends d'ici... tout ce jus de magazine... C'est que ça s'emmerde, un marin. Vous avez déjà vu l'océan? Un champ de coton qui couvrirait les deux tiers du globe! Creuser son sillon là-dedans, aller-retour, sa vie durant... Du coup, tout devient possible sur un bateau. En tout cas, je peux pas trop lui en vouloir à Morasecchi; c'était une bonne occasion d'amuser la galerie. Pas un seul commissaire de bord n'aurait résisté à la tentation: *Mesdames et messieurs, je vous demande toute votre attention, nous avons Rudolph Valentino à notre bord, mais pour des raisons qui lui sont personnelles il tient à se faire passer pour Charlie Chaplin. Je compte sur votre courtoise discrétion pour respecter son désir d'anonymat. Faites comme si de rien n'était, la traversée n'en sera que plus passionnante!*

16

Donc on fait mine de le prendre pour Chaplin. On l'invite à s'asseoir. Le quartier-maître et l'officier des machines se joignent. Clins d'œil discrets. On reste imperturbable. On lui demande ce qu'il fait ici, dans ce port, si loin de chez vous, Mister Chaplin, il répond qu'après son récent triomphe en Europe – cet « excès de gloire » – il a éprouvé le besoin de se « refaire une virginité » en s'offrant une petite virée sud-américaine, incognito, qu'il s'est enfoncé dans l'*interior*, là où il n'était pas encore connu, là où le cinématographe n'existait toujours pas, qu'il vient de revivre les toutes premières émotions provoquées par la découverte des « images dansantes ». Connais-sent-ils Teresina ? Non ? Figurez-vous que le cinéma est interdit, là-bas ! Il raconte le chemin du retour, son « cabotage intérieur », ses visites aux hospices, aux casernes, aux orphelinats, aux prisons, l'émo-tion en ces lieux clos, le cinématographe comme aux jours de sa naissance ! Mais voilà, la récréation est finie, il doit rentrer chez lui à présent, une série de tournages importants, pour les Artistes associés. Vraiment ? Il rentre ? Quel bateau ? Son choix n'est pas encore arrêté. Dans ce cas pourquoi pas le nôtre, nous allons à New York, ce serait un tel honneur, ne dites pas non, mister Chaplin, gratis et cabine royale, cela va de soi... Eh bien, ce serait avec plaisir, mais... Mais si ! Mais si ! Allons, Signor Chaplin, *venga con noi, la prego* ! Et quand donc ? Demain, nous appareillons demain. Tentant, bien sûr, la solution *Cleveland*, tentant, il y met une condition, toutefois, *sine qua non*. Laquelle ? Le secret, pardi ! Et absolu ! Qu'adviendrait-il du sosie que j'ai laissé aux USA si on allait raconter partout que Chaplin, le vrai, se prélasse sur un paquebot de la Hambourg American Line alors qu'il est censé être enfermé chez lui pour peaufiner ses projets, hein ? Que penseraient mes amis des Artistes associés et les banquiers investisseurs ? Rupture de contrat, procès, dédommagements ! Il est hors de question que cette nouvelle passe les limites du bastingage, même les poissons ne doivent rien savoir ! Cela doit rester entre le *Cleveland* et moi. Il n'y a que mon frère Sydney qui soit au courant de mon escapade, rien que Sydney, et encore, il ne connaît pas la date de mon retour, je compte lui en faire la surprise ! Pour ce qui est d'une indiscrétion, Signor Chaplin, vous ne risquez rien, aucun danger ! Comptez sur nous, maestro, tu y

veilles personnellement, Tommaso, motus et bouche
cousue, d'accord? Sur tes galons de commissaire!

...

Voilà.

À peu près.

17

La traversée fut du même tonneau. Les mêmes histoires, le soir, à la table du commissaire Morasecchi, en plus développées, bien sûr, les dîners sont longs sur l'océan et le parfum des dames stimule les glandes narratives. En parfait homme du monde, Morasecchi regonflait les voiles du sosie dès que son récit faiblissait. Combien de fois lui a-t-il fait raconter la projection sans électricité dans le village cabocle, par exemple?

– Ah! ils se sont bien amusés!

Lui, bien sûr, poussait l'histoire des cabocles toujours plus loin : «Le plaisir que m'ont donné ces demi-sauvages, eux qui ne me connaissaient pas, de me *reconnaître* ainsi – acteur! – par la simplicité de leurs rires! Ce fut comme une deuxième naissance! J'étais adoubé par l'Homme originel!»

Jusqu'à la fin de ses jours il s'entendra pérorer à cette table ronde :

– Ça, pour m'enfoncer dans l'intérieur, on peut dire que je me suis enfoncé dans l'intérieur !

Ce fut cela, les soirées sur le *Cleveland* : de la broderie sur un océan. Il répondait avec spontanéité aux innombrables questions que les dames lui posaient. Spontanéité sans mérite, car c'est un monde où l'on glisse poliment dans les questions que l'on pose ce qu'on souhaite trouver dans les réponses... (Luimême tenait ces réponses des magazines où il venait de faire son éducation.) «Est-il vrai, monsieur Chaplin, que vous avez connu l'orphelinat ? – À Londres, oui, pendant la maladie de ma mère... » Les maris s'agaçaient parfois : «Et que, tout anglais que vous soyez, vous avez échappé à la guerre ? » Il partait d'un rire franc sous un regard triste : «Réformé ! Trop petit ! Je n'avais pas cette taille magnifique qui, je n'en doute pas, a fait de vous un héros. » Il mettait les rieurs – les rieuses, surtout – de son côté. Des chapelets de sottises distinguées. Parfois, il feignait d'écraser une larme et, à ces instants d'émotion, il se trouvait toujours une main gracieuse pour se poser sur la sienne.

– Bon Dieu... quand j'y repense... Oh ! là là...

Les journées se passaient en trois temps. Cabine le matin, long réveil, collation de prince ; projections l'après-midi, dans l'entrepont où s'entassaient les candidats à l'émigration :

– Et croyez-moi, projeter *L'Émigrant* aux immi-

184

grés, malgré tout ce qui a suivi, ça reste un sacré souvenir !

Puis venait le soir. Smoking, Martini, dîner, brandy, et la première moitié de la nuit : tango. Les couples refluaient pour le regarder danser. Il bénissait Pereira d'avoir fait de lui un *tanguista* hors pair. Lui-même ne regrettait pas d'avoir brisé les reins de son propre sosie jusqu'à ce qu'il sût mettre ses pas dans les siens. Il dansait comme un roi.

– Cette admiration pour mon tango, là encore c'était un signe... Mais voilà, dans la vie ce ne sont pas les signes qui manquent, c'est le code.

Les couples refluaient au bord de la piste dès que lui s'y lançait, une femme dans les bras. Il crut qu'on l'admirait en tant que danseur. Cette illusion, bien entendu, lui donna des ailes. («D'ailleurs, on m'admirait *aussi* en tant que danseur ; c'était *moi*, tout de même, qui dansais, ce n'était pas Valentino !») «La musique lance le *tanguista*, lui avait expliqué Pereira, mais ce sont les regards qui le créent.» «On danse toujours dans un regard, affirmait Pereira, surtout le tango !» (Des mois durant il s'était entraîné sous le regard de Pereira.) «La musique, tu peux t'en passer, les regards, non. Recommence !» (Il recommençait.) «La vraie piste de danse, c'est l'œil de celui qui ne danse pas, l'œil exorbité de tous ceux que tu décourages. Recommence, abruti, tu ne découragerais pas un cul-de-jatte !» (Ah ! Pereira...) «Je veux que tu les cloues sur leurs chaises, tu entends ?» Ça, pour être cloués sur leurs chaises! Aucun doute, Pereira avait fait de lui le vice-roi du tango. Il dansait seul sur l'océan, une femme dans les bras et chaque fois, lui semblait-il, la plus belle femme du monde!

C'était un autre aspect de la question, ça, la beauté des femmes. Il n'était plus à Teresina. Il n'était plus un pseudo-président marié à son peuple. Fini, le vœu de chasteté. Il n'avait plus à se contenter d'ouvrir le bal avant d'aller se coucher, seul dans ses draps présidentiels. Pendant ces années Pereira, il s'était empli du parfum des femmes sans en toucher aucune. Enfin, ce qu'il appelait les «vraies femmes». Pour les autres, il s'était servi sans réserve : dans les bordels d'un peu partout, au fond des villages les plus reculés, des «coups de trique hygiéniques», selon l'expression de Manuel Callado Crespo. Mais ce qu'il appelait les «vraies femmes», les femmes qui se parfument et qui dansent, les femmes à robe de soirée, les femmes à bijoux de femmes, les femmes aux bras blancs, aux épaules rondes, au dos flexible, les femmes aux cuisses de satin et au ventre souple, les femmes que leurs décolletés épanouissent, les femmes ondoyantes et soyeuses, les femmes à la peau de farine, les femmes aux lèvres pleines, aux joues de pétales, au front lisse, au regard chaste et savant, toutes celles dont les silences murmurent et qui jamais ne haussent le ton, les femmes de la caste présidentielle, celles-là, non, pas une seule. Il avait suivi les consignes de Pereira au doigt et à l'œil. Il s'était enivré de leur parfum, ses mains de danseur avaient conservé des nuits entières les promesses de leurs hanches, du haut de sa loge présidentielle il avait laissé son regard plonger entre leurs seins, glisser le long de leurs courbes, mais rien d'autre. Juré!

Eh bien, ces temps étaient révolus.

Fini.

Il en eut la confirmation dès le premier soir, quand, la nuit bien avancée, il entendit gratter à sa porte et que sa première cavalière se coula dans sa cabine, se blottit, que la soie tomba, que leurs peaux nues dans la fraîcheur du hublot entrouvert...

Mais l'émotion...

se dit-il,

la surprise peut-être,

l'inattendu de la chose...

Bref, cette nuit-là il resta lettre morte.

...

Il invoqua la fatigue après ce long périple dans l'*interior*, le temps nécessaire à la réadaptation... Qu'elle ne s'inquiète pas, surtout, elle n'y était pour rien, c'était lui, c'était l'épuisement. Il la fit sortir, tout doux, et quand parvenue au fond de la coursive elle se retourna tristement, il lui fit un dernier au revoir, du bout délicat de ses doigts.

...

Il se réveilla avec une honte d'homme et passa la journée à fuir le regard de sa cavalière. Par bonheur, ce ne fut pas elle qui gratta à la porte de sa cabine, la nuit suivante, mais une autre élue. Par malheur le résultat fut le même. Et ainsi de suite, de nuit en nuit, toujours une désirée nouvelle, mais de fiasco en fiasco. Il se vengeait le jour, chez les émigrants, où, après avoir graissé la patte à une sentinelle, il baisait sèchement, dans des recoins, avec la brièveté hargneuse d'un chat. En sorte que chaque jour ou presque, il laissait dans l'entrepont une fille en larmes, violée par un dieu prédateur, pour pleurer lui-même, la nuit venue, sur sa propre humiliation.

– Pereira me tenait par les couilles!

« Ne touche pas aux femmes de ma caste, sinon je te les coupe.»

– Ce genre de menaces, il suffit d'y croire une fois.

Plus il ruminait ces pensées entre les bras nus des «vraies femmes», plus la vie se retirait de lui à l'instant de l'incarnation : chiffe molle.

– C'est Pereira qui me faisait débander! Pas d'autre explication. Je ne m'en suis jamais remis.

À chacune de ses conquêtes il donnait une explication différente mais toujours pitoyable : la fatigue, l'émotion, la sidération de la beauté, sa fidélité à sa propre femme, le brandy, une baisse de tonus, le souvenir inopiné de sa mère...

Il n'en continuait pas moins à faire le joli cœur sur la piste de danse, et le malin, assis à la table ronde. Encouragé par Morasecchi, il prétendait qu'après cette expérience sud-américaine, c'était l'Afrique qu'il allait s'offrir. Oui, un jour il ferait une autre fugue;

188

son projecteur Motiograph sur le dos et ses pellicules sous le bras, il irait en Afrique, incognito ! Il projetterait ses films chez les Cafres et les Zoulous ! « Il n'est pas exclu que j'en profite pour civiliser un ou deux Boers... »

– J'étais vraiment... on peut dire que j'étais... enfin...

Mais, que voulez-vous, il émouvait. Les « vraies femmes » fondaient en écoutant ses sornettes. Leurs regards lui ouvraient un cœur humide, chaud, ombragé, palpitant, soyeux, promis et profond comme l'éden. Pas une seule fois il ne put y pénétrer.

– Je restais comme un damné devant les portes du paradis.

Le reflux de la vie, en lui, à ces moments-là... En lui justement, tellement tendu vers le désir de devenir quelqu'un !

– Je n'existais plus du tout.

L'une des « vraies femmes » s'en émut, un soir qu'il éclata en sanglots. Elle prit sa tête dans ses mains, elle la posa entre ses seins (si blancs pourtant, et si fermes, et si tendres, et si tièdes en leur sillon, si conformes à ses rêves de seins !), elle glissa ses doigts dans ses cheveux, le caressa pendant ce désespoir assourdissant, puis, quand il se fut un peu calmé, qu'il put enfin l'entendre, elle dit :

– Ce n'est rien, Rudy, ça arrive aux meilleurs...

18

– Rudy...

Jusqu'à la fin de sa vie il soliloquera autour de ce prénom, comme s'il gisait au fond de son verre.

– La première qui m'a appelé Rudy, je n'ai pas fait attention, j'ai cru que c'était un Rudy à elle, ou que sa langue avait fourché.

– ...

Et puis il y en eut une deuxième : « Ne t'en fais pas, Rudy, je suis là. »

– À celle-là, j'ai dû dire : « Rudy ? », en y mettant un point d'interrogation. Elle m'a regardé avec cet air qu'elles ont quelquefois, quand on se connaît à peine et qu'elles voudraient combler le temps qu'on n'a pas eu ensemble. Elle a posé son doigt sur mes lèvres et elle a murmuré « Je sais, je sais, je ne dirai rien... »

– ...

– Si j'avais su, moi, qui c'était, ce Rudy, j'aurais sauté dans un canot de sauvetage et j'aurais pris le large.

19

Quand je pense... Quand je pense que je croyais les mettre dans mon lit... C'est elles qui m'ont cueilli, oui! Cueilli, pelé, partagé! Ah, le beau fruit! Ne vous bousculez pas, il y aura du Rudy pour toutes et pour chacune! Une sorte de tombola. Elles devaient tirer un numéro. Elles raffolaient des tombolas, presque tous les soirs on avait droit à une tombola au profit de l'entrepont. Grâce au camarade Morasecchi les vraies femmes ont cru s'offrir Rudolph Valentino en plongeant dans mon lit! Valentino! Par fascination, d'abord. Pour vérification, ensuite. Des visites médicales, voilà ce qu'elles lui ont fait passer, à la star des stars. Dire que même ça, ça ne m'a pas mis la puce à l'oreille! Parce que, enfin, un bon danseur de tango, même s'il se fait passer pour Charlie Chaplin, ça peut entraîner, disons... deux ou trois femmes de première classe dans sa cabine, une dizaine, à l'extrême limite. Mais pas *toutes*! Toutes, non! Toutes, il fallait le consentement des maris! Et ça, à l'époque, il n'y avait que Valentino, pour réussir un coup pareil. C'était l'archange d'Hollywood, Rudolph Valentino, l'astre au-dessus des étoiles! Elles l'avaient vu danser sur tous les écrans : dans *Alimony*, dans *Les Quatre Cavaliers de l'Apocalypse*, dans *Camille*; Rudy, le tango personnifié! Et un cœur à prendre, avec ça! Parce qu'elles savaient toutes que Rudy avait été le mari malheureux de Jane Acker, envolée le lendemain même de ses noces, et que sa deuxième épouse, la Rambowa, avait elle aussi jeté l'éponge après le premier round. Elles étaient toutes prêtes à le consoler, tu penses! Il fallait entendre les gens parler de Valentino, à l'époque. De Fairbanks, on disait : « Ah! qu'il est beau, qu'il est gai, qu'il est fort, quelle vitalité!» Ceux qui le connaissaient mieux ajoutaient : « Et quel brave garçon, si vous saviez!» De Chaplin, on disait : «Quelle intelligence! Quel homme d'affaires! Et quel humaniste, pourtant!» De Valentino, on ne disait rien; en voyant sa photo on murmurait juste : «Regardez, c'est lui.» Et il n'y avait pas une femme au monde – au monde, vous m'entendez! – pour demander : «Qui, lui?»

Elles étaient mûres pour le reconnaître, tu parles! Et elles l'ont reconnu! En moi, bordel! En moi!

Oh! Rudy...

Elles pensaient avoir décroché le soleil et elles se retrouvaient au lit avec un astre mort...

C'est ce qui me fait le plus honte, au bout du compte. Parce qu'à bien y réfléchir, ce ne sont pas

ses deux mariages merdiques qui lui ont fait sa réputation de sans-queue, à Rudy, c'est moi !

Dès qu'on a accosté, sa renommée s'est répandue.

Par ma faute.

À l'échelle planétaire.

L'effet Hollywood...

Et ça lui a pourri la vie.

Mais qu'est-ce que j'aurais pu faire ?

...

Et si je ne pouvais rien faire, d'où ça me vient, cette
impression de ne pas avoir fait ce que j'aurais pu
faire ?

20

– Oh! Rudy...

À la longue, tout de même, on se lasse; les années passant plus personne ne suscite ses monologues dans les bars où il ressasse, alors que Rudolph Valentino est mort depuis longtemps et que lui-même glisse vers la sortie... On saisit des bribes... Un vieux cinglé qui se prend pour Chaplin ou pour feu le Cheikh Valentino... Ou qui justement voudrait qu'on ne le prenne ni pour l'un ni pour l'autre... On ne peut pas dire qu'il se plaigne, d'ailleurs, il remâche, c'est tout, comme un à qui on aurait fait une telle surprise qu'il n'en serait jamais revenu. Et quand il pleure ce n'est pas sur lui, c'est sur l'honneur perdu de Rudolph Valentino.

Il rumine.

– Tout ça parce que Valentino ressemblait à Pereira, soi-disant...

La glace est tiède dans son verre.

21

Persuadé qu'on le prenait pour Chaplin, acharné à peaufiner son imitation, il ne se douta de rien jusqu'à la fin de la traversée. Il était trop occupé à souffrir auprès des «vraies femmes», à se venger dans l'entrepont, à briller sur la piste de danse, et à brosser en imagination le somptueux tableau de son avenir. Il se disait qu'après une telle performance d'acteur (des années de Pereira et toute une traversée dans la peau de Chaplin sans un soupçon!), il saurait interpréter tous les rôles imaginables; Hollywood ne pourrait faire l'économie d'un talent à ce point universel. Il jouerait tout car il savait tout jouer! Il allait devenir une fois pour toutes l'acteur qu'il avait toujours été! *Devenir* et restaurer sa virilité bafouée. Devenir et bander enfin à sa hauteur! C'était un duel entre Pereira et lui. À tel point qu'une nuit il en rêva le film. («Oh! bon Dieu, oui, je me souviens de ce rêve.») Il rêva qu'il tournait sa propre histoire; l'histoire d'un barbier anonyme («moi»), innocent sosie d'un dictateur fou (« Pereira »), mais qui échappait à son emprise en se révélant un comédien de génie. Le sosie devenait une étoile au firmament d'Hollywood et le dictateur finissait lynché par le peuple dans l'éblouissante poussière d'une place ronde comme une arène.

À son réveil, le songe devint résolution : il réaliserait ce film ! Il en écrirait le scénario, il le tournerait lui-même, il en interpréterait les deux rôles principaux et, pour faire bonne mesure, il le produirait et le distribuerait dans le monde entier. Avec quel argent ? Mais avec la fortune qu'il allait amasser comme acteur, pardi, en tournant sous la direction des plus grands : Griffith, Walsh, Fleming, Capra, Lubitsch, Chaplin lui-même peut-être, la fine fleur d'Hollywood !

Non seulement son film serait un succès mondial mais un chef-d'œuvre pour l'éternité du cinématographe ! Il fallait d'urgence lui trouver un titre.

Voyons...

Un titre...

Pourquoi pas « Devenir », justement ?

Devenir ?

Peut-être...

Comment ça, peut-être ? *Devenir ?* Splendide ! Pouvait-on trouver titre plus américain ? Plus hollywoodien ?

DEVENIR.

Adopté.

Devenir, le film qui pulvériserait le box-office et ferait débander le président Manuel Pereira da Ponte Martins !

– Mon plus grand succès à la table de Morasecchi a été le scénario de ce film ! Je leur en racontais un épisode tous les soirs avant de les envoyer se coucher. C'était l'histoire de ma vie, et ils s'écriaient tous : « Quelle imagination ! Non, mais quelle imagination ! Où allez-vous chercher tout ça ? »

22

Ce fut donc avec la ferme intention de « devenir »
qu'un matin il vit Manhattan lui ouvrir ses bras de
brume et la statue de la Liberté surgir des flots pour
l'accueillir en personne.

– À vrai dire, j'ai surtout été frappé par le silence.
On aurait dit que le bateau glissait sur de la stupeur.

Puis il y eut les cris de l'entrepont – « New York ! »
– mêlés au brame des sirènes, le hourra immense des
rêves aboutis, les embrassades, la fébrilité des pré-
paratifs, le lent accostage du *Cleveland*, et l'interminable descente des passagers retombés en silence,
lui-même passant la journée dans sa cabine, le commandant Polcinelli lui ayant recommandé d'attendre
le soir – discrétion oblige – que le bateau se fût complètement vidé et que fût arrivée la limousine que
Morasecchi avait tenu à mettre à sa disposition : « Il
vous suffira d'indiquer au chauffeur la destination de
votre choix, nous nous portons garants de sa discrétion. »

Nuit tombante, donc, il est le dernier à descendre l'échelle de coupée. Morasecchi et Polcinelli, accoudés au bastingage, lui lancent des au revoir. Ils l'ont remercié encore et encore : une traversée inoubliable, grâce à lui, merci, merci, le commissaire et le commandant ne savent comment lui exprimer leur reconnaissance. Il leur a gentiment tapoté l'épaule : «Allons, pas d'effusion, je vous en prie, ce serait trop... Et puis nous nous reverrons, je ne manquerai pas de recommander le *Cleveland* aux Fairbanks.»

Maintenant, il descend... La longue perspective de l'échelle de coupée plongeant vers cette voiture au toit luisant, il descend dans la rumeur de la ville; il se demande quelle destination il va donner au chauffeur, auquel on a déjà livré ses bagages et qui l'attend sur le quai, debout près de la portière, casquette basse. Il descend, il s'enfonce, le cœur battant, dans un parfum composite de pétrole, d'océan au repos, de tôles et de cordages graisseux, de pierres humides et de nature fraîchement éclose. New York! Il y est arrivé! L'Américky, patrie du cinématographe, il a réussi! Et déjoué les services de l'immigration! Il se retourne, il fait un dernier signe au commandant et au commissaire de bord dont il ne distingue plus que les ombres là-haut, sur un ciel d'encre pâle, tandis que la voix du chauffeur lui souhaite le bonsoir et que la portière s'ouvre en silence, dans une exhalaison de cuir précieux et de tabac français.

Il monte, en se demandant toujours (il est au bord

du fou rire) quelle destination indiquer au chauffeur, et découvre qu'il n'est pas seul à l'arrière de cette limousine.

Pereira est là, et Charlie Chaplin – le vrai cette fois.

Assis à l'arrière de la voiture.

Qui démarre.

23

Le choc fut tel qu'il en rêva jusqu'à la fin de sa vie. Pereira et Chaplin ! Jusqu'à sa dernière nuit il se réveillera, arraché au sommeil par les tenailles de ce cauchemar : Pereira et Chaplin l'attendant dans cette voiture, le soir de son arrivée à New York !

La voiture a quitté le port. Manuel Pereira da Ponte Martins et Charlie Chaplin bavardent sans se préoccuper de lui, « comme si j'étais mort ». La voiture longe un parc sombre comme une peur d'enfant. Il veut descendre. Il veut sauter en marche. Mais non, portière verrouillée, bien sûr.

Même quand il aura tout perdu, même quand il n'aura plus que la rue pour refuge, il se réveillera, l'esprit cognant dans le cœur, immensément soulagé de retrouver sa misère, les cartons d'emballage qui le protègent du ciel, les vieux journaux qui le gardent du froid, l'impasse où il a trouvé refuge, sa solitude définitive... Calme-toi, ce n'était pas Pereira, souviens-toi, ce n'était pas Pereira ! C'est vrai, ce n'était pas Pereira. Bon, ce n'était pas Pereira. De nuit en nuit le rêve, pourtant, reviendra :

— Que voulez-vous, quand on a vraiment perdu la partie, quand il ne vous reste que des cauchemars, on finit par s'y attacher. Celui-là, je le fais juste pour le plaisir de me réveiller.

— Alors, ce n'était pas Pereira ?

— Non, c'était Valentino, bien sûr.

— ...

— ...

— Sans blague ?

24

– C'est la vérité, bordel ! Chaplin et Valentino m'attendaient à la descente du bateau ! J'ai une foule de détails, je peux...

La marque de la voiture, « aménagée comme un salon de vieille pute », la marque de leurs costumes, la marque des chapeaux, les cigarettes françaises de Valentino, les chaussures anglaises de Chaplin, les gants de pécari de l'un et de l'autre, le sujet de leur conversation, « ils parlaient cinéma, Valentino voulait passer à la réalisation », le nom du chauffeur, sa capote blanche à col de velours noir...

(On dirait la liste d'un chef décorateur qui fait le tour du plateau, calepin en main, pour s'assurer que tout est bien en place, et d'époque.)

Il en passera, des heures, à élever ces détails au rang de preuves irréfutables ! Personne ne cherchera même à le croire. On le titille, histoire de rigoler :

– Allez, encore un coup de Chaplin et de Valentino !

Contre un dernier verre.

– Ce qui m'a d'abord frappé, quand j'ai compris que ce n'était pas Pereira mais Valentino, c'est à quel point Valentino était différent de Pereira. Dieu sait s'il lui ressemblait, pourtant ! Jusque dans la façon de tenir son fume-cigarette. Mais Valentino c'était un Pereira qui aurait eu une âme ; ça faisait une différence énorme ! La nature fait de ces trucs quand même... Vous savez que c'était un saint, Valentino, vous le savez ?

Ici, plus personne ne comprend ce qu'il dit. Cette *dissemblante ressemblance* leur passe très au-dessus de la tête.

– C'est flou, ce que tu racontes.

– Parce que c'est vrai.

25

Dans la voiture qui a quitté le port («et cette fois-ci ce n'est pas un rêve!»), Chaplin sermonne doucement Valentino. Il s'adresse à lui en frère aîné. Les deux stars parlent cinéma. Apparemment, Valentino souhaite passer à la réalisation. Il a dû raconter un scénario à Chaplin et s'exalter un peu, ses yeux brillent encore. Il demande à Charlie ce qu'il pense de son sujet : «Gordon est très enthousiaste, vous savez! – La question n'est pas là, répond Chaplin avec patience, tous les banquiers du monde trouveront vos sujets épatants, Rudy.» Le grand frère donne une leçon de réalisme à l'apprenti. «En passant de l'autre côté de la caméra, vous descendez de l'Olympe, vous entrez vraiment dans l'arène.» Chaplin parle d'une voix douce mais brève, un peu nasale : «C'est sur terre que nous attendent les procureurs, Rudy.» Il parle en connaissance de cause : «Méfiez-vous des banquiers, surtout de Gordon, je l'ai pratiqué à l'époque du *Kid*.» Chaplin est catégorique : «Un film, ça ne se tourne pas à Wall Street.» Ou encore : «Les investisseurs vous écouteront toujours avec sympathie, surtout vous, Rudy, mais ils finiront par vous persuader que les bonnes idées se pêchent exclusivement dans leur tiroir-caisse. Foutaise!» Chaplin vibre : «Ne vous laissez rien imposer : ni vos sujets, ni vos vedettes, ni même le dernier soldat de votre équipe technique.» Un temps. «Si toutefois vous voulez faire une œuvre, bien sûr... Dites-moi, Rodolfo, voulez-vous vraiment faire une *œuvre*?»

La nuit est tout à fait installée, à présent. La voiture longe le parc de Battery. «Et Pola?» Chaplin demande à Valentino ce que Pola Negri pense de son désir de passer à la réalisation. «Qu'en pense Pola?» Valentino élude. «Qui sait ce que pensent les femmes?»

Dans une autre version, il raconte une histoire un peu différente. Il descend du bateau, il monte dans la voiture, Chaplin et Valentino sont là, ils poursuivent leur conversation comme si de rien n'était ; c'est le sujet de la conversation qui diffère. Dans la voiture qui roule (et qui, là encore, sortie du port, longe le parc de Battery), Chaplin parle d'un concours organisé quelques années plus tôt, un concours de sosies, à l'échelon national. On devait élire le meilleur sosie de Charlot. Des dizaines de candidats étaient venus de tous les États, avec le costume, la badine, les chaussures, la fausse moustache... Les épreuves éliminatoires avaient eu lieu à Santa Monica et la finale, ici, à Broadway.

Et Chaplin de conclure, sans rire :

– Je suis arrivé troisième.

...

(« La dernière fois, tu nous as dit que Chaplin avait déclaré qu'il était arrivé sixième. – Sixième, troisième, qu'est-ce que ça peut faire ? Personne ne voit donc jamais où est l'*important* d'une histoire ? »)

27

La voiture longeait le parc de Battery. Une brusque bouffée d'herbe grasse le suffoqua. Teresina ne lui avait pas appris que la nature pouvait être à ce point végétale. Il décida de s'évader pendant que Chaplin et Valentino bavardaient. L'Américky était grande, on mettrait un siècle à le retrouver s'il plongeait dans la nuit de ce parc. Il avait discrètement glissé sa main sur le chrome de la poignée. Il avait attendu un ralentissement, un arrêt à un croisement.

Mais non, portière verrouillée, bel et bien.

C'est à cet instant que Chaplin s'était adressé à lui.

– Alors ?

– ...

– Qui êtes-vous ?

– ...

– Puisque vous n'êtes ni Valentino ni moi, qui êtes-vous ? Ou plutôt (la question de son identité étant somme toute secondaire), qui vous paie ?

Sans lui laisser le temps de répondre, Chaplin avait

208

égrené les noms de tous ceux qu'il estimait susceptibles d'engager un pitre pour leur nuire à Valentino
et à lui : banquiers frustrés, producteurs concurrents,
femmes éconduites, comédiens jaloux, revanchards
de tout poil, chroniqueurs en mal de copie, amis far-
ceurs aussi (on ne pouvait jamais savoir, à Hollywood, avec Douglas, par exemple, ou avec ce cinglé
de Fatty, le genre de blagues qui pouvait leur passer
par la tête), qui ? Qui avait profité de la retraite de
Rudy à Falcon Lair pour faire croire à sa présence
sur le *Cleveland,* déguisé en Chaplin ? Qui s'était
offert le concours d'un clown mercenaire ? Et qui
avait mis le *Chicago Tribune* sur le coup ?

– Qui ?

28

– Parce que – et ça non plus je ne le savais pas ! – il y avait à bord du *Cleveland* ce rédacteur du *Chicago Tribune,* celui qui a cherché à salir Rudy, plus tard, à la sortie du *Fils du Cheikh.* Vous vous souvenez de ce papier, non ? *Pourquoi quelqu'un n'a-t-il pas noyé Rudolph Valentino, il y a quelques années ? Ça aurait évité qu'il soit importé aux États-Unis.* Mot pour mot. *Rodolfo Guglielmi, alias Rudolph Valentino, qui ne sort jamais sans son poudrier.* Homo americanus, *ma chère !...* Ce genre de cochonneries anti-italiennes. Ils sont allés jusqu'à distribuer le journal à la sortie du Mark Strand Theater, le soir de la première. Eh bien, ce type-là, ce journaliste, se trouvait à bord du *Cleveland.* Valentino déguisé en Chaplin, tu parles comme il a sauté sur l'occasion !

(Ici, il tend son verre. On le lui remplit, bien sûr.)

– D'autant que Chaplin aussi, ils l'avaient dans le collimateur : l'English qui refusait la nationalité américaine, vous pensez ! Donc, ce fouille-merde câble la

210

nouvelle à sa rédaction. Le rédac chef joint aussitôt Chaplin, moitié pour vérification, moitié pour faire monter la sauce : « On me dit que Valentino se fout de votre gueule sur une barcasse de la Hambourg American Line. » Évidemment, Chaplin saute sur un téléphone et appelle George Ullmann, l'imprésario de Valentino. Ullmann tombe des nues : « Rudy, en mer ? Mais Rudy est à Falcon Lair ! Charlie, vous connaissez ses crises de solitude ! – George, je ne le croirai que quand je l'aurai vu. – Où êtes vous, Charlie ? Je vais lui dire de vous téléphoner. – Ça ne suffira pas, je veux le voir de mes propres yeux. » Bref, Valentino et Chaplin se rencontrent et envoient un télégramme commun à la rédaction du *Chicago Tribune* pour qu'elle muselle le roquet du *Cleveland*. Cela fait, ils câblent à Polcinelli de me garder au frais. Si Morasecchi et lui tiennent à leurs galons, ils ont intérêt à colmater les fuites en expliquant à leurs passagers que je ne suis ni Valentino ni Chaplin. Et que chacun ferme sa gueule, il y a du procès dans l'air. Quant à moi, qu'on me laisse faire le zouave comme si de rien n'était et qu'on me livre à l'arrivée sans en aviser la police. Une voiture m'attendra.

Et maintenant, à l'arrière de cette voiture, les yeux de Chaplin le clouant au fond de son siège :

– Alors, qui vous paie ?

– Personne.

– C'est-à-dire ?

– ...

– ...

Il dut leur expliquer que non seulement personne ne l'avait payé mais que lui-même n'était personne. À sa grande surprise il plongea, sans tâter l'eau, dans l'« élaboration d'un scénario qui aurait dû enflammer les imaginations cinématographiques de Chaplin et de Valentino ». Il s'entendit leur raconter, dans une exaltante fusion d'invention et de vérité historique, la tragédie du projectionniste ambulant, arrêté et exécuté à Teresina. C'était une bonne idée : Chaplin se souvenait de ce garçon qui avait déserté la Mutual Film Corporation en empruntant un Motiograph 1908 et une douzaine de ses films – comment s'appelait-il, déjà ? –, un excellent projectionniste, oui, latino, oui, évaporé un matin au grand scandale de Caufield qui avait alerté tous les shérifs de la région (« 216 dollars, le Motiograph, tout de même ! »).

– C'était juste avant mon départ pour la First National, se souvenait Chaplin, ainsi donc il s'est offert une tournée en Amérique latine ? Il a eu raison : *It will be mailed to you absolutely free*, disait la publicité du Motiograph… Où l'avez-vous rencontré, dites-vous ?

– À Teresina.

Il leur raconta que le projectionniste était venu mourir dans son échoppe, poursuivi par une police politique qui le prenait pour un dangereux propagandiste.

– Moi-même je n'étais rien du tout, un barbier anonyme, et qui le serait resté si cet homme, ce projectionniste, torturé au-delà des mots, n'était venu mourir chez moi.

Il n'avait pas eu le cœur de le livrer à ses bourreaux, oh ! pas par courage politique, non, à Teresina, si on ne voulait pas finir cloué par les pieds au centre du soleil, on ne faisait pas de politique. Seulement voilà, quand le mourant lui avait projeté *L'Émigrant*, « le premier film que j'aie jamais vu, je suis tombé en religion ! ». Lui que le jésuite de son enfance destinait à Dieu et que le barbier garibaldien de son adolescence vouait à la révolution, c'était le cinématographe qui l'avait recueilli, bouillant de foi. Et voilà que le

projectionniste – «l'ange de mon Annonciation!»
– avant d'expirer dans ses bras, l'avait supplié de se
rendre dans son village natal, de retrouver sa femme
et ses enfants, de leur remettre le peu d'argent qu'il
avait gagné pour eux... Et c'est ce qu'il avait fait, ma
foi, il avait remisé ses instruments de barbier, fermé
sa boutique, pris son bâton de pèlerin, traversé un
continent en fusion, retrouvé le village du projectionniste, la pauvre maison de pisé, la femme et les
enfants, dont un à la mamelle (il s'avisa *in extremis*
que cet enfant ne pouvait être du projectionniste,
«question de dates», mais Chaplin et Valentino semblaient émus par l'image de ce petit affamé accroché
à cette poitrine exsangue : «Alors j'ai corrigé vite fait,
j'ai dit que le nourrisson était le dernier-né de Dolo-
rès, la sœur du projectionniste, emportée la veille par
le typhus»), il prit soin de décrire le ventre ballonné
des autres enfants, les côtes saillantes de la mère
nourricière, le sol de terre battue, le silence du soleil,
puis il ouvrit sur «le rire aux mille éclats» qu'il avait
néanmoins tiré de tous ces malheureux en leur projetant *L'Émigrant* et combien il avait mesuré la magie
du cinématographe et le génie du señor Chaplin qui
pouvait rassasier des affamés rien qu'en «faisant
danser des assiettes sous leurs yeux!». Oui, le cinéma
du señor Chaplin se révélait «une nourriture de l'âme
qui comblait jusqu'aux appétits du corps!».
    – Je n'ai jamais été aussi inspiré! Franchement!
Même à la table de Morasecchi!

Aussi fut-il stupéfait d'entendre Chaplin l'interrompre de but en blanc :

— Après tout, fit observer Chaplin à Valentino, au lieu d'embarquer sur le *Cleveland*, notre ami ici présent aurait aussi bien pu voyager sur l'*Olympic*, mon paquebot d'immigration à moi !

— Auquel cas, répondit Valentino, il se serait fait passer pour moi et on l'aurait pris pour vous.

— Et c'est un rédacteur du *Morning Telegraph* ou de l'*United News* qui aurait donné l'alerte, avait répondu Chaplin, ils ne m'ont pas lâché d'une semelle pendant ma tournée en Europe.

L'un et l'autre avaient émis un petit rire de club, puis Chaplin avait décidé d'en finir :

— Vous avez gravement nui à notre image, monsieur.

— ...

— Avez-vous la moindre idée de ce que signifie ce mot, à Hollywood : l'image ?

Valentino lui était venu en aide :

— C'est quelque chose comme l'*honneur*, vous voyez ?

— ...

— Hors de prix, avait précisé Chaplin.

30

Le moment est venu de refermer la fenêtre du
sosie. À ce stade du récit, on le sent bien, sa situation ne pourra pas s'améliorer.

Quand il proposa de réparer ses torts en offrant à
Chaplin et à Valentino un pourcentage important sur
ses futurs cachets de comédien, ses interlocuteurs le
regardèrent avec une telle stupeur qu'il douta lui-
même d'avoir parlé. Cachets ? Comédien ? Lui ? Quel
genre de comédien croyait être un type que tous les
passagers d'un transatlantique avaient pris pour
Valentino quand il prétendait se faire passer pour
Chaplin ? Où se trouvait le réalisateur qui miserait un
seul dollar sur un pareil génie ? Ce fut comme un
seau d'eau versé sur un amour de chiens. Ils avaient
raison. Ils avaient raison. Ils avaient raison. Ils avaient
pris la juste mesure de sa nullité. Comédien, il ne
l'avait jamais été. Ni pendant cette traversée ni avant.
Il ne suffisait pas de grimacer devant des diplomates
complaisants ou de tromper un peuple aveuglé par

216

le désir d'être aimé pour s'élever au rang de comédien. Comédien, lui ? Il revit soudain le visage hilare des villageois et celui des marins de l'auberge : il croyait les avoir fait rire, en fait ils avaient ri de lui, tout simplement, comme les passagers du *Cleveland*, et comme la fine fleur de Teresina. Parce que le vieux da Ponte, l'évêque ou le colonel Eduardo Rist n'avaient pas été dupes une seconde, bien entendu, pas une seconde ils ne l'avaient pris pour le fils, le filleul ou l'ami, ils avaient toujours su qu'il n'était que le sosie de Pereira, la « bonne idée » de Pereira ! Comment avait-il pu en douter ? Pris pour Rudolph Valentino quand il prétendait imiter Charlot ! Non, non, marmonnait Chaplin, « le préjudice est commis et le coupable insolvable. – Insolvable et clandestin, avait fait observer Valentino. – Pénétré frauduleusement sur le territoire américain, oui », avait acquiescé Chaplin. Un instant, ils furent tenté de le livrer aux services de l'immigration. La suite allait de soi :
direction Ellis Island,
interrogatoire,
prison,
retour à Teresina,
peloton d'exécution,
fin.
Par bonheur (si on peut parler de bonheur au point où nous en sommes), Valentino eut un réflexe d'immigré. Il promena longuement son doux regard de myope sur l'intrus, admit qu'il lui ressemblait « vague-

ment », et lui proposa de l'enrôler comme doublure lumière, sans contrat bien entendu, à dix dollars la semaine, et à l'essai.

Un emploi de sosie, en somme.

– J'ai sauté sur la proposition, vous pensez, j'ai accepté tout de suite !

De son côté, Chaplin se montra magnanime en lui abandonnant le projecteur et les films : « Gardez-les, il y a prescription, Caufield n'en saura rien, et puis le Motiograph est une antiquité, aujourd'hui. »

Voilà. De Pereira à Valentino, sosie il avait été, sosie il resterait. Il avait tenté de s'évader par une fenêtre qui donnait sur la même pièce. C'était toute son histoire. Pour surprenante qu'elle paraisse, cette conclusion n'est même pas originale, comme il put s'en convaincre quand, arrivé à Hollywood, Valentino lui ayant désigné ses quartiers (« une roulotte blanche dans l'enclos des studios Pickford-Fairbanks »), il en ouvrit la porte branlante et découvrit deux autres Valentino, occupés à feuilleter des revues sur des couchettes superposées : c'étaient la doublure cheval et la doublure tango.

31

Le plus long chez l'homme, c'est la fin.

Trois années durant, il travailla à l'ombre de Valentino – doublure lumière, donc – jusqu'en cette fatale
année 1926 où Rudy joua *Le Fils du Cheikh* (la suite
du *Cheikh*, qui datait de 1923). Hollywood se remit à
vivre à l'heure du Sahara. On déversait des tonnes de
sable dans les studios californiens. On plantait des
tentes. On s'asseyait en tailleur sur des tapis sarra-
sins. Le whisky coulait des théières, de très haut, en
filets minces, comme il sied chez les Bédouins. Lui,
« doublure lumière », se déplaçait d'ici à là, attendait
patiemment à chaque pause qu'on réglât sur lui les
projecteurs destinés à éclairer Valentino. Il s'acquit-
tait de sa tâche avec soin. Un peu plus à droite ? Un
peu plus à droite. Ton profil gauche ! Son profil gauche. C'était Fitzmaurice qui réalisait, et Barnes à la
photo. On poussait le scrupule jusqu'à l'habiller en
Arabe d'opérette. « Ce n'est pas toi qu'on éclaire, c'est

le costume. » On le grimait en vieux cheikh aussi, car Valentino interprétait le fils et le père.

– Avance d'un demi-pas.

Il avançait.

– Lève un peu la tête...

On éclairait son maquillage. Puis on le débarbouillait.

À Yuma, en Arizona, dans les scènes où Ahmed Ben Hassan, le fils du cheikh, galope à bride abattue vers la belle Yasmin, il céda la place à la doublure cheval. Et ce ne fut pas lui que les voleurs fouettèrent, pendu par les poignets, après la scène de l'embuscade, mais la doublure tango – question de cambrure.

Le soir il sortait un peu. Interdiction formelle de se faire passer pour Valentino, son job en dépendait. «Reconnu une seule fois, rapatrié pour toujours, avait prévenu Ullmann, c'est clair?» Il trouvait cela clair et légitime. Perruque, lunettes et fausse barbe, donc. «Et pas de tango, vu?» Il ne s'en plaignait pas. Soulagé du souci de devenir, il était l'ombre d'une étoile et s'en satisfaisait. Quant à Hollywood, le centre du monde, Hollywood, il ne cessera de le répéter, «c'était la patrie des fantômes». Il planait dans une apesanteur de paradis où ses rêves étaient enfin dispensés d'incarnation.

De tout ce temps, il vit très peu Valentino. Deux ou trois fois, de loin, ou en coup de vent. Un après-midi de juillet 1926 pourtant, Rudy le retint par la manche – «On me dit qu'on est content de vous» – et lui promit de faire le nécessaire pour «régulariser sa situation». S'il continuait à donner satisfaction, Rudy le ferait citoyen américain, promis. C'était gentil, mais Valentino mourut le 23 août, à midi, après neuf jours d'une agonie atroce.

Il s'estima responsable de ce martyre.

Le bruit s'était répandu, venu d'on ne savait où, que Rudy n'était pas un homme à part entière. Les vraies femmes s'en parlaient à l'oreille. Un reporter anonyme du *Chicago Tribune* y était allé de son article : *Hollywood est l'école de la masculinité et Valentino serait le prototype du mâle américain. Oh! là là, mon mignon.* L'article était intitulé : «Houppette de poudre rose». Pas de signature. Pola Negri s'en était étranglée. Elle avait exhorté Rudy à «réagir, bon Dieu!». Les éclats de sa fureur s'étaient répercutés contre les parois d'Hollywood. C'est qu'il s'agissait avant tout de son honneur à elle, son honneur de femme! «Tu peux comprendre ça, Rudy, ça au moins tu peux le comprendre?»

La rumeur attaque au ventre. Quelque chose s'installa dans l'estomac de Rudy. Rudy était un tendre. Un modeste aussi. Il attribuait sa réussite à une heureuse succession de hasards. Il ne se prenait pas pour son nom. Tout au plus souhaitait-il «laisser une image». Or voilà qu'une rumeur grignotait l'image de Rudy.

Par voie de presse, Valentino provoqua le rédacteur anonyme du *Chicago Tribune* en duel, à la boxe, sur un ring, quels que fussent sa taille, son poids et son allonge ; il alla jusqu'à s'entraîner avec Jack Dempsey en personne, le champion du monde. Rudy avait le sens de l'honneur, une fameuse droite et du courage à revendre ; le plumitif ne se montra pas. La rumeur enfla, la chose dans le ventre de Rudy aussi.

D'autant plus qu'en Italie un Pereira au crâne rasé et à la mâchoire d'enclume tonitruait de son côté contre le fils du cheikh. Benito Mussolini n'aimait pas Rodolfo Valentino : naturalisé amerloque, traître à la patrie, honte sur sa tête ! Les amis de Benito décrochaient le portrait de Rodolfo dans les salles italiennes ; on vidait le cadre, on laissait son nom, on tendait un ruban noir en diagonale. Plus d'image. La chose, dans le ventre de Rudy, mangeait aussi à ce râtelier. Elle prospérait affreusement. Elle explosa le dimanche 15 août 1926, à New York, dévora les entrailles du malheureux jusqu'au lundi 23 à midi où, malgré toutes les bonnes volontés médicales, Rudolph Valentino mourut dans une douleur et une puanteur abominables.

À son enterrement, il pleuvait. Charlie Chaplin, Douglas Fairbanks, George Ullmann et Joseph Schenck flanquaient son cercueil. Le cinématographe avait le cœur gros. Si dru que tombât la pluie, Pola Negri pleura davantage encore.

On mit le cercueil dans un train, direction Hollywood.

32

– C'était à moi de mourir, pas à lui.

Il n'en démordit pas.

33

Il quitta Hollywood et prit la route, sans barbe ni perruque, sous les traits de Valentino (à epsilon près). Le music-hall, tel était son projet. Faire le Rudy sur les planches. Pour réhabiliter sa mémoire, argumentait-il. Il ne ferait pas le cheikh, le hussard ou le *tanguista* épatant, non ; il dirait juste la vraie histoire de Rodolfo Pietro Filiberto Raffaello Guglielmi di Valentina, alias Valentino, né la même année que le cinématographe, le 6 mai exactement, à Castellaneta, dans les Pouilles, en Italie, près de la mer Ionienne, une terre de latifundia. Il décrirait son ascension, « des champs de coton de son enfance aux soyeuses chemises d'Hollywood », il vanterait sa modestie, ses doutes, sa bonté, sa générosité, sa grâce paisible, son sens de l'honneur et sa fidélité, il dirait comment leurs routes s'étaient croisées et comment Valentino l'avait sauvé de tout, « y compris de moi-même », et quel réalisateur planétaire Valentino serait devenu si la méchanceté des hommes ne l'avait dévoré vivant.

Rudy était le premier d'entre ces meilleurs qui partent toujours les premiers : voilà ce qu'il dirait ! Et aussi que lui-même, ici-bas, n'était que sa pâle réplique, aussi noir à l'intérieur qu'était limpide l'âme de Valentino. Il dirait cela et davantage. Il remonterait jusqu'au papa de Valentino, l'officier de cavalerie devenu vétérinaire, mort trop tôt, il ferait le portrait de la maman, Gabrielle Barbin, l'Alsacienne héroïque, il évoquerait les deux frères et la petite sœur Maria. Qu'on l'engage seulement et il raconterait tout cela : au nom de la vérité vraie !

Rien à faire.

Nulle part.

Le patron d'une boîte lui expliqua que personne au monde n'avait plus le droit de ressembler à Valentino. Le Christ avait-il jamais eu un sosie ? Avant la crucifixion, oui, des prophètes en pagaille, mais après ? On n'est pas le sosie de Jésus ; ses agents s'y opposeraient.

— Puisqu'on ne me veut nulle part, j'irai partout.

Il devint des mots.

Il se répandit sur tout le territoire des États-Unis d'Amérique.

— Ça me connaît, la traversée des continents !

Partout où on lui donnait à boire il remettait la vérité à l'endroit. Quand on l'arrosait suffisamment il avait ses crues. Il était inimitable, par exemple, quand il racontait la douleur de Pola Negri sur la tombe de Valentino. « Elle s'est arraché le cœur, elle

225

l'a jeté dans le trou, et il a fallu la retenir pour qu'elle n'y ajoute pas le foie.» D'après lui (il regardait son verre en plissant les yeux), Ullmann avait acheté ce désespoir aux agents de Pola. «Véridique!» Ullmann avait absolument besoin d'un «tonitruant deuil de femelle» pour sauver l'honneur de Rudy. Chaque larme de Pola fut négociée au cours du diamant. Une giboulée de pierres précieuses avait fait bander un mort pour la postérité. Grâce aux larmes de Pola, soixante-cinq femmes («et des vraies!») se déclarèrent enceintes de Valentino dans la semaine qui suivit les funérailles.

– Calomnies! Conneries! Baratin!

Possible, mais dans les bars où il racontait ce genre d'histoires on en redemandait. Les prophètes viennent du dehors et c'est à l'incroyable qu'on veut croire. Celui-ci avait le sens du détail, et un lointain accent (mais d'où venait-il donc?) nimbait ses propos d'une exotique aura de vérité. On remplissait son verre.

Quelques années passèrent. Hollywood déterra Valentino. On voulut faire un film sur lui.

– Je me suis précipité pour décrocher le rôle-titre. Mais les années...

Mais l'alcool...

– Ils n'ont même pas voulu de moi pour jouer Guglielmi le père.

À cette occasion, il se souvint d'une phrase de Valentino (était-ce dans la voiture, avec Chaplin, l'avait-il lue dans *Variety*, entendue dans les coulisses d'Hollywood?), bref, un propos de Valentino où Rudy affirmait redouter les ravages du temps, prédisait qu'il «partirait jeune», refusait de vieillir, de «ternir son image», voulait rester tel qu'il paraissait là, maintenant, «*ad vitam æternam*».

Il fallait donc que quelqu'un acceptât de vieillir à sa place.

– Voilà, c'est mon lot. À moi. Ma pénitence. Et quand je vois ma gueule, le matin dans le miroir, je me dis que Rudy avait foutrement raison : *devenir*, dans son cas, aurait été un crime!

Il eut quelques mois de rémission dans sa dégringolade. Une brave et brève maîtresse l'arracha aux comptoirs, lui fit rembobiner ses monologues et le remit à son vrai travail : barbier. Par amour, disait-elle. Mais il la soupçonna d'aimer en lui les restes de Rudy. Elle avait beau lui demander qui était ce Rudy (elle-même était une immigrée de fraîche date, une Hongroise), elle obtenait toujours la même réponse : «Tu ne m'aimes pas pour moi-même!»

Il lui reprochait aussi de n'être pas une «vraie femme».

Et puis, l'alcool laissait trop de cicatrices sur les joues des clients; le barbier n'était plus.

Quand on tombe, on tombe. Il reprit ses tournées de prédicateur célibataire. «Vous voulez que je vous dise? Valentino, c'était un saint!» Il battait sa coulpe : «C'est moi qui l'ai tué.» Il pleurait dans son verre : «Sa réputation de sans-queue, c'est ma faute.»

Ah! il connut une petite joie, tout de même. Un matin, dans un motel de l'Arkansas où traînait un journal, il tomba sur un entrefilet : un certain Manuel Pereira da Ponte Martins – dictateur d'une quelconque république bananière – avait pris une balle entre les deux yeux, le jour de la fête nationale. Pan! On n'avait rien retrouvé de son assassin, écharpé par la foule. Il craignit un instant que le président assassiné ne fût son sosie à lui. Mais non, le journal précisait que le colonel Eduardo Rist, chef des armées, avait hérité du pouvoir. Le mort était donc le vrai Pereira. Quelqu'un avait dû se lasser du *bacalhau do menino*. Champagne.

Un beau jour il s'aperçut qu'il parlait dans le vide. «Quoi, *Les Quatre Cavaliers de l'Apocalypse*, vous ne connaissez pas? *Alimony*, non plus? Et *Le Cheikh*? Même pas *Le Cheikh*? Ça ne vous dit rien *Le Cheikh*? Alors, *Le Fils du Cheikh* non plus?» Non plus. Valentino s'était dilué dans le temps. Son nom n'éveillait aucun écho chez les jeunes. Les vieux eux-mêmes s'en désintéressaient depuis que le cinéma avait appris à parler. Qu'est-ce que c'était que ce type qui les bassinait avec un fantôme du muet?

Rudy et lui s'étaient trompés : il n'y avait pas d'éternité sur pellicule. L'Américky allait de l'avant et il n'y avait que l'oubli, sur la terre comme au ciel.

– Amen.

Son plus grand titre de gloire devint son incroyable descente. Ce que ce gars était capable d'écluser! Fallait le voir pour le croire. Même pas irlandais, avec ça! On remplissait son verre en prenant les paris. Il ne s'effondrait jamais. Quand on lui demandait pourquoi il buvait tant, il répondait que le soleil l'avait jadis changé en os de seiche :

– Un de ces trucs blancs qu'on donne aux perruches pour qu'elles se calment le bec, tu vois?

34

Il mourut un soir de l'hiver 1940, à Chicago, dans une salle de cinéma. On y donnait *Le Dictateur* de Charlie Chaplin. Le film racontait l'histoire d'un barbier qui se trouvait être le sosie d'un dictateur. Le dictateur jonglait avec le monde et le barbier n'avait pas de nom.

Quand l'ouvreuse secoua l'épaule de ce dernier spectateur, qu'elle croyait endormi, le corps tomba à ses pieds. Aux policiers qui lui demandèrent si elle avait remarqué quelque chose de particulier, la jeune fille répondit oui : le mort avait le visage « baigné de larmes ». (Ce sont ses mots.)

– Mort de rire, alors, suggéra le plus jeune des deux flics.

– Non, un crime et deux assassins, répondit l'autre.

Du bout du pied il montrait une bouteille de J&B sous le siège de la victime. Vide.

« *Dirty cops* », murmura la jeune ouvreuse cette nuit-là. Elle ne trouvait pas le sommeil. Elle revoyait le visage du mort, trempé de larmes.

IV

La tentation de l'intérieur

Pour Fanchon.

1

– Dirty cops...

Oh! que cette histoire manque de femmes, et comme j'aimerais profiter de cette pause, dans mon hamac, pour glisser une femme entre ces pages, raconter ton histoire à toi par exemple, petite ouvreuse, histoire qui dure peut-être encore aujourd'hui, car il n'est pas impossible que le temps t'ait menée vivante jusqu'à nous...

Dis-moi, à quoi ressembles-tu, en ce 1er décembre 1940? (Il me faudra encore quatre années pour naître, moi, jour pour jour.) Que fais-tu, quand tu ne places pas ces bâfreurs de pop-corn? Ouvreuse-ouvreuse ou étudiante? Apprentie comédienne? Tu l'aimes, le cinéma, hein? Pour toi c'est comme s'il existait depuis toujours? Il est «toute ta vie». Tu as quoi, seize ans, dix-sept? Et c'est Bogart ton préféré, Humphrey Bogart. Allez, ne dis pas non, je l'ai compris quand tu as murmuré *Dirty cops* (l'expression de Bogart, ses mots chuintés), et Dieu que tu es

mignonne dans cet imperméable à la Bogart que tes
parents t'interdisent de porter et dont la ceinture
nouée te fait une taille d'espionne... Où la caches-tu,
cette gabardine, puisqu'ils ne veulent pas la voir à la
maison ? Ici, au cinéma ? Tu as un vestiaire ? Une de
ces petites armoires métalliques ? Avec la photo de
Bogie au revers de la porte ? Ou alors c'est une idée
du directeur : habiller les ouvreuses en Bogart ?

Comme j'aimerais te rencontrer aujourd'hui, vieille
dame devenue, et parisienne, discrètement américaine encore malgré toutes ces années passées en
France... Il faudrait que je t'écrive d'abord, que je
m'annonce par une lettre polie avant de venir te
poser ces questions, pour ma documentation, le
détail juste, la pêche au vivant, comme je l'ai fait à
Venise avec le collectionneur Montanaro, l'ami
Carlo, mémoire du cinéma muet, qui m'a donné le
nom, l'année, le mode d'emploi et la publicité du projecteur Motiograph, et les revues de l'époque : *Screenland*, *Moving Picture News*, *Motography*, *Photoplay*,
New York Dramatic Mirror...

Par exemple, comment s'appelait-il ce cinéma de
Chicago où le sosie est allé mourir ? Les spectateurs
se gavaient-ils déjà de pop-corn dans les salles obs-
cures, en 1940 ? Les hommes gardaient-ils leurs
chapeaux sur la tête ? Sifflaient-ils les vamps à leur
apparition sur l'écran ? La fumée des cigares brouil-
lait-elle la projection ? Ou est-ce juste la représenta-

234

tion qu'on s'en fait aujourd'hui, et qui nous vient du cinéma, justement ?

Ce genre de renseignements...

Bien sûr, je sais deux ou trois choses sur la sortie du *Dictateur* de Chaplin, comme tout le monde : la pluie des lettres anonymes sur le dos de Charlie qui avait osé déboulonner Hitler, les coups de fil menaçants des nazis américains, sa crainte de voir le film interdit par la censure après la protestation des gouvernements allemand, italien, argentin, l'accusation de communisme suscitée par le discours final du barbier, qui harangue les armées à la place du dictateur : *J'aimerais venir en aide à tout le monde – si possible – aux Juifs, aux Gentils, aux Noirs, aux Blancs... Le malheur qui nous accable n'est dû qu'à la cupidité...*, je sais tout cela, et comment Chaplin maintint le cap envers et contre tout, et comment, deux ans plus tard, parce que Stalingrad faisait tourner le vent de l'Histoire, ceux-là même qui l'accusaient de bellicisme à la sortie du *Dictateur* l'enrôlèrent pour qu'il accélère l'ouverture du front de l'Ouest...

Je sais tout cela.

Mais dis-moi, quel temps faisait-il à Chicago ce soir-là ? Un de ces vents du nord qui soufflent du Canada et s'aiguisent sur le plat immense du lac Michigan pour venir trancher les tibias sur les trottoirs de chez toi ? C'est le blizzard qui a poussé le sosie à se réfugier dans ton cinéma ? Neige et vent ?

Depuis combien de semaines *The Great Dictator*

est-il sorti en cette fin d'année ? En parlait-on vraiment beaucoup ? Les films étaient-ils aussi déflorés
avant leur projection qu'ils le sont aujourd'hui où il
faut se rendre aveugle et sourd à tout si on veut avoir
le plus petit espoir d'en *découvrir* un ? Y a-t-il la
moindre chance pour que le sosie soit entré vierge
dans cette salle ? Qu'il se soit assis dans son siège
sans rien savoir du *Dictateur*, d'après toi, est-ce possible ? Mieux, qu'il se soit réfugié là sans savoir ce
qu'on y jouait et qu'il ait découvert sans sommation
cette histoire de barbier et de dictateur, celle-là
même qu'il avait racontée à la table de Morasecchi,
est-ce imaginable ? Réfléchis avant de me répondre.
Réfléchis bien, c'est important. Il y va du sens de ses
larmes. Ces larmes évaporées avant l'arrivée de la
police : *Il avait le visage baigné de larmes*, disais-tu,
tu te souviens ?

À moins que, attends...

Non...

Ces larmes n'ont pas séché d'elles-mêmes...

Elles ne se sont pas évaporées avant l'arrivée des
deux flics.

C'est toi, n'est-ce pas ?

C'est toi qui as essuyé ce visage.

C'était pourtant ton premier mort.

Mais tu as pris sur toi de soutenir cette nuque dans
le creux de ta main, et d'essuyer ces larmes, avec ton
mouchoir...

Donc de lui fermer les yeux.

Oui, c'est toi.
Bien sûr...
Bien sûr, c'est toi.

2

Ici, il faut que j'ouvre un petit chapitre à part en forme de parenthèse, car ce genre d'intuitions, qui sont des certitudes (toi, jeune fille, essuyant les larmes de ce mort et lui fermant les yeux dans ce cinéma vide), ne s'impose pas par hasard à l'imagination d'un romancier.

C'est un souvenir, en fait, une vision qui éclot sans prévenir à la surface de ce récit ; un moment de ma jeunesse, ressuscité par l'effort que je fournis pour imaginer la tienne.

Voici le souvenir :

Nous sommes au tout début des années soixante-dix. Cela se passe à Paris. Mon amie Fanchon et moi (nous venons du même village, La Colle-sur-Loup, dans les Alpes-Maritimes, nous avons fait une partie de nos études dans la même fac de lettres, à Nice, nous allons enseigner quelque temps ensemble dans le même collège, à Soissons, puis nous nous perdrons de vue), mon amie Fanchon et moi, donc, descendons du métro, j'ai oublié le nom de la station. C'est une heure de pointe, fin de journée, il y a beaucoup de monde, le flot s'écoule, chacun pressé de rentrer chez soi. Un clochard est endormi sur un banc, assommé par l'alcool. Il est sale. Sa figure, sa poitrine et ses mains sont marbrées de crasse, comme si la décomposition sociale posait déjà sur lui les couleurs de la mort. Et l'odeur... Les gens l'évitent. Un brusque écart, qui creuse un vide devant son banc. Mais non, ce n'est pas à cause de l'odeur, je me suis trompé. C'est autre chose : sa braguette est ouverte et sa queue pend lourdement sur sa cuisse, voilà ce que c'est, et les voyageurs détournent le regard – brusque intérêt de tous pour ce qui se passe sur l'autre quai –, et Fanchon, qui marche devant moi, s'arrête au niveau du type, se penche sur lui, range son sexe dans son pantalon, y fourre aussi les pans de sa chemise, referme sa braguette et boucle sa ceinture...

Ce geste de femme, sans ostentation – de vraie femme pour le coup ! –, c'est toi essuyant les larmes de ce mort.

3

Bon, te voilà avec la tête de Fanchon, à présent. (Elle avait plus ou moins ton âge quand je l'ai connue.) Je vous imagine d'autant mieux, toi et ta gabardine, que Fanchon portait à la lèvre supérieure droite la même cicatrice que Bogart – souvenir chez lui d'une blessure de guerre, chez elle d'une morsure de chien.

Dirty war!

Dirty clebs!

Quant à moi, immobile dans le hamac où je rêvasse depuis des heures (pendant que Minne, qui a délaissé pour un temps sa propre machine à écrire, s'échine à fleurir le Vercors sud – deux manches de pioche cassés depuis le début de l'été ; la terre, ici, résiste aux fleurs...), je songe à cette question qu'on pose parfois aux romanciers : « Comment naissent vos personnages ? »

Comme ça. De l'imprévisible et nécessaire combinaison entre les exigences d'un thème, les besoins du

240

récit, les sédiments de la vie, les hasards de la rêverie, les arcanes d'une mémoire capricieuse, les événements, les lectures, les images, les gens...

Peu importe la naissance des personnages, d'ailleurs, c'est leur aptitude à l'existence immédiate qui compte. Aux yeux du lecteur, les personnages ne «naissent» pas, ils existent dès leur apparition dans le texte. Pas de naissance, pas de croissance, pas d'apprentissage, une seule mission : être là d'entrée de jeu. Ils peuvent s'épaissir au fil des pages, bien sûr; mais d'abord : «être là». Or, un personnage n'*est* vraiment *là* que s'il échappe à la péripétie qui a rendu son apparition nécessaire, à la fonction qui prétend le définir, en un mot aux ficelles que l'auteur croit tirer.

Ce geste imprévu, hérité de Fanchon (essuyer les larmes d'un mort), t'a sauvée de la stricte utilité à laquelle je t'avais destinée : découvrir le cadavre du sosie, et basta.

Bravo, tu t'en es sortie.

4

Pourtant, je ne peux pas dire que je te *voie*. Et si je t'affublais de tous les signes particuliers à Fanchon (cet éclat marron dans son regard vert et bleu, la vivacité de ses gestes, ses cheveux bruns taillés court, ses pommettes hautes, la blancheur de sa peau, la véhémence un peu nasale de sa voix...) je ne te verrais pas davantage. Vous autres personnages n'impressionnez pas nos sens. Pas plus ceux des lecteurs que ceux des romanciers qui vous envisagent. Vous ne vous donnez ni à voir ni à entendre. C'est votre façon de nous posséder tous, mais chacun séparément, en intimité. Et quand un cinéaste prétend vous exposer à notre regard collectif, ce n'est évidemment jamais comme ça que nous vous « imaginions ».

– Tu la voyais comme ça, toi, l'ouvreuse ?

5

Autre caractéristique des personnages : chacun de vous est une boule de neige roulant sur la pente de l'auteur; vous faites votre pelote de nos hasards autant que de nos ruminations, attrapant au passage tout ce qui peut vous donner du sens.

Un exemple? Tu n'as pas emménagé dans ce livre depuis deux jours que ton existence s'enrichit d'une réflexion faite par mon ami Jean Guerrin, à qui j'ai dédié l'histoire de ce sosie et qui, l'ayant lue, me demande :

– Tu crois que Chaplin était un pilleur d'épaves?

L'expression «pilleur d'épaves» (bien qu'elle ne te concerne pas directement) m'a ouvert les yeux : je me suis dit aussitôt que tu connaissais le sosie.

Tu connaissais le sosie!

Tu ne pouvais pas ne pas le connaître! C'était l'épave du quartier, le poivrot mythique de cette partie de Chicago, champion toutes catégories de la descente cul sec. Exactement le genre de pochetron dont

Fanchon avait remballé le matériel, sur le banc du métro. Si ça se trouve, il fréquentait le bar où tu avalais ton hamburger avant de prendre ton service au cinéma. Soir après soir, tu as entendu sa chronique hollywoodienne, sa pathétique réhabilitation de Valentino, tout ce bavardage que personne à part toi n'écoutait. Tu as vu les parieurs remplir son verre. Tombera? Tombera pas? On alignait les dollars. Vainqueur, celui qui lui offrirait le godet fatal. Le taulier prenait les mises et touchait sa dîme; légitime. Un fameux paquet à ramasser au bout du compte, vu qu'on passait la nuit à essayer de l'abattre et que le pot augmentait à chaque concurrent qui s'effondrait avant lui dans la sciure. Pour lui, pas un rond, bien sûr. Le verre bu lui donnait juste le droit de vider le suivant. C'était la loterie du quartier. Une fameuse pompe à clients. On venait de loin pour l'affronter : dockers, serre-freins, trancheurs des abattoirs, Irlandais, Polonais, Lituaniens... Le bar ne désemplissait pas. Chaque nuit, le même concours de bûcherons; un verre après l'autre, cul sec, jusqu'à ce qu'il s'écroule. Parce que j'ai beau avoir écrit qu'il ne tombait jamais, il finissait par lâcher le comptoir, bien sûr, et le gagnant empochait le pactole. Sa chute, jamais avant l'aube, sonnait l'heure de la fermeture. On l'embarquait, on le remisait dans sa caisse de carton (juste derrière le bar, dans cette impasse relativement abritée du vent où se vidait ton cinéma), on le bordait avec soin. Il avait droit à plu-

244

sieurs épaisseurs de couvertures; pas question de laisser la poule aux œufs d'or crever d'une pneumonie, personne ne voulait la mort du petit commerce.

Par convention tacite le gagnant lui offrait le premier verre du lendemain.

6

Tu le connaissais donc.

– *Dirty cops!*

Tu es allongée sur ton lit, les yeux ouverts. Tu hais le cynisme des flics qui t'ont interrogée; tu les trouves atrocement réductibles à leur fonction, pas dignes de devenir des personnages. Tu n'es pourtant pas idiote, tu sais bien que ces agents, eux, n'en étaient pas à leur premier cadavre, que la rigolade est dans leur corporation une protection nécessaire à la santé mentale, comme chez les chirurgiens ou les pompiers (dehors, un hurlement d'ambulance te confirme que leur vie n'est pas rose), mais tu t'en fous, tu ressembles à Fanchon quand elle avait ton âge, tu n'entres pas dans ces considérations, tourmentée que tu es par les larmes d'un mort.

– *Dirty cops!*

Toi sur ton lit.

Moi dans mon hamac.

(Et Minne dehors, avec Dane cette fois, à casser des manches de pioche pour la victoire des roses sur le silex.)

Était-ce le Biograph Theater, ton cinéma? North Lincoln Avenue, 2433, c'est ça? Six ans plus tôt, John Dillinger, le Robin des Bois d'alors, s'est fait descendre là, juste devant l'entrée. Tu étais petite fille à l'époque, mais on en parlait encore quand tu as commencé à faire l'ouvreuse. La traîtresse qui avait vendu Dillinger aux agents du FBI portait une robe rouge, c'était le signe de reconnaissance.

D'un point de vue romanesque, ce serait une aubaine qu'il s'agisse du même cinéma. D'autant que Dillinger avait un faux air de Bogart et qu'il était largement aussi populaire. La légende veut que des femmes aient trempé leur mouchoir dans le sang du héros après que l'ambulance eut emporté son cadavre.

L'arrière du Biograph Theater ouvre-t-il sur une impasse? À vérifier.

C'est toi qui as invité le sosie à voir *Le Dictateur* (lui qui n'avait plus osé seulement *penser* à Chaplin depuis l'épisode de la voiture, à New York!), et tu t'estimes responsable de sa mort. Tu te prends pour la femme en rouge. Peut-être même lui as-tu offert le billet. À supposer que tu n'aies pas pris l'habitude de l'introduire en douce par la porte qui donne sur l'impasse. Ce faisant tu l'as réconcilié avec le cinéma. Il en avait perdu le goût et n'en avait plus les moyens. Tu l'as rééduqué, en somme. Tu l'as initié au cinéma des années quarante par gratitude pour tout ce qu'il t'a appris sur le cinématographe des années vingt. Ce type avait bel et bien passé une partie de sa vie à Hollywood, tu as vérifié ses anecdotes, recoupé jusqu'au moindre détail. Tu es déjà assez savante pour faire la part entre ce qu'il a lu dans les magazines, ce qu'il invente au gré des verres et ce qu'il a réellement vécu. Bien qu'il ne ressemble plus du tout aux photos de Valentino, il a été sa doublure lumière dans *Le Fils*

du Cheikh, en 1926, tu n'as aucune raison d'en douter. Ta passion pour le cinéma s'est largement nour-
rie à son monologue obstiné, et vos discussions
d'après séances ont achevé de te former le goût.

Dans ta mémoire d'aujourd'hui, il est encore ton
ange cinéphile, Aladin sorti d'un projecteur Motiograph, le clochard mythique dont tu as raconté l'histoire à tes enfants, et à tes petits-enfants. Il s'en
trouvera même un – Frédéric, le dernier de tes petits-
fils – pour en tirer un scénario qu'il estimera original, le pauvre.

Ton petit-fils Frédéric va faire un bide avec cette
histoire, mais là n'est pas la question.

La question, c'est toi, en larmes, sur ton lit, ce
1er décembre 1940, convaincue d'avoir hâté la mort
de ce malheureux en l'invitant à voir *The Great Dictator*, un film dont Chaplin lui aurait volé l'argument.

Mort de fureur.

Par ta faute.

9

Tu ne trouves pas le sommeil.

Tu te lèves, tu t'assieds à ta table, et tu dessines le visage du sosie mort.

(Ce don stupéfiant de Fanchon pour le dessin... Deux ou trois traits suffisaient aux choses de sa tête pour éclore sous nos yeux. Un dessin aérien et net, tourmenté pourtant, la ligne se brisait souvent sur un angle qui faisait mal.)

Tu te lèves, tu vas à tes fusains...

...

Tandis qu'à la même seconde, mais soixante ans plus tard, me vient, dans mon hamac, un appétit étrange :

L'envie de te créer pour de bon.

C'est-à-dire le besoin d'écrire *comme si tu existais vraiment.*

De faire comme si nous nous connaissions *dans la réalité.* Toi, vieille dame devenue, moi, passant du « tu » au « vous », et le lecteur, aux dernières pages de ce livre, ayant complètement oublié *que vous n'êtes qu'un personnage de fiction*, ma chère Sonia.

...

Un coup de folie.

Ça devait m'arriver. Depuis le temps que j'utilise sans vergogne la part romanesque de mes amis pour nourrir mes personnages, il fallait bien que j'éprouve un jour le besoin de puiser dans l'humanité d'un personnage de quoi faire un être vivant.

...

Ce n'est pas si difficile, d'ailleurs.

...

Il suffit d'imaginer un dîner, qui aurait eu lieu, disons, le mois dernier à Paris, où quelqu'un (notre amie Catherine, par exemple, beaucoup plus « branchée » que Minne et moi en matière d'expositions) s'exclame :

– Comment, vous ne connaissez pas le travail de Sonia Ka ?

Sonia Ka ? Non, nous ne connaissons pas.

– La rétrospective que Beaubourg lui a consacrée l'année dernière, non ?

Non, désolé, non.

Une rétrospective de vos dessins de mode, Sonia, de vos décors de théâtre, de vos *story boards*, qui a fait courir le Tout-Paris de la couture et du spectacle. Les suppléments culturels des journaux et des magazines ont tartiné sur votre art du fusain, avec des titres à l'emporte-pièce : *Sonia Ka, la vie d'un seul trait,* pour n'en citer qu'un.

– Herma et Anita (deux autres de nos amies) ont obtenu d'elle une belle interview, précise Catherine, vous voulez la lire ?

Sonia Ka...

...

C'est un détail de cette interview qui m'a décidé à vous écrire, via Beaubourg, chère Sonia : en réponse à une question d'Anita vous faites allusion à ce job d'ouvreuse au Biograph Theater dans les années quarante. L'éducation à l'américaine, avec ces petits boulots... Votre père tenait beaucoup à ce que vous voliez de vos propres ailes, « quand elles n'étaient encore que des moignons », précisez-vous.

Donc, je vous écris. Et voilà que vous me répondez par retour de courrier que non, non, pas du tout, je ne vous dérange pas, au contraire, que vous me recevrez volontiers, que d'ailleurs vous me connaissez un peu comme romancier, et que vous trouvez *stimulant d'aider un écrivain à découper ses tranches de réel.*

Et puis, avez-vous ajouté, *si je comprends bien, je suis à la fois personnage et source de renseignements, dans votre bouquin. Venez, venez, cher auteur, questionnez-moi autant que vous voudrez ; les occasions ne sont pas si fréquentes de se voir proposer son adolescence sur le plateau de la fiction.*

...

Malgré le soupçon d'ironie, je suis venu. J'ai même

rappliqué ventre à terre puisque, à ma grande surprise, non seulement vous habitez Paris mais la rue des Envierges, à deux pas de chez moi, cet immeuble qui fait une proue dans le ciel de Belleville. Et dès que vous m'avez ouvert, je vous ai reconnue pour vous avoir croisée plusieurs fois dans la côte de la rue Piat, traînant vos provisions à roulettes, ou chez le boucher de la rue de la Mare, et même pour avoir partagé votre table au Mistral avec Minne, rue des Pyrénées, à midi, un jour de presse. (Vous nous avez à peine vus, vous lisiez le *T.L.S.* en grignotant une salade.) Minne vous trouvait « une tête de vieille Apache », puis d'affinements en précisions nous sommes convenus que c'était à Nathalie Sarraute que vous ressembliez, en fin de compte : « Les mêmes cheveux lisses et le même œil aiguisé... »

Si vous vous étiez mise à écrire sur un petit cahier à ce moment-là, nous vous aurions prise pour elle.

– Quel âge peut-elle avoir ?

– C'est vraiment lui ?
– C'était lui, oui.

10

Cette fameuse nuit de votre adolescence, donc, chère Sonia, vous avez croqué le visage du sosie mort,

fusain que vous avez retrouvé, soixante ans plus tard,

dans le fourbi de votre atelier,

au 10 de la rue des Envierges, votre fenêtre ouvrant sur Paris tout entier,

et que vous m'avez tendu par-dessus nos verres de vouvray

(c'est ce qui reste de plus américain en vous, au fond, ce goût pour nos « petits vins de Loire »)

en me disant :

– Tenez, c'est lui.

Ce n'était pas une feuille de papier à dessin que vous me tendiez, mais un bout de carton : « Le fond d'une boîte à chaussures, la première surface où dessiner qui me soit tombée sous la main cette nuit-là en rentrant chez moi. »

– ...
– ...
– C'est vraiment lui?
– C'était lui, oui.
– ...
– ...
– ...
– ...

Je m'attendais à trouver une large trogne d'ivrogne, affaissée sur une lippe encore luisante, de la chair hépatique qui promet une putréfaction séreuse...

Pas du tout; c'est un visage émacié, plutôt long, à l'ossature hiératique. La peau est tendue sur les os par le fil à plomb des rides. Sous l'inextricable grisaille des cheveux, les tempes sont creuses, les paupières lourdes; la bouche est ferme, close, *une bouche habituée à se taire*, dirait-on, posée sur une mâchoire de calcaire.

...

Ce n'était pas du tout comme ça que je me le représentais. Et pourtant, ce visage m'est familier.

...

Ce pourrait être une tête de paysan corse, le visage impassible de mes lointains cousins Lanfranchi, de Campo, ou Prunetti, de Guarguale, qui ni l'un ni l'autre n'étaient paysans, mais corses, ô combien, et silencieux, oui; ou le visage de Roger, le père de Minne, Breton de grand vent et de peu de mots, ou

256

peut-être – je n'y suis jamais allé – quelque ancêtre de Valentino, à Castellaneta, dans les Pouilles. Et c'est peut-être à ça, en fin de compte, qu'aurait ressemblé Valentino, cette rudesse pensive et parcheminée, si on lui avait laissé une chance d'atteindre le temps des rides, et s'il avait échappé aux masques de beauté auxquels le vouaient les mœurs imbéciles des gens de l'image, truqueurs invétérés, escamoteurs de squelettes...

C'est le squelette qui a le dernier mot, mesdames et messieurs; vous aurez beau arrondir les angles, lisser, effacer, rembourrer et retendre, c'est le squelette qui vous la sortira, un jour proche, votre stupéfiante et commune vérité. Même Hollywood ne peut rien contre la vérité du squelette!

– Une de ses dernières tirades, m'avez-vous dit en posant votre verre. Et ce commentaire : Tous les ivrognes sont prosélytes; c'est d'ailleurs la seule Internationale qui tienne.

Puis, vous levant :

– Quand partez-vous pour le Vercors? Emportez le dessin, vous me le rendrez quand vous en aurez fini.

11

À mon tour de me réveiller en pleine nuit.
Se réveiller : on rêve, et voilà qu'on pense.

La nuit dernière, j'ai rêvé aux deux images de foies qui ornaient le fond de ma classe, à l'école communale de Savigny-sur-Orge : le foie d'alcoolique et le foie sain. Les yeux grands ouverts, je me suis rappelé que mon imagination d'enfant associait les turgescences du foie cirrhosé à un bouquet de fleurs, d'autant qu'il était joliment colorié, tandis que l'autre, le sain, plutôt terne, n'était guère engageant ; je ne comprenais pas pourquoi il fallait avoir peur de cette beauté en expansion. (La suite de ma scolarité s'en est ressentie.)

Cette nuit, c'est Malcolm Lowry qui me réveille. Il a bu vingt fois ce qu'il est humainement possible de boire en quarante-huit ans d'écriture et d'errance, puis il a basculé par une fenêtre. L'autopsie révéla un foie intact.

...

Cœur de nuit. Minne dort. La maison – vide exceptionnellement – gémit sous le vent du Vercors. Dehors, les roses trémières mènent contre les bourrasques et la grêle un de ces combats dont nous constaterons qu'il a tourné au miracle quand, notre bol de café à la main, préparés au désastre, nous les retrouverons debout dans la lumière du petit matin, ébouriffées mais debout !

...

Bon. Lowry n'avait pas le foie de l'emploi ni le sosie la tête.

...

Je me lève. Espadrilles. Bureau. Lumière. Portrait.

Pour la énième fois, je vais chercher dans le visage de ce mort la source de l'émotion ressentie quand Sonia l'a posé devant moi.

...

Ce n'est décidément pas une tête de phraseur alcoolique.

Ce n'est pas un paysan corse non plus.

Ni un cueilleur de coton de Castellaneta.

C'est un visage de vent sec et de silence, oui, mais il vient de plus loin. De plus profond, aussi. On dirait qu'il écoute.

Il me fait tout à coup penser au visage d'Erri De Luca, l'écrivain napolitain, parchemin que l'Histoire, la révolte, l'action, le travail, l'exil, la méditation, la lecture, la solitude, le silence et le vent ont froissé, et tendu.

Cette réserve pensive...

...

Cette force enclose...

...

Un visage de sertanejo...

Voilà ce que vous avez dessiné, Sonia !

...

C'est un cabocle du sertão brésilien que vous avez dessiné cette nuit-là, sur votre boîte à chaussures ! Un cabocle de Teresina ou d'ailleurs. (N'est-ce pas ce qu'était le sosie, après tout ?) Un *caatingueiro* : une de ces patiences continentales dont on peut tout attendre.

Ce pourrait être le visage de Seu Martins, le père de Soledad et de Néné, le mari de Mãe Martins, le patriarche silencieux et prolifique de la tribu Martins. Un de ces visages...

Sa tignasse est comme un buisson de *cerradões*, séché à blanc par le soleil.

Si j'osais, je prendrais mon crayon et je continuerais votre dessin : je poserais sur cette tête le chapeau de cuir bouilli des *vaqueiros*. Puis je placerais la tête et le chapeau sur des épaules – épaules, poitrine, bras et jambes ; chemise et pantalons de coutil ou toile de jean –, je le chausserais de ces sandales que le savetier de Maraponga nous taillait dans des pneus, à Irène et à moi, et je poserais ses deux pieds bien à plat sur la terre battue d'une place de marché : à

260

Teresina, à Sobral, à Canindé, à Juazeiro do Norte, à Catarina, à Crateus, à Quixeramobim, à Canudos, quelque part dans l'immensité du sertão...

Un vieux *vaqueiro* sans cheval, adossé à un mur de pisé, une bouteille de *cachaça* à la main, sur une place de marché : voilà ce que vous avez dessiné, Sonia.

Regardez-le.

Il écoute.

Les yeux clos.

Ce qu'il écoute ? La poésie des duettistes de cordel.

Il les connaît bien, ces poètes qui chantent dans les marchés alentour. Surtout ces deux-là : Didi et Albão da Casa, le père et le fils, Didi à l'accordéon, Albão à la guitare. Il les connaît depuis toujours. Ils n'ont pas été tentés par l'Américky, eux ; ils n'ont jamais quitté le sertão, ils ne sont jamais descendus à São Paulo ou à Rio, ils ont subi les plus terribles sécheresses sans jamais céder aux mirages de la côte. Ils ont refusé le sort des *retirantes*, avalés par les favelas des grandes villes. Ils chantent ici, de marché en marché, comme faisaient déjà Didi et son père : Jorge Rei da Casa, *o famanaz do desafio*, le champion du défi ! Ils improvisent. Ils se lancent des strophes à la tête. Les strophes sont des défis et les voix sont des lames. On dirait des épées qui ferraillent dans le soleil. C'est cela les duettistes de cordel ; des poètes qui se provoquent et se répondent depuis toujours sous le soleil blanc et l'ombre noire des marchés. Ils sont l'imagination et la mémoire du sertão.

Lui, Sonia, celui que vous avez dessiné, il les écoute :

Negociar com a ilusão
Pra muitos é profissão
Vender sonhos é bom negócio
Quem sabe disso é o palhaço
Também o politiqueiro
E eu, poeta boiadero

Faire commerce d'illusion
Est pour beaucoup une profession
Vendre du rêve est bon négoce
Le clown en sait quelque chose
Et le politicard
Et moi, pauvre poète routard

Não vou dizer, meu irmão
Que palhaço é um mandão
Mas no Sertão uma história
Fica ainda na memória
Aquela do presidente
Que virou-se comediante

Je vais pas te dire, frangin
Que le patron est un pantin
Mais dans le sertão une histoire
Est gravée dans nos mémoires
Celle du président
Qui a viré comédien

262

Lhe devorava a ambição
De reinar no coração
E se transformar num mito
Tal qual um novo Carlito
Virar santo ele podia
Do cinema fez a escolha

L'ambition le dévorait
De dominer les cœurs
De devenir un mythe
Comme un nouveau Charlot
Il aurait pu tourner saint
Il a viré comédien

...

C'est l'histoire de ce qui précède. Suit un nombre gigantesque de strophes qui disent les innombrables versions de cette même histoire.

Voilà l'homme à qui vous avez fermé les yeux dans ce cinéma, quand vous étiez jeune fille, Sonia : un cabocle, adossé à un mur de pisé, et qui écoute l'esprit du sertão. Il porte lentement la bouteille de *cachaça* à ses lèvres, boit une gorgée méditative, et, derrière ses paupières closes, donne un titre au poème des duettistes : *Coronel Carlito*. (Colonel Charlot.)

12

Je dis cabocle, mais je pourrais dire cafuz, mama-luco, pardo, ou mulato, mélanger les couleurs des uns et des autres, l'Indien, le Noir, le Blanc, le métis et le mulâtre, inventer des nuances de peau et leur donner de nouveaux noms, j'aboutirais toujours à ce corps sec et à ce visage de silence que l'immensité de la caatinga fait à l'homme qui l'habite. Ce pourrait aussi être le visage du jésuite interviewé plus haut par le « dormeur du sertão », ou celui du « *doutor* Michel », ce médecin français, natif du Jura, que j'ai rencontré sur la route d'Aratuba, et qui devint mon ami. Le vent avait poussé la rumeur de son étrange présence jusque dans mon hamac, à Maraponga. On murmurait qu'il était seul, qu'il n'avait pas de nom, qu'il venait de nulle part, qu'il n'était d'aucun gou-vernement, d'aucune association humanitaire, qu'il était apparu dans le sertão quelques semaines plus tôt, entre Aratuba et Capistrano, qu'il soignait les nouveau-nés sans rien demander en échange et qu'il participait, la nuit, aux réunions clandestines des syndicats paysans.

Personne n'avait vu d'étranger dans cette région du Ceará depuis le passage d'un pasteur hollandais, en 1948. Le cas était suffisamment rare pour que je m'extirpe de mon hamac et que je parte à sa recherche. Le lendemain, quand j'ai demandé au premier *sertanejo* croisé sur les pentes d'Aratuba s'il avait entendu parler d'un médecin étranger en vadrouille dans le coin, mon interlocuteur m'a regardé placidement, a posé les deux énormes sacs d'aubergines qui l'écrasaient, et a répondu :

– Le «*doutor* Michel»? Je crois bien que c'est moi.

Les *sertanejos* en étaient à leur troisième année de sécheresse, lui à sa troisième semaine de dysenterie.

– D'où notre ressemblance, sourit-il. Ici, on pèse tous le même poids.

13

Sonia, vous n'avez été pour rien dans la mort du sosie. Ni dans son chagrin. Réfléchissez une seconde : depuis des années, il s'était fait une spécialité de l'imprécation publique ; vous pensez bien que s'il s'était estimé volé par Chaplin, il l'aurait gueulé haut et fort dans votre cinéma. Je vois ça d'ici. Il aurait jailli entre l'écran et le faisceau du projecteur, son ombre gigantesque se serait déployée et toute la salle l'aurait entendu beugler au scandale : « Mon idée ! Mon film ! Un dictateur et le barbier son sosie ! C'est mon idée ! C'est ma vie ! Ils m'ont volé ma vie ! Morasecchi, fils de pute, combien l'as-tu vendue à Chaplin, ma vie ? Mon film ! Bande de bâtards ! Pays de voleurs ! » Cette gesticulation verbale qui ressemblait si peu à son masque de mort...

Vous n'en auriez pas entendu davantage parce que les spectateurs l'auraient jeté dehors, tout simplement.

Et vous auriez perdu votre place.

Je vais vous révéler quelque chose que vous ignorez sans doute, Sonia. À la sortie du *Dictateur*, Chaplin avait reçu tant de lettres de menace qu'il décida de placer son film sous la protection de Bridges. Ce nom ne vous dit plus rien : Bridges ? Harry Bridges, le tout-puissant patron du syndicat des dockers dans les années quarante. Bridges, le roi des quais ! Chaplin lui avait demandé de disséminer quelques dizaines de ses gars dans la salle, le jour de la première, pour parer à toute attaque de commandos pro-nazis. Bridges avait refusé : « Inutile, votre public vous aime, Charlie, et votre cause est juste ; ils n'oseront pas se montrer. » De fait, les nazis ne se montrèrent pas. Bridges avait raison : si un seul de ces furieux avait eu le culot de chahuter *The Great Dictator*, les fans de Chaplin lui auraient fait traverser le mur.

C'est ce qui serait arrivé au sosie, ce soir-là, s'il s'était comporté comme dans son bar.

Non, Sonia, votre ange cinéphile ne s'est pas cru pillé par Chaplin. (Lequel l'avait probablement oublié, d'ailleurs.) C'était après Hitler que Charlie en avait. Non content de conduire l'humanité à la fosse commune, Adolf portait la même moustache que Charlot ; Chaplin ne pouvait tolérer ce plagiat.

14

Regardez *The Great Dictator* avec les yeux du sosie. Rassemblez tout ce que vous savez de lui et regardez le film comme si nous étions à sa place, *assis en lui*. Goûtez le sel de ses larmes, vous trouverez la raison de sa mort.

Pour commencer, rappelez-vous : l'histoire du barbier et celle du dictateur n'interviennent pas au début du film. Il faut attendre dix bonnes minutes. D'abord, c'est Charlot tout seul, le Charlot des films muets. On voit Charlot précipité dans la guerre de 14. On le voit dans les tranchées, on le voit en canonnier de la Grosse Bertha, on le voit sur le manège d'un canon antiaérien, on le voit à la parade, on le voit monter à l'assaut, on le voit sous la mitraille et les explosions, on le voit perdu dans les lignes ennemies, on le voit s'enfuir, on le voit remplacer un mitrailleur qui déserte, on le voit combattre héroïquement, on le voit sauver Schultz, l'aristocrate aviateur qui deviendra son ami, on le voit dans l'avion de Schultz, on voit l'avion qui s'écrase ; sur quoi s'achève la première partie du film – et la Première Guerre mondiale.

De tout ce temps, on n'a pas entendu Charlot parler. Pourtant, autour de lui, tout le monde parle : les officiers parlent, les sous-officiers parlent, les ennemis parlent, le mitrailleur parle, la voix du récitant parle, le commandant Schultz parle interminablement. Lui, Charlot, quelques bribes par-ci, par-là. Il est comme le dernier rescapé du cinéma muet dans un film parlant. Le seul innocent jeté dans la guerre des parleurs.

Dès les premières images, on entend des explosions, des rafales, l'aboiement des ordres, le sifflement des balles, les cris des soldats, le moteur de l'avion, le choc terrible de l'accident, le froissement des tôles, l'effroyable raffut de la guerre...

La salle hurle de rire, car la Grosse Bertha vomit un obus lamentable aux pieds de Charlot canonnier, car la grenade dégoupillée glisse dans la manche de Charlot fantassin, car Charlot, monté à l'assaut avec les siens, se retrouve entouré d'ennemis quand la brume se dissipe, car l'avion de Schultz vole à l'envers sans que Charlot s'en aperçoive, car la montre à gousset de Charlot se dresse au bout de sa chaîne, droite comme un serpent à sonnette, car l'avion s'écrase, car la tête de Charlot émerge d'une fosse à purin...

Dans la salle c'est l'exultation du public.

Dans les haut-parleurs c'est le vacarme de la guerre.

Dans la tête du sosie c'est le silence de Charlot.

Et toutes ses raisons de pleurer sont déjà dans cette chorégraphie silencieuse.

Regardez-le. Il vient de redécouvrir Charlot! Le Charlot de sa révélation! Le Charlot de *L'Émigrant,* le même! Une émotion intacte l'a précipité un quart de siècle en arrière. Il se revoit dans le rôle imbécile de Pereira, dans l'uniforme absurde de Pereira, dans le bureau sinistre de Pereira, mais dans un état d'extase, ce soir-là – le soir où il découvrit le cinématographe! – ... une extase absolument sienne! Et qu'il retrouve intacte! Regardez-le, regardez-le, son cœur a cessé de battre aussi soudainement qu'un esprit cesse de douter. Son visage est celui du premier communiant au jour de sa confirmation. Mais il n'a rien d'un communiant, hélas! Mais une vie entière s'est écoulée, hélas! Mais qu'a-t-il fait de cet émerveillement? *Qu'a-t-il fait de cet émerveillement?* Tandis que Charlot, sur l'écran, Charlot retrouvé, Charlot et sa danse folle sur les décombres du monde, celui-là n'a pas changé du tout! C'est le Charlot de *L'Émigrant,* c'est le même! Les années ont marqué son visage, pourtant, cela se voit derrière son maquillage, ce n'est plus un homme jeune, et les épreuves aussi, et quelques petites vilenies sans doute, ce n'est plus un candide, et les effets de la gloire, et les désenchantements, ce n'est plus un

270

artiste vierge, et les maux d'amour, et les problèmes d'argent, et les persécutions des jaloux, c'est une idole devenue une cible, des décennies ont passé là aussi, mais Charlot, ah! le Charlot de l'écran, malgré ces pattes-d'oie imprimées au coin de ses yeux, malgré la peau relâchée de son cou et ce pli nouveau aux commissures des lèvres, le Charlot de cet écran gigantesque est le même, exactement, qui jetait sa vie insolente dans le rectangle de lumière au-dessus du secrétaire de Pereira! C'était la vie à l'époque et c'est la vie encore, la vie qui résiste à la vie, la vivace intelligence qui libère de toutes les pesanteurs, l'art qui fait la nique au monde, la poésie, la poésie, la poésie, et lui dans son fauteuil éprouve le renouveau de cette révélation inouïe, mais sous le poids insupportable d'une vie qu'il n'a pas su vivre, et il laisse aller les larmes qui lui remplissent les yeux, les larmes de gratitude et de désespoir qui, maintenant, inondent son visage. Les yeux levés vers l'écran, il tâtonne sous son siège, il cherche la bouteille...

Et le film passe à la partie suivante. Pour figurer le cours du temps, Chaplin utilise la métaphore des rotatives. Les rotatives tournent : 1918, 1919, 1927, 1929, 1934... les journaux succèdent aux journaux, les titres aux titres, les années aux années, les nouvelles alarmantes aux nouvelles catastrophiques...

15

Les nouvelles...

Un souvenir me vient, dans cette espèce d'entracte (sans rapport sensible avec ce qui précède) : Michel – le médecin solitaire d'Aratuba – me racontant la mort de Sartre.

– Tu te rappelles ce gosse qui était tombé, le visage contre le manchon d'une lampe à huile allumée ?

Oui, cela s'était passé en pleine nuit, du côté de Capistrano, dans une cabane isolée de la caatinga, un gamin de cinq ou six ans, défiguré par une lampe à huile. Après avoir utilisé en vain les ressources de deux ou trois guérisseurs, les parents avaient fini par monter l'enfant jusqu'à l'hôpital d'Aratuba, sous un soleil de plomb, dans l'espoir d'y trouver Michel. Le visage du petit pourrissait. Ce que l'huile enflammée n'avait pas ravagé, le verre de la lampe l'avait profondément entaillé, et le temps perdu avait fait le reste. On ne pouvait même plus parler d'urgence ; l'enfant commençait à mourir. Il délirait. « Bien entendu, je n'avais pas le moindre antiseptique ; cette saloperie d'hôpital n'était qu'un hangar à mourants. » Or, personne ne voulait la mort de cet enfant. « Moi pas plus que la famille. » En désespoir de cause, Michel avait dû ôter les peaux mortes du petit visage avec une brosse à linge. « Une grosse brosse à linge, oui, c'est tout ce que j'avais, et aucun sédatif... » Les parents avaient assisté sans un mot à ce supplice puis ils avaient redescendu l'enfant, toujours délirant, chez eux, dans la fournaise de la caatinga. Deux jours plus tard, Michel les rejoignait, dégringolant les pentes d'Aratuba sous un sac de poivrons et un gros régime de bananes.

(Le jour de notre rencontre, quand je lui avais demandé ce qu'il fichait dans la région, il m'avait répondu : « Je cherche à comprendre pourquoi on meurt de faim dans un pays où il y a à manger pour tous. Sécheresse ou pas, la montagne d'Aratuba pourrait nourrir toute cette partie du sertão. » De fait, chaque fois qu'Irène et moi le rencontrions, Michel ployait sous des quantités faramineuses de fruits et de légumes qu'il distribuait aux uns et aux autres. Plus tard, il troqua des pierres semi-précieuses contre des médicaments.)

Bref, le voilà qui s'annonce à la porte de la cabane, sous ses poivrons et ses bananes.

– J'étais persuadé que l'enfant était mort.

L'enfant n'était pas mort. Il cicatrisait. Et la pénicilline que Michel s'était procurée entre-temps allait le sortir d'affaire. Les paysans avaient accueilli le *doutor* avec une gratitude paisible.

– La femme m'a donné une assiette de riz et de *feijão*, saupoudrés de *farofa* ; elle y a même ajouté un œuf, le grand luxe ! Et son mari a déroulé un hamac pour que je me repose.

L'enfant était veillé par ses frères et ses sœurs ; assis autour de lui, sur la terre battue, ils interdisaient aux mouches le survol de son visage. Pendant la sieste, l'homme, dans son hamac, écoutait un petit transistor qui faisait un grésillement d'abeille, un son à peine audible mais bien découpé dans le silence de la pièce unique. (On trouvait ces transistors dans les coins les plus reculés du sertão. Les nouvelles, les publicités, les chansons, les commentaires de foot y bourdonnaient sans cesse, comme dans une ruche lointaine, en un son si ténu – économiser les piles ! – qu'il ajoutait à notre distance au monde. On aurait dit la rumeur d'une planète oubliée.)

– Et voilà que, dans tout ce silence, le transistor annonce la mort de Sartre.

– ...

– ...

– Alors ?

– Alors, rien.

18

La dictature avait proscrit le mot « paysan » (*cam-ponês*) qui laissait entendre l'idée de propriété du sol. Il fallait les appeler « agriculteurs », où ne subsistait que la fonction.

19

– Pourquoi avons-nous tant aimé le sertão ?

– ...

– Je veux dire, en dépit de tout...

– Tu te souviens de ce que tu disais de Brasília ?

– Oui, qu'on avait la sensation d'y vivre sur le dos du monde : « La terre est ronde, Brasília en est la preuve », j'écrivais ça aux amis.

– Eh bien, le sertão est la preuve du contraire : la terre est plate et c'est partout l'intérieur. D'où l'empathie des *sertanejos* les uns pour les autres. Ce sont ces gens-là que nous avons aimés, et le grand silence de leur paysage...

– ...

– ...

– ...

– Nous pestions contre la sécheresse, nous condamnions le féodalisme local, nous souhaitions la distribution des terres et de l'eau aux paysans, nous réprouvions les conséquences alimentaires et sanitaires de leurs superstitions, mais nous admirions leur aptitude à la résistance, cette sagesse qu'ils mettaient à n'être pas compris de leurs oppresseurs.

– ...

– ...

(Oui, et cette poussée de sueur, chez les gens de la côte, quand nous leur parlions de l'*intérieur*, ah, j'aimais ça, aussi! Comme si un siècle après l'anéantissement des *Canudos*, les démons de l'intérieur terrorisaient encore les habitants du littoral, acculés au néant de la mer.)

– ...

– ...

– Je passais mes nuits avec les syndicats paysans et mes journées à jouer les hygiénistes mais, au fond de nous, nous aimions l'idée qu'ici au moins, même quand tout cela aurait changé, *ça* ne changerait pas.

– ...

– ...

– ...

– ...

– ...

– Et puis, il y a autre chose.

– ...?

– C'est avec le bois du sertão qu'on fait les meilleurs violons.

20

Donc les rotatives de Chaplin égrènent les années sous les yeux du sosie : 1918, 1919, 1927, 1929, 1934... C'est le temps de l'Histoire mais c'est aussi le sien ; et son histoire à lui est celle d'un *sertanejo* en rupture d'intérieur, un clown errant, un foutu *palhaço* oublieux de sa terre, indifférent au devenir du monde et qui, de choix imbéciles en illusions idiotes, de hasards malheureux en maladresses obstinées, a tant dérivé sur le cours incontrôlé de sa vie qu'il a fini par échouer ici : Chicago, 1er décembre 1940, visage trempé, levé vers l'écran gigantesque du Biograph Theater où on donne *The Great Dictator* de Charlie Chaplin.

C'est l'heure de l'addition, il le sait.

Elle se paiera en litres de larmes.

Attention, il va se mettre à *penser*.

Pour la première et la dernière fois de sa vie.

Il n'aurait jamais dû.

Ça va lui être fatal.

...

Arrêt des rotatives.

Entrée fracassante de Chaplin dans le cinéma parlant.

Écoutez! Regardez! Écoutez!

Du très haut de sa tribune, le dictateur, Adenoïd Hynkel, harangue une foule monolithe. Pendant quelques secondes, la salle est saisie : qu'est-ce qu'il dit? Qu'est-ce que c'est que cette langue? Puis ce sont les premiers rires : Chaplin parle allemand! Non, il ne parle pas allemand, il fait semblant! Non, il ne fait pas semblant de parler l'allemand, il imite le *Hitlersprache,* le jargon d'Adolf Hitler! Même pas! Le *son* que fait la voix d'Adolf Hitler! Aucun mot n'est distinct, Charlie ne produit que des sons! Charlie se fout d'Hitler en faisant du bruit avec sa bouche! Il croasse, il aboie, il éructe, il s'étrangle, dégringole dans une quinte de toux, se reprend, susurre, roucoule, crache comme un chat sauvage, explose... Sacré Charlie, c'est *exactement* Hitler! Les rires deviennent rigolade, la salle se gondole, la houle enfle jusqu'à la tempête, d'autant que tout en discourant Charlie écrase la bête immonde sous une avalanche de gags : et que je stoppe net les vivats du fameux petit revers de ma main, et que je hurle au museau d'un micro qui ploie sous l'effet de la terreur, et que je rafraîchis mes couilles incandescentes de Führer en me versant un verre d'eau dans le pantalon, et que je m'en verse aussi dans l'oreille pour la recracher d'un petit jet viril ; mécanique folle, pantin déréglé, à la fois rigide et sans contrôle, délirant et corseté, Chaplin se déchaîne et la salle du Biograph Theater se met à scander le nom de son idole : Char-lie ! Char-lie ! Char-lie ! Char-lie ! Deux syllabes qui battent le gong dans le cœur du sosie, Char-lie ! Char-lie ! Émotion double dans le cœur battant du sosie, Char-lie ! Char-lie ! Mélange hautement explosif de sentiments contradictoires dans le cœur deux fois bouleversé du sosie : « Honte sur moi et vive Char-lie ! » se dit le sosie, quelque chose de ce genre, honte sur ma tête de merde et vive Charlie Chaplin qui, sans prononcer une seule parole audible, vient d'épuiser d'un coup toutes les possibilités du cinéma parlant ! *Toutes*, parfaitement ! Le cinéma bavard durerait-il mille ans, Charlie vient d'en faire le tour en cinq minutes ! Aucun film n'exprimera jamais la vérité de ce qui se dit là, aucun réalisateur, jamais, dans aucun film, serait-il riche de tous les mots du monde, fort des phrases les plus justes, les plus spontanées ou les mieux choisies, n'en dira autant que Charlie, là, maintenant, avec son charabia, car Charlie, se dit le sosie, Charlie *est allé direct au ton*, direct ! en squeezant les mots ; le ton qui est la seule vérité du discours, le juste bruit que fait une intention d'homme, et l'intention de cet homme, là, sur l'écran, Adolf Hitler, dont Charlie extirpe la vérité par le ton, l'intention de cet homme, que Charlie ne caricature pas mais qu'il *révèle*, c'est de conduire la foule monolithe

282

à la mort, la foule qui l'idolâtre, à la mort, la foule mécanique qu'un seul geste fait applaudir ou fait taire, à la mort ! et le reste de l'humanité, au-delà de tous les horizons, toutes les foules du monde, avec ou sans uniforme, à la mort ! c'est la vérité de ce ton, l'*intention* unique de cet homme ! l'humanité entière à la mort ! mais la foule croit que la voix de cet homme réclame la mort des juifs seuls, car le mot, le *son* du mot « juif » est craché, craché, craché : juifs ! juifs ! juifs ! la foule n'entend pas plus loin que ce mot qui la met en appétit de massacre et, se préparant à sacrifier tous les juifs du ghetto au dégoût de la voix qui les crache, la foule ignore qu'elle prépare aussi son propre anéantissement, « parce que », se dit le sosie, une voix qui réclame la fin d'un peuple est une voix qui veut la fin de tous les peuples, le sacrifice de tous, jusqu'au dernier bébé vagissant dans la case la plus ignorée de l'Afrique, et le sosie – il tâtonne de nouveau sous son siège, porte le goulot de la bouteille à sa bouche –, et le sosie, de gorgée en gorgée, se dit que l'autre foule, la foule des rieurs, la foule du Biograph Theater, celle qui l'entoure en se tapant sur les cuisses, va bientôt entrer dans la danse : volontaire ! volontaire ! pas laisser faire ça à l'ennemi du genre humain ! volontaire ! la branlée à Hitler ! et il se dit aussi que la séance à peine achevée, la réalité, dehors, ressemblera comme deux crachats à ce qu'annonce la voix sans paroles d'Adenoïd Hynkel : une foutue guerre mondiale ! la Seconde et la bonne, le pugilat universel, pas un pays n'y échappera, c'est une question de ton, *churrasco* pour tous, le grand méchoui planétaire, c'est ce que Charlie a pigé, c'est ce qu'il dit à ces crétins qui se marrent, orgie définitive, vous allez y avoir droit vous aussi, marmite sanglante aux exactes mensurations de la planète, et je m'y connais en ton moi aussi, putain de Dieu, ex-sosie de feu le dictateur Pereira, j'en ai fait des discours, j'en ai dominé des foules, je crains personne pour le ton juste, j'ai été formé à bonne école ! *Je ne suis pas un de ces politicards européens qui lisent leurs devoirs en public, je suis un président habité, quand je parle, c'est le peuple qui s'exprime par ma bouche – mon reste de sauvagerie ! Tout est dans le ton, tu comprends ?* Si je comprends, mon salaud, et comment ! Qui a transformé les paysans du Nord en mineurs ? Toi, peut-être ? Toi, Pereira, tu te les roulais en Europe avec ta pute écossaise pendant que j'envoyais mes frères à la mine, le ton juste j'avais, et le geste, putain de moi ! Imiter un paysan qui attend l'arrivée d'une aubergine, tu aurais pensé à ça, toi ? Tu aurais su le faire ? Rien du tout, toi, rien du tout ! J'avais le ton, j'avais le geste, honte sur ma tête, mort de moi, enterrés vivants je les ai, privés de ciel, tous, ces hommes de vent et de soleil qui m'ont cru juste parce qu'ils avaient le goût de rire avec moi, cette envie qu'ils ont de rire, toujours, eux, les *sertanejos*, si graves au fond, de rire entre frères, rire de confiance, confiance en moi qu'ils prenaient pour un des leurs ! mon ton était juste et le coup de l'aubergine efficace, il a suffi d'une blague entre frères pour que je change en taupes ces oiseaux de grand ciel! pour que j'envoie le soleil s'éteindre dans la mine, honte sur ma tête de merde, putain de moi, et vive Chaplin!

– Char-lie! Char-lie!

Bouteille brandie, il y alla lui aussi de son Char-lie! Char-lie! mais à contretemps, et, comme souvent au cinéma, ce rieur isolé remit le feu aux poudres, et la salle lui emboîta le pas dans une nouvelle salve de Char-lie! Sur quoi un long chapelet de sanglots l'emporta, qui passa inaperçu dans l'éclatante cascade des rires. Il était pris d'un de ses accès de commisération personnelle, le genre de larmes qu'il avait versées sur son impuissance dans les bras des «vraies femmes»... Parce que, plaidait-il, il n'était pas si mauvais, après tout, il n'était pas Adenoïd Hynkel, tout de même! il n'était qu'un sosie, lui, et il s'était enfui! il avait choisi la rédemption par le cinématographe, il avait refilé le paquet à un autre sosie qui pourrait toujours en faire autant si le dégoût le prenait! Chacun sa liberté, bordel, c'était une affaire de choix, au bout du compte, de conscience!

De conscience?

De conscience? Tu dis de conscience?

Conscience!

Toi?

L'image du projectionniste lui sauta au visage.

Le projectionniste emporté par les hommes de Guerrilho Martins.

« Prenez l'homme et laissez la machine. »

C'est ce qu'il leur avait dit.

Tu avais oublié ça ?

Le projectionniste, tu l'avais oublié ?

Hein ? Hein !

C'était vrai, il avait rendu le projectionniste aux hommes de Guerrilho avant même que le Motiograph n'eût refroidi : « Prenez l'homme et laissez la machine. » Oh ! cette pauvre tête définitive qu'avait eue le projectionniste quand la porte capitonnée l'avait avalé ! Oh, ce dernier visage ! Oh, cette *disparition* ! Car c'était bien ce qu'avait ordonné le télégramme de Pereira, quelques jours plus tard : « Disparition ! » Pas « expulsez-le », pas « au trou », pas « fusillez-le », non, « disparition », sous-entendu : qu'il n'en reste rien, plus la moindre trace, je ne veux aucune preuve, ce type n'a jamais existé, il y va de tes couilles, sosie ! « Disparition », comme si le projectionniste n'avait été qu'une image, justement, et qu'il suffisait de... Et lui, il l'avait laissé disparaître, ce pauvre bougre, l'ange de son Annonciation ! il l'avait *fait* disparaître, aussi naturellement qu'en pressant la petite banane électrique qu'il évoquait dans son discours aux paysans : lumière et nuit, voilà tout, image, et hop ! fini l'image, projectionniste, et hop ! plus de projectionniste. Comment diable avait-il pu oublier cet assassinat, faire à ce point la nuit en

lui ? Jamais il n'avait repensé au projectionniste, ah !
si, une fois, pour servir à Chaplin la fable imbécile
de la veuve et des orphelins, dont Chaplin n'avait pas
cru un mot, d'ailleurs. Et tout à coup, ce fut pire que
s'il avait lui-même enterré le projectionniste vivant –
ce que les types de Guerrilho Martins adoraient
faire... –, c'était, c'était... il ne pouvait même pas se
réfugier derrière la raison d'État, comme pour les
autres « disparus » de Pereira (« la raison d'État : ma
cave personnelle, tu y descends, tu n'en remontes
jamais »), non, la mort du projectionniste était un
crime bien à lui, un assassinat de voleur, il avait tué
cet homme pour lui faucher son projecteur et ses
films, tout simplement, c'était... oh ! c'était... nouvelle
rasade, noyez-moi ça... tout en buvant il se vidait par
les yeux autant que par le nez... et pendant que sur
l'écran Charlie devenu barbier déchaînait à nouveau
les rires en rasant un client sur la cinquième danse
hongroise de Brahms – la perfection du geste ! sacré
Charlie ! sa science du blaireau ! son sens de la
mousse ! son art du sabre ! les courbes de sa lame ! à
croire qu'il avait fait le barbier toute sa vie ! –, pendant que le rasoir de Chaplin voletait sur les violons
de Brahms, l'idée lui vint que toutes les larmes qu'il
avait versées sur Valentino étaient en réalité destinées au projectionniste disparu, toute cette sincérité
mise à pleurer la mort de Valentino, c'était pour fleurir la tombe du projectionniste, si profondément
enfouie dans sa mémoire, cette tombe, si peu soup-

çonnable dans la nuit de sa conscience que, par un tour de passe-passe qu'il ne s'expliquait pas, quelque chose en lui avait éprouvé le besoin de s'épancher sur un deuil de surface, un malheur au grand jour, et il avait choisi de payer pour la mort humiliante de Rudolph Valentino, il s'était accusé de ça ! *Sa réputation de sans-queue, c'est moi !*, il avait endossé cette prétendue infamie sans que personne ne le lui demande, de sa propre initiative : expiation ! expiation publique et permanente ! Ah ! la délicieuse ivresse ! Il avait passé quatorze années de sa vie (quatorze ans !) dans la posture grotesque d'un Christ qui aurait cherché à se crucifier lui-même, acharné à planter tous les clous de ses propres mains, sans l'aide de personne, mais c'est impossible, bonhomme, réfléchis une seconde, comment tu vas t'y prendre pour le dernier clou, hein, petit Jésus ? Bien entendu pendant tout ce temps on avait ri du grotesque de la posture (un gars qui s'accuse de la mort de Rudolph Valentino... il y en a bien qui se prennent pour Jefferson tout vivant...) et de cette interminable comédie ne subsistait maintenant que le sentiment du ridicule,

oh ! le ridicule...

Un rongeur autrement vorace que le remords !

Ça ne te suffisait pas d'être un assassin, il fallait en prime que tu sois *un assassin ridicule* ?

Pour la première fois, il éprouva l'absolu de sa solitude, car rien ne nous rend plus seul, plus errant en nous-même que la conviction de notre ridicule.

Il fut surpris par l'explosion de son rire.

Mais ce n'était pas de lui qu'il riait.

C'était d'Adolf Hitler.

Il se souvenait d'avoir vu – c'était déjà un souvenir ! – Adenoïd Hynkel grimper aux rideaux de son bureau dans une crise de mégalomanie ascensionnelle, et jouer avec cette planète de baudruche qui finit par lui éclater au visage... Grotesque ! Le comble du grotesque ! Chaplin avait définitivement ridiculisé Hitler ! Il se remit à hurler : « Char-lie ! Char-lie ! »

Personne ne lui emboîta le pas cette fois, car la scène de la mappemonde était passée, le film était allé de l'avant, et on venait d'entrer dans un moment infiniment paisible où le ghetto jouissait d'un état de grâce miraculeux, Hannah se faisant belle pour sortir avec le barbier, le barbier se faisant beau pour sortir avec Hannah et, dans la cour, rassemblés autour de M. Jaeckel, les voisins commentant avec bienveillance cette idylle naissante...

– Ta gueule ! lui cria une voix dans la nuit de la salle.

– Ferme-la ! fit une autre en écho.

– Putain de merde, tu vas la fermer, oui ?

Il se le tint pour dit, noyant son hilarité dans une nouvelle rasade de whisky.

21

Soixante-deux ans plus tard, fin octobre 2002, quand *Le Dictateur* ressortit dans les salles françaises alors que je venais d'écrire ces pages, Minne et moi avons invité Sonia à le revoir.

Paris 19ᵉ, métro Jaurès... Quais de Seine... Le bassin de la Villette où glissent de paisibles rameurs... Après la séance, nuit tombée, restaurant, à côté du cinéma. Pendant le dîner, Sonia nous apprit que Chaplin s'en était voulu d'avoir tourné cette séquence du bonheur dans le ghetto.

— D'un point de vue scénographique elle est pourtant justifiée, plaidait-elle. Le dictateur Hynkel réclame un emprunt au banquier juif Epstein et, pour l'obtenir, il décide de faire des mamours aux gens du ghetto. Effet comique assuré : les persécuteurs de la veille deviennent aussi prévenants que des chiens d'aveugles, le bonheur fait son entrée avec le naturel qui lui est propre et la vie reprend son cours comme si rien ne s'était passé.

Sonia fixait le plan d'eau où luisaient maintenant les façades lumineuses des immeubles.

– Mais quand l'ampleur du génocide a été connue de tous, expliqua-t-elle, les habituels détracteurs de Chaplin l'ont accusé d'avoir édulcoré l'horreur ; et lui qui avait si formidablement anticipé l'Histoire avec ce film, il les a crus, ces imbéciles ! Il s'est fait une honte d'avoir tourné ces quelques minutes d'insouciance... Et même d'avoir fait rire avec l'horreur du nazisme.

Elle bouillait de rage. Je n'ai jamais mieux entrevu qu'à cet instant l'adolescente qu'elle avait dû être. Elle tapait à main plate sur la table ; nos verres sautillaient vers le précipice.

– Ce sont les moments les plus poignants du film, bon Dieu ! Justement parce que en gommant la tragédie ils en annoncent l'horreur systématique. Pendant quelques secondes, dans cette folie générale, des gens normaux vivent normalement ; avec leurs petites qualités et leurs petits travers... Demain ils seront morts, presque tous, et les rares survivants ne connaîtront plus jamais l'insouciance... C'est cela que Chaplin a filmé ! Il ne le savait pas mais il filmait les derniers instants de l'insouciance.

Quand Minne lui demanda pourquoi, du début à la fin de sa vie, on avait tant emmerdé Chaplin, Sonia répondit :

– Toujours la même chose : mon Amérique ne nous a jamais donné le choix qu'entre les assassins et les guildes morales. Chaplin n'aimait ni les uns ni les autres, il fallait qu'il paie cette indépendance d'esprit, et au prix fort !

Puis, revenant à mon bouquin :

— Mais si je vous ai bien lu, le sosie, lui, n'a pas été particulièrement sensible à ce retour de la paix dans le ghetto.

22

Non, il était sensible à autre chose. Montée du fond de sa bouteille, une évidence le stupéfiait : *Personne, dans le ghetto, ne remarquait la ressemblance entre le barbier et le dictateur !* Il en fut à ce point sidéré qu'il voulut prévenir ses voisins, mais son instinct l'en dissuada. Tout de même, tout de même, que personne ne réagisse, c'était… Voyons (ses yeux écarquillés aux dimensions de l'écran), voyons un peu : après quinze années d'amnésie le barbier revient enfin au ghetto ; tout le monde l'épie, on ne voit que lui, on ne parle que de lui, et personne ne remarque qu'il est la copie conforme d'Adenoïd Hynkel dont la gueule est placardée partout ! Ni M. Jaeckel, ni sa femme, ni M. Mann, ni même Hannah ! Personne ! Pas la plus petite allusion au plus petit air de famille entre le dictateur et le barbier. Qu'est-ce qu'ils ont dans les yeux, bordel ? Hannah va sortir avec le sosie du tyran et Mme Jaeckel la pomponne comme si elle l'envoyait au prince charmant ! Le ghetto entier se réjouit de voir la petite orpheline s'offrir au double de l'Ogre ! Dans la salle du Biograph Theater les spectateurs eux-mêmes semblent trouver naturel et souhaitable que Paulette Goddard soit sur le point de faire sa vie avec le jumeau d'Adolf Hitler. C'est le double d'Hitler, merde, hurlait intérieurement le sosie, il faut prévenir la petite ! Mais non, corrigeait-il, *convention*, mon vieux, *conventioncinématographic'monp'tivieux* ! Oui, et que chacun gobait comme allant de soi. C'était une nouvelle preuve du génie de Chaplin ! Charlie, décidément, t'es le roi ! Mais si on prend la chose au sérieux, argumentait-il, *sionprenlachosausérieux*, bégayait-il intérieurement, le fait que personne ne remarque la ressemblance entre ce barbier et ce dictateur, qu'est-ce que ça veut dire ? Ou plutôt, *le fait qu'ils la remarquent mais qu'ils l'admettent sans moufter*, ça veut dire quoi ?

La question lui coupa le souffle.

Ça veut dire...

Il s'armait contre un nouvel assaut du désespoir...

Ça veut dire...

...

Cela voulait dire que tout semblables qu'ils fussent, ce barbier-ci et ce dictateur-là n'avaient absolument rien de commun : mot pour mot ce que Chaplin annonçait après le générique : *Toute ressemblance entre le dictateur Hynkel et le barbier juif serait purement accidentelle.*

C'est ça ! rien à voir ensemble... rien de rien... deux

types si différents qu'il ne viendrait à l'idée de personne de les comparer, le spectateur les voit *de l'int'... de l'intérieur*, tellement différents de l'intérieur, *en tant qu'hommes je veux dire* que, même s'ils se baladaient main dans la main avec une seule casquette pour leurs deux têtes, personne ne remarquerait la ressemblance entre Hynkel et le barbier! *Perrrr-sonne!*

Alors...

alors si c'est ça,

si c'est ça alors...

Si c'était cela, la morale délivrée par Chaplin était le coup le plus meurtrier qu'on pouvait lui porter, à lui personnellement.

À moi *personnellement*,

la plus radicale des condamnations.

– Tout à fait d'accord avec toi sur ce point, fit la voix de Pereira dans sa tête.

Pereira dans ma tête!

Ce fut sa vessie, cette fois, qui lâcha.

– Être sosie, ça se désire, expliquait Pereira, je te l'ai dit cent fois. La ressemblance est un acte de foi, comme aurait dit ton jésuite. J'ai voulu que tu me ressembles, tu as voulu me ressembler, nous nous sommes ressemblés, voilà toute notre histoire... Il n'y a pas la plus petite place pour ton innocence là-dedans. Le barbier, lui, n'a jamais voulu ressembler à Hynkel, que je sache.

Je me pisse dessus?

Est-ce que je serais en train de me...

Bel et bien, mais un autre détail l'empêcha d'aller au bout de cette investigation : Mme Jaeckel proposait d'enfiler des mitaines aux mains d'Hannah, pour que le barbier ne voie pas qu'elles étaient fripées par la lessive. Hannah est toute pimpante, à présent. Elle se penche par-dessus la rampe de l'escalier et demande à la petite Annie d'aller voir « s'il est prêt ».

– Annie, va voir s'il est prêt !

L'enfant, qui jouait avec sa poupée, se précipite joyeusement vers l'échoppe mitoyenne du barbier.

Cette fois, ce fut le pronom qui l'arrêta.

« Va voir s'*il* est prêt »...

Qui ça, il ?

Le barbier, bien sûr !

Il venait de s'apercevoir que personne, depuis son retour au ghetto, n'avait appelé le barbier par son nom. Il en fit une affaire personnelle : Le barbier n'a pas de nom ? Ni de prénom ? C'est juste « le barbier » ? Même pour son amoureuse ? « Le barbier » ? Hannah va passer sa vie avec cet homme en l'appelant « le barbier » ? Tous les autres ont des noms, M. Jaeckel, sa femme, M. Mann, Mr Agar, le colonel Schultz, Mme Schumacher, la petite Annie elle-même... mais pas lui ?...

Oh ! mon Dieu !

Il en éprouva une tristesse d'enfant. Un chagrin d'abandonné. Voilà que dans ce corps presque totalement asséché, il trouvait encore des larmes pour pleurer sur un homme sans nom. Il n'avait plus les moyens de raisonner, de se dire, par exemple, que le barbier était le dernier avatar de Charlot et que Charlot n'avait jamais eu de nom, dans aucun des films de Chaplin.

Moi non plus je n'ai pas de... Les poings dans sa bouche, les genoux au menton, ses coudes dans les côtes, il luttait vainement contre...

J'ai passé ma vie à... Même la petite ne connaît pas mon nom... Il pensait à Sonia, la jeune ouvreuse qui l'avait pris en affection. Ou plus exactement, Paulette Goddard lui faisait penser à Sonia, Hannah quand elle livre le linge de... avec le panier sur sa tête... même à elle je n'ai pas dit mon nom... à la sortie il faudra que je...

Il eut froid tout à coup.

J'ai froid, je...

Terrifié comme à l'instant de naître.

Puis il se reprit et se dit que « la question était ailleurs » : Charlot barbier était un « symbole », le symbole de tous ceux qui, promis au sacrifice, n'existeraient plus demain, n'auraient même plus de nom : toutes les Hannah de tous les ghettos, tous les Jaeckel, tous les...

Il fut enlevé par une lame d'empathie, victime sans nom parmi les victimes anonymes. Il laissa aller ses dernières larmes de bon cœur. Ce chagrin fraternel l'apaisa un peu, chaud courant dans une mer glaciale qui l'emmenait loin de la côte, en compagnie des martyrs à venir...

J'ai chaud, maintenant,

J'ai...

De son côté, le film avançait ; le banquier Epstein ayant refusé son prêt au dictateur Hynkel, les troupes de la mort faisaient à nouveau irruption dans le ghetto, détruisant tout sur leur passage... « Putain que leurs uniformes sont moches ! » C'était vrai, Chaplin avait pillé la garde-robe nazie. Il avait flanqué à ces figurants l'affreux uniforme des Sections d'Assaut, taillé, semblait-il, pour des enfants promis à l'obésité et à la satisfaction de soi... « Leurs culottes leur font des culs de bébé. Des frocs remplis de merde, il n'y a que le ceinturon et les bottes pour empêcher que ça déborde... ! »

Il allait rire encore, mais une nouvelle idée lui vint, ou plutôt, lui sauta dessus comme un chat sauvage ; le coup de grâce :

Ces types qui braillaient, qui brisaient des vitrines, cette chiennerie lâchée dans le ghetto, ces groins de porcs qui allaient dévorer le barbier vivant...

Eux non plus n'avaient pas de nom !

« Et demain ils diront qu'ils n'en étaient pas », pensa-t-il en les voyant se jeter sur Charlot...

C'était à cet anonymat-là qu'il appartenait, lui, pas à celui des victimes. Il était un homme de Guerrilho Martins, un amateur de mort humaine, un spécialiste de la disparition.

298

– Là aussi, je suis d'accord avec toi, fit la voix de Pereira.

Sa main tâtonna une dernière fois vers la bouteille. Vide.

23

Chère Sonia,
J'en ai presque fini avec le sosie. J'aimerais vous
rendre votre fusain. Si vous n'êtes pas en vadrouille
nous pourrions nous voir à mon retour. Ma femme et
moi remontons dans la semaine, par petites routes,
pour le plaisir d'une lecture à voix haute du dernier
roman de Philip Roth.

24

Cher auteur,

Pourquoi voulez-vous que je sois « en vadrouille » ? Pensez-vous que, passé un certain âge, toutes les femmes un peu artistes soient atteintes du syndrome Riefenstahl ? Hitler n'était pas mon genre de jeunesse et je n'ai ni le goût de la plongée sous-marine ni le moindre désir d'aller tirer le portrait aux jolis garçons des monts Nouba (que les autorités locales massacrent à tour de bras dans l'indifférence générale, soit dit en passant). Pour tout vous dire, je n'ai même pas la force – une entorse récente – de descendre au marché de Belleville. Mon petit-fils Frédéric assure la cantine et j'attends que ça dégonfle, voilà tout mon programme. Vous me trouverez donc, le 11, au coin de ma fenêtre, rue des Envierges, comme la dernière fois. À l'heure du vouvray, s'il vous plaît.

Une faveur, pourtant. Envoyez-moi ce que vous avez écrit avant de venir. Je suis curieuse de savoir à quelle sauce vous avez accommodé mes restes. En échange, je vous révélerai quelques petites choses sur ma jeunesse qui vous feront peut-être penser à votre amie Fanchon.

Ah ! J'allais oublier. Savez-vous que Le Dictateur va ressortir en salle vers le milieu du mois d'octobre ? Ce genre de nouvelles grimpent-elles jusque dans votre Vercors ?

25

Le matin de l'ouverture de la chasse, tous les fusils du Vercors lâchent leur première salve à 7 heures précises. C'est le signal de notre départ. Minne et moi abandonnons les bêtes de la forêt aux hommes de la montagne. Portières claquées, moteur ronflant, nous n'appartenons plus qu'à nous. Depuis tant d'années ce délice de voyager ensemble... D'où vient que dans un train, dans un avion, dans une voiture, sur un bateau, dans le bus, dans le métro ou dans un ascenseur, nous nous sentons entre nous plus que partout ailleurs ? Nous n'avons pas l'amour routard, pourtant ; plutôt sédentaire, même. Ce n'est pas l'excitation du voyage, ni sa durée, ni sa destination, ce n'est pas le plaisir de partir ou l'impatience d'arriver, ni la curiosité du chemin, ce ne sont même pas les pages que l'autre lit à celui qui conduit, non, c'est autre chose... Ceci, peut-être : une fois partis ensemble pour où que ce soit, notre temps commun, lui, s'immobilise tout à fait.

Si le charme dure jusqu'au moment venu, qu'on ne nous creuse pas un trou pour deux, mais qu'on nous largue sur une orbite, dans la même bulle de ferraille, c'est tout ce que nous demandons.

26

Dernière chose vue en quittant la maison : la fron-
daison du vieux sorbier où les grives serviront bientôt de cibles aux chasseurs. Le sait-il, ce vieillard à
tête rouge, qu'il me rappelle les flamboyants du
sertão ? Et ses rejetons que Minne plante sous nos
fenêtres, le savent-ils, quand ils explosent à la mi-
août ? Il est vrai que tout le sud du Vercors – îlot sans
mer où le tracteur s'acharne sur le silex, où le paysan se tait sur son Histoire – me fait penser à cette
terre sans parole du sertão, qui pourtant ne ressemble pas davantage au Vercors qu'un flamboyant
ne ressemble à un sorbier ou le silence d'ici au silence
de là-bas.

27

Le sertão brésilien, c'est trois France de caillasse et d'épineux grisâtres sous un soleil blanc, avec, par-ci, par-là, cet incendie rouge frangé d'or : un flamboyant ! Le plus bel arbre du monde, et qui ne s'offre même pas le luxe d'être rare.

28

Nous roulons sur une route de Bourgogne...
Nous sommes en pleine lecture du dernier roman
de Roth...
Elle lit depuis trois bonnes heures et sans répit.
Elle ne force jamais le ton. Elle anticipe et souligne
à peine les intentions de l'auteur. Voyager, désor-
mais, c'est me laisser glisser au fil lucide de sa
voix; la plupart de nos itinéraires se confondent
avec ces heures de lecture, et les romans s'écrivent
entre deux villes : *Testament à l'anglaise* de Jonathan
Coe, entre Paris et Nice, malgré la route Napoléon
(ma lectrice ne s'étourdit pas dans les virages). *La
Légende de Gösta Berling*, de Selma Lagerlöf, énième
relecture, entre Biarritz et Paris (que fichions-nous
à Biarritz? aucun souvenir). Le *Water Music*, de
T.C. Boyle, une exception : trois jours de hamac,
tête-bêche, entre deux frênes qui n'en ont pas perdu
une miette. *Un tombeau pour Boris Davidovich*, de
Danilo Kïs, Cahors-Paris, roman vrai de la dispari-

tion, pour le coup, lu deux fois plutôt qu'une. *Disgrâce*, de Coatzee, de Nice à Quimper, la France diagonale (que de larmes rentrées, Coatzee !), *La Fête au Bouc* de Mario Vargas Llosa : entre le Vercors et Lagrasse, dans les Corbières ; une bonne partie du retour par l'autoroute, notre dernière récolte de cèpes pourrissant dans le coffre surchauffé. La bouleversante *Petite Chartreuse* de Pierre Péju, entre Valence et Nice par un froid de banquise. Une journée dans le métro avec *La Dernière Nuit* de Marie-Ange Guillaume, aux jolies Éditions du Passage, ou vingt-quatre heures en avion avec le *Manuscrit trouvé à Saragosse*, de Jan Potocki, le voyageur aux mille lunettes, pour atteindre Nouméa, l'autre côté de la planète.

Elle lit Roth depuis quelques heures, donc, l'histoire de Coleman... (Le lent effritement de ces blocs socio-humains que sont les personnages de Roth...)

Quand tout à coup elle lève les yeux .

— À propos, où en est-il, ton sosie ?

— Il est foutu.

— Il meurt ?

— Oui. Déshydratation complète. Le corps a perdu ses eaux, il va pouvoir libérer son âme.

— Il s'est momifié ?

— Comme les ânes de Judée qu'il a laissé crever derrière lui dans sa traversée du continent. Il est dévoré par la fièvre. Le même genre de fièvre que lui a flanqué le venin de la vipère, tu te souviens ? Il délire. Il ne voit plus le film que par intermittence. Les images de Chaplin se mêlent à ses propres hallucinations. Tandis que le ciel se couvre au-dessus du barbier en train de prononcer le fameux discours final du *Dictateur*, il voit, lui, des lacs entiers s'évaporer sous ses pieds. Irène et moi avions de ces lacs à côté de chez nous, à Maraponga ; un étang assez grand, les zébus et les chiens allaient y boire, les gosses de la favela y jouaient pendant que leurs mères lavaient le linge. Presque un lac, vraiment. Il s'est évaporé avec la sécheresse ; aspiré par le ciel, avalé par le sol, pratiquement sous nos yeux. En quelques semaines c'est devenu une mare, une flaque, un œil d'eau, un crachat, et plus rien ; des cicatrices sur le limon, comme des paupières tuméfiées.

– ...

– Bref, le sosie meurt, il rentre chez lui. Il a cédé à la tentation de l'intérieur.

– Le voyage inverse du nôtre, en somme.

– Tu l'as dit. Il ne remonte pas « sur Paris », lui, il n'« opère pas sa rentrée », il a enfin trouvé la sortie. Il marche sur une terre qui perd ses couleurs avec son eau. Autour de lui, le sol se pétrifie et les yeux se referment. La soif le fait rêver à cet os de seiche que sa mère suspendait dans la cage de la perruche. C'est très important les perruches, dans le sertão. Les perruches en particulier et les oiseaux en général. On trouve des marchés aux oiseaux dans les bleds les

309

plus reculés. Les Indiens leur vouent un véritable culte.

— ..

— Les oiseaux...

— ...

— Ce n'est pas seulement leur chant dans tout ce silence... C'est autre chose... Pour les gens du sertão l'oiseau doit être la preuve vivante qu'existe un *ailleurs*, j'imagine ; et les perruches colportent les nouvelles. En cage, elles les inventent, c'est aussi bien. L'imagination des *sertanejos*, qui est immense, fait le reste.

— ...

— Comme tous les gosses grandis dans la caatinga, le sosie a passé son enfance avec des perruches. Et un tatou, peut-être. Jusqu'au jour où on aura été obligé de manger le tatou et de vendre sa carapace à un musicien de passage qui en aura fait un charango, cette espèce de mandoline dont on joue sur les contreforts de l'Amazonie.

— Ça se mange, les tatous ?

— Comme les tortues, oui.

— ...

— Je ne t'ai jamais raconté l'histoire brésilienne du dictateur qui ne mangeait que de la soupe de tortue ?

— Je ne crois pas.

— Un dictateur obèse, les joues dans le gras du buste, tu vois ? Tous les soirs, il lui faut sa soupe de tortue. Or, un soir, pas de soupe. Le dictateur pique

310

une crise. Son majordome descend aux cuisines. On lui montre la tortue, qui ne veut pas sortir la tête de sa carapace. Or, tout le monde sait qu'il faut décapiter les tortues pour qu'elles soient bonnes à manger. Laissez-moi faire, dit le majordome. Il prend la tortue dans sa main, lui fourre un doigt dans le cul, la tortue sort une tête scandalisée, que le majordome coupe aussitôt. Admiration des cuistots : Ça alors, où as-tu appris un truc pareil ? Réponse du majordome : Comment croyez-vous que je mets ses cravates au président ?

– Délicat.

– N'est-ce pas ?

29

La faim les a contraints à manger le tatou.
Puis le jésuite est venu,
qui l'a emmené en ville,
le sauvant,
ou le perdant,
c'est selon.

Quoi qu'il en soit la vie a passé ; il meurt à présent. Assis au pied de cet écran gigantesque il agonise, il retourne dans l'intérieur guidé par le bavardage d'une perruche. C'est son étoile du berger à lui. Une perruche italienne, apparemment ; en tout cas elle lui récite des vers en italien. On dirait qu'elle se moque :

*Eri pur bella, o di Colombo terra
avventurosa, e l'ospital tuo seno
al proscritto porgesti !*

Ce caquetage ironique lui rappelle quelqu'un qui n'avait pas une voix d'oiseau et qui ne maniait jamais l'ironie :

312

Tu étais pourtant belle, terre aventureuse de Colomb,

Et comme tu offrais ton sein au proscrit !

Sous les criailleries de la perruche, il reconnaît la voix de bronze du barbier garibaldien de son adolescence. Chaque fois que le vieux récitait du Garibaldi, la perruche faisait de l'obstruction. Elle tentait de couvrir le chant de la révolution.

« Il a fallu que nous tombions sur la seule perruche papiste de l'intérieur ! »

Le vieux pestait mais il tenait bon. Il fallait qu'il enseigne à son apprenti l'art de friser les barbes à la garibaldienne, certes, mais surtout qu'il lui apprenne la poésie de Garibaldi, et d'abord son *Montevideo*, pour que se réalise la promesse du continent fraternel.

– Ce n'est pas garibaldien, que tu dois devenir, c'est Giuseppe Garibaldi en personne ! Répète après moi :

Una daga per combattere gli infesti,
ed una patria non di rovine seminata.

Il répétait :

Un poignard pour combattre les pourris,
et une patrie qui ne soit pas couverte de ruines.

Le vieux exultait :

– Ma chemise rouge sera ton drapeau !

Tout cela lui revient tandis qu'il traverse le soleil en mettant ses pas dans les vers de Garibaldi :

Un cielo come d'Italia, abitator fratelli,
e donne impareggiate

Oh! oui...

Un ciel d'Italie, des habitants fraternels et des femmes incomparables...

Mon Dieu... ces « femmes incomparables »...

tandis que sur l'écran du Biograph Theater, Hannah, pleurant sur le sol, entend elle aussi une voix tombée du ciel : « Regarde le ciel, Hannah »...

En aura-t-il rêvé, de ces *donne impareggiate* ! Combien de fois après ses journées de peigne et de ciseaux s'est-il endormi dans l'évocation de ces *femmes incomparables* ?

« Regarde le ciel, Hannah, des ténèbres nous allons à la lumière... », dit la voix céleste de Chaplin.

Il meurt, à présent. Il retourne dans l'intérieur. Il rentre chez lui. Il envahit son continent à lui tout seul. Il est infiniment léger et pourtant il avance en soulevant la poussière de mille cavaliers.

Il vole vers les frères oubliés et vers les femmes incomparables...

Une perruche le guide.

La chemise rouge du vieux barbier claque au vent.

« Regarde le ciel, Hannah, notre âme a retrouvé ses ailes... », dit la voix de Chaplin.

Et, tandis qu'Hannah lève les yeux au ciel,

les nuages anthracite roulent vers lui de tous les horizons, roulent et se rassemblent, se rassemblent et se nouent,

juste au-dessus de sa tête,

et crèvent comme une outre,

tous les nuages du monde,
juste au-dessus de sa tête,
comme une outre qu'on fend
et qui lâche son eau
d'un seul coup,
il voit l'eau tomber sur lui,
toutes les gouttes ensemble,
et chaque goutte particulière,
toutes ensemble
et chaque goutte qui est un monde...

«Atteindront-elles le sol ?» se demande-t-il en leur offrant sa peau brûlée, ses mains ouvertes, ses paupières closes, ses lèvres fendues, «atteindront-elles le sol ?»...

...

C'est la fin. Pendant qu'il pleut dans le sertão, pendant que se remplissent les trous d'eau, pendant que le ciel ensemence le sol, que la nature si longtemps contenue se couvre d'un tapis d'amaryllis, que les fleurs s'ouvrent sans attendre la poussée des feuilles, que les insectes bourdonnent et que les oiseaux s'élèvent, pendant que les livres des botanistes, des entomologistes et des ornithologues s'enrichissent d'un vocabulaire où les romanciers choisiront leurs couleurs, pendant que se joue ce miracle instantané et séculaire : la fin de la sécheresse, qui fait de l'enfer un paradis, une jeune ouvreuse trouve un cadavre dans un cinéma désert de Chicago, un mort sec comme une peau de chèvre, mais trempé de la tête aux pieds.

— ...

— ...

— Tu l'as écrit, tout ça ?

— Écrit et envoyé à Sonia.

V

L'opinion de Sonia

1

On écrit pour en finir avec soi-même mais dans le désir d'être lu, pas moyen d'échapper à cette contradiction. C'est comme si on se noyait en criant : « Regarde, maman, je nage ! » Ceux qui hurlent le plus fort à l'authenticité se jettent du quinzième étage, en faisant le saut de l'ange : « Voyez, je ne suis que moi ! » Quant à prétendre écrire sans vouloir qu'on vous lise (tenir un journal intime, par exemple), c'est pousser jusqu'au ridicule le rêve d'être à la fois l'auteur et le lecteur.

Voilà ce que je me disais en montant la rue Piat vers l'appartement de Sonia sous un soleil qui promettait un automne paisible. *Venez, cher auteur, je vous ai lu, nous allons en causer.* Elle m'agaçait avec ses « cher auteur », mais ils étaient faits pour m'agacer. Son petit mot m'avait rempli de cette excitation équivoque que je connais bien : curiosité d'être lu, honte de cette curiosité ; désir d'être flatté, dégoût de ce désir ; quête de critiques objectives, protestation

319

d'indépendance ; le tout sur fond de fausse modestie :
Quelle importance ? Pour qui te prends-tu ? Et d'interrogation lasse, séquelle d'une éducation neuras-
thénique : Oui, au fait, pour qui me prends-je et
quelle importance ?

Je m'offrais ma petite déprime de rentrée, en
somme, aggravée par le fait que mon livre touchait à
sa fin. Encore quelques semaines de cette prison et
il faudrait sortir...

2

Sonia m'accueillit en me tendant la bouteille de vouvray et un tire-bouchon. Puis elle trotta vers son salon, deux verres à la main. Sa cheville semblait guérie.

– Alors, bon voyage ? Bonne lecture de Roth ?

Tête de vieille Apache... C'est vrai qu'elle ressemble à Nathalie Sarraute. Quel âge peut-elle avoir, en réalité ? (Quand j'étais enfant, je croyais ma grand-mère immortelle. Son grand âge me garantissait son éternité. Il n'y avait aucune raison pour qu'elle s'arrête puisqu'elle avait tant duré ! Les autres, les plus jeunes, avec toute leur vitalité, me semblaient beaucoup plus menacés.) De ce point de vue, les rides de Sonia, ses ravines, ses mains de mica, sa voix crayeuse, la lueur de ses yeux au fond de ses orbites lui offrent une sérieuse option sur l'immortalité.

Elle se mit à parler de Roth, pendant que je débouchais la bouteille.

– Que voulez-vous, moi il m'agace, votre Roth. J'adore quand il creuse mais il m'horripile quand il bétonne. Ce grand garçon n'a pas la moindre confiance en son lecteur. Quand je le lis, j'ai toujours l'impression qu'il va surgir au-dessus de mon épaule pour me demander si j'ai bien tout compris. Plus ça va, plus il lâche ses romans comme des perles aux cochons. Il me rappelle un de mes amants qui s'écriait « ma semence! ma semence! » chaque fois qu'il éternuait en moi, comme si je le volais.

Là, j'ai levé les yeux, un peu scié tout de même. Sonia a esquissé un sourire en m'ôtant la bouteille ouverte des mains :

— C'est pour rire! La dernière phrase n'est pas de moi, d'ailleurs... une citation de je ne sais plus qui.

(Ah! bon...)

— Je voulais vous dérider. Vous me paraissez bien sombre. Asseyez-vous là.

Son immeuble, je l'ai déjà dit, fait une étrave dans le ciel de Paris. Elle désignait le fauteuil face à la fenêtre. Son fauteuil à elle.

— Si, si, je vous en prie...

Elle a fait virevolter un autre siège et nous voilà assis côte à côte, un verre à la main, survolant notre ville.

Silence.

Long.

Paris.

(Je ne raffole pas des vues panoramiques. Très peu pour moi, le point de vue du pigeon. Trop abstrait ou trop réaliste. Ces rats volants n'ont jamais trouvé la juste distance : soit ils planent sur le plan des villes,

322

soit ils picorent à même les merdes de chien. Une métaphore des disputes littéraires.)

Suite du silence.

Puis, comme en glissant, Sonia a lâché :

– J'ai eu raison de vous en dire le minimum sur mon adolescence...

– ...

– Ça vous a permis de faire un charmant portrait de moi.

– ...

– Un peu trop charmant, peut-être...

– ...

– C'est votre péché mignon, l'idéalisation. On vous montre une vieille bonne femme revenue de tout, vous en faites un ange de la nuit... Vous procédez de la même façon en amour, en amitié, en famille ? Vos proches ne doivent pas avoir à se plaindre de vous !

Elle taquinait la bête.

– Ça et votre besoin de rédemption...

– ...

– Le long repentir du sosie pendant la projection du *Dictateur*, par exemple... Pensez-vous vraiment qu'un homme puisse mourir en faisant un tel retour sur lui-même ? Moi qui suis plus près du terme que vous, j'ai quelques raisons d'en douter.

Plus près du « terme »...

Je regardais pâlir la tache bleue de Beaubourg. Le soleil glissait à l'ouest.

– Pour revenir à la réalité des faits, reprit Sonia, le

sosie était bien mort quand l'ambulance l'a emmené, oui. Le médecin légiste a diagnostiqué une rechute de malaria, quelque chose de ce genre. Ce qui en faisait une curiosité médicale. Pensez un peu : une flambée de fièvre tropicale en plein hiver illinois ! Ce télescopage s'est mal accommodé de tout l'alcool qu'il avait ingurgité. Je crois qu'il buvait aussi pour se réchauffer, vous savez. (Un temps.) De ce point de vue vous avez raison : il est mort à la fois de chaleur et de froid... et d'une solide crise de delirium.

C'est à la phrase suivante qu'elle réussit à me faire sourire :

– Il n'en faut pas moins pour réciter du Garibaldi en mourant !

Sur quoi elle entreprit de m'expliquer qu'à son avis le roman était lui-même un genre éthylique :

– Comment rendre compte de cette ivresse – la vie – autrement qu'en plongeant dans cette bouteille où tout est permis – le roman ?

Certes, certes, mais je me posais une question beaucoup plus terre à terre, moi. Je me demandais par quel moyen une gamine de son âge avait pu se procurer le rapport d'un médecin légiste concernant la mort d'un clochard anonyme dans une salle de cinéma, à Chicago, en 1940.

À quoi elle répondit, en me faisant signe de remettre nos verres à niveau :

– On réclame sa petite leçon de réalisme ?

3

Et de m'apprendre que son père était croque-mort.
Pas fossoyeur, empailleur de cadavres, tailleur de
marbre ou loueur de fourgon, non, tout ça ensemble,
croque-mort en chef, industriel de la pompe funèbre,
le tout premier de Chicago, métropole financière où,
comme on sait, la mort n'était pas une denrée excep-
tionnelle.

– Ce qui ne l'empêchait pas de regretter ses débuts,
précisa Sonia : « En ce temps-là, disait-il, on mourait
vraiment, on n'attendait pas de s'éteindre. »

« Ce temps-là » remontait à 1918, où la grippe espa-
gnole avait ravagé Chicago, expédiant vieillards et
nourrissons en grande priorité. Le père de Sonia était
charpentier à l'époque. Il avait saisi la balle au bond
et converti ses faîtages en cercueils. Suivirent les
années de la prohibition... Une autre sorte d'héca-
tombe : cadavres moins nombreux mais sarcophages
haut de gamme. Le plus minable des truands avait
droit à des funérailles nationales.

– Quand on lui demandait ce qu'il faisait, mon père répondait avec un rire franc qu'il était dans l'«import-export». C'était un tempérament très joueur, amusé de tout, parfaitement inculte, d'un optimisme inoxydable et d'une remarquable férocité pédagogique. S'il avait su lire, il aurait fait un beau personnage pour votre ami Roth.

– ...

– Où avez-vous pris qu'il m'interdisait de porter ma gabardine à la Bogart ? Il adorait me voir ficelée dans cet imperméable de détective, au contraire. Il m'a même offert le feutre qui allait avec. Non sans mérite, car il ne faisait jamais de cadeaux et détestait Bogart. Bogart, Chaplin, Fairbanks, « toute cette bande de communistes à la con ». Savez-vous comment il avait appelé son entreprise de pompes funèbres ?

Je ne le savais pas.

– La B.D.T.R. Ce qui signifiait officiellement : *Better Dirt To Rest* («La meilleure terre où reposer»), mais prenait un tout autre sens à la table familiale ou avec ses copains de whisky : *Better Dead Than Red*. («Plutôt mort que rouge.»)

– ...

– C'était ce genre d'homme. Un modèle assez répandu dans ma ville natale. Il est mort dans son lit à un âge canonique, sans s'être laissé entamer par la moindre question. Il bottait les fesses de mes frères qu'il faisait trimer avec lui ; moi, il m'adorait. À la condition que je gagne ma croûte pour financer mes études, tout de même. D'où ce job d'ouvreuse. Et d'où mon coup de fusain...

Suivirent quelques précisions sur ses débuts de dessinatrice. Son père l'avait collée à la tâche dès qu'elle avait manifesté ses premiers penchants pour le dessin. Mission : crayonner le profil des gisants dans les salons funèbres où leurs proches les pleuraient.

– Si, si, ça leur fera un joli souvenir ! affirmait-il.

À cinq dollars le « joli souvenir », elle y gagnait plus que son argent de poche. Elle avait donc passé son adolescence à croquer du macchabée dans des relents de phénol, parmi les nez qu'on mouche.

– Eh oui, moi aussi j'étais croque-mort à ma façon.

De là à tirer le portrait de tous les membres de la famille il n'y avait eu qu'un pas, qu'elle avait franchi sans peine. D'où sa rapidité d'exécution. Passant d'une chapelle ardente à l'autre – « elles étaient disposées côte à côte et numérotées comme des cabines de plage » –, il lui arrivait de croquer une trentaine de survivants dans la journée.

– Ça ne présentait pas de difficultés particulières, les pleureuses ne bougent guère plus que leurs défunts.

Elle corrigea :

– Sauf les Italiennes... Oui, les chagrins du Sud m'ont donné le sens du mouvement.

Ici, un petit regard en coin et, sur le ton de la confidence :

— Tout ça pour que vous mesuriez à quel point je suis touchée par le portrait que vous faites de moi : la courageuse jeune fille qui essuie les larmes de son premier mort dans un cinéma désert...

(Ça va, ça va...)

Et puis elle s'est mise à parler pour elle seule. Un petit bout de chemin rétrospectif.

— Cette expérience dans l'entreprise paternelle m'a énormément servi quand je suis passée au dessin de mode. Sur les mannequins, il n'y a que la robe qui soit vivante. La gamine, elle, on l'a tuée. Vous avez déjà observé le visage de ces filles ? Rien ne bouge, là-dedans. Les couturiers les éliminent au profit de la matière. Dans les années soixante-dix, ils sont allés jusqu'à en faire des squelettes. Toutes des fiancées de Frankenstein, elles marchent avec une souplesse mécanique vers un but qu'elles ignorent. Quand je dessinais les robes, je commençais toujours par le portrait de ces jeunes mortes. C'est fou ce que le moindre bout de chiffon vous paraît doué de vie, là-dessus !

Elle dériva un certain temps sur ce thème. Selon elle, notre société tendait à produire de l'effet de vie au détriment du vivant, et ce dans tous les domaines possibles. Ses petits-fils en étaient la « preuve mourante », jeunes cadavres occupés à se décomposer devant des écrans où « ça » vivait à leur place.

328

– Plus personne n'a le courage de les sortir de leur chambre pour les asseoir à la table familiale, ni même pour les mettre dans le lit d'une petite amie.

Je l'ai laissé improviser un certain temps sur cette partition, puis j'ai profité d'une respiration pour demander en douceur :

– Et le rapport du médecin légiste, Sonia ?

Ce fut comme si je l'avais réveillée.

– Ah, oui.

– ...

– Oui, oui, comment je me suis procuré le rapport du médecin légiste.

Elle eut un lent sourire.

– La question du romancier...

Elle regardait au loin.

– Vous êtes pressé ?

Pas plus que le soleil qui prenait le temps de se coucher, là-bas, derrière l'École militaire.

– Alors racontez-moi donc ce que vous êtes allé fiche au Brésil, vous n'en dites rien nulle part.

4

Je ne m'étais jamais posé la question. C'était le premier poste d'Irène ; une place se libérait à l'Université de Fortaleza, nous avions sauté sur l'occasion et
voilà. Mais cette explication ne disait pas le « pourquoi » de notre décision. Irène était une fleur du pavé
parisien et moi un pantouflard (catégorie charen-
taises) résolument sédentaire. Une enfance ballottée
aux quatre coins du monde m'avait vacciné contre les
voyages. En théorie j'aurais dû résister, m'accrocher
à mon caillou de Belleville. Au lieu de quoi j'avais
poussé à la roue en démissionnant de mon propre
boulot. À relire aujourd'hui ma correspondance avec
l'ami, je crois que ce qui nous décida, Irène et moi,
c'était que nous ignorions tout du Brésil, que nous
ne parlions pas un traître mot de portugais et que
nous n'avions pas la moindre idée de ce qui nous
attendait à « Fortaleza », capitale du « Ceará » – une
ville et un État qui semblaient être nés à la seconde
où nous avions entendu prononcer leur nom ; le

hasard nous proposait des oreilles et un regard neufs, autant ne pas rater ça. Autre chose : il était vital de fuir les crétins qui cherchaient à nous retenir en prétendant que quitter Paris relevait du suicide social. Couper une bonne fois le cordon, flanquer un océan entre nous et ce prétendu nombril du monde, c'était l'hygiène du moment. Ailleurs ! Ailleurs ! Rompre les amarres, aller voir ailleurs si nous y étions et à quoi ressemblait la France de Giscard, vue de loin.

...

– Et?

demanda Sonia qui ne se satisfaisait pas de ces généralités.

– Et je venais de livrer un roman. Il n'y a pas de meilleure raison pour larguer les amarres.

– ...

– ...

– Alors?

Alors, notre arrivée à Fortaleza, Hôtel Savannah, ce bloc de béton derrière lequel tapinaient des putes édentées dans un bain de vapeur tropicale. Notre sidération devant l'abîme phonétique qui séparait le portugais de l'espagnol et le brésilien du portugais... Notre bref séjour dans le quartier réservé de l'Aldeota, où les rondes de vigiles armés et les cohortes de domestiques recrutés dans l'intérieur nous donnèrent les premières mesures de ce qui semblait être une société auto-coloniale ; *Empregadas sem escola,* précisaient les annonces d'embauche, ce qu'on pourrait traduire par : « Exigeons domestiques incultes ou qui ne chercheront pas à se cultiver. » Notre fuite de l'Aldeota pour Maraponga, faubourg de Fortaleza, dans cette blanche maison qui semblait dessinée pour Corto Maltese et que personne ne louait depuis plusieurs années parce qu'une favela avait grandi de l'autre côté du chemin et que les classes moyennes craignent la proximité des ventres vides. C'était un *sítio*, une ferme tropicale abandonnée ; les racines des manguiers l'avaient fendue par le milieu, les noix de coco pulvérisaient ses tuiles, les mygales qui l'habitaient résistaient à l'expulsion, les cafards y volaient en ligne droite, nos chaussures, qui moisissaient pendant la nuit, abritaient au petit matin des scorpions translucides, les serpents que notre chatte Gabriela rapportait fièrement à Irène étaient on ne peut plus venimeux, les singes propriétaires des manguiers nous regardaient comme des intrus, l'eau du puits était ferrugineuse, des fourmilières pharaoniques marquaient les quatre coins du verger et le soir, après la mort subite du jour, trois crapauds obèses nous tenaient compagnie au pied de la véranda tandis que les chauves-souris nous faisaient des auréoles et que les papillons de nuit grésillaient comme des lignes à haute tension. 211, Avenida Godofredo Maciel, Maraponga, c'était l'adresse de cette maison, qui a disparu aujourd'hui et que nous aimâmes comme un être.

...
– Et?

demanda Sonia qui ne se nourrissait pas de chroniques touristiques.

Et vint la connaissance des gens, puis de la langue, puis de la terre : le recteur et les professeurs de l'Université que la décence mondaine (une trouille revêtue d'un costume irréprochable) retenait de nous rendre visite à Maraponga, les Français coopérants – nostalgiques, grégaires, dédaigneux et folkloristes, à fuir pour la plupart –, mais Sergio, mais Expedito, mais Bete et Ricardo, Arlette et Jean, ou Soledad, Néné, Nazaré, Juan, les innombrables de la tribu Martins dont nous partagions la vie, les enfants qui m'appelaient *vovó* (grand-mère) quand je fumais la pipe (ce que font les vieilles femmes du sertão quand elles soignent les malades), les premiers cours d'Irène qui parlait par gestes à des étudiants ravis de ce sémaphore, Soledad apprenant à lire, à écrire, à compter, à admettre non sans perplexité qu'elle vivait depuis dix-huit ans sur une ronde planète occupée à tourner avec quelques copines autour du Soleil, mais qui refusait obstinément de croire que les Américains avaient envoyé deux hommes sur la Lune : *Tá brincando, rapaz! Acredita mesmo?* («Tu plaisantes, mec! Tu y crois vraiment?»), la découverte enchantée de cette langue dont ma mémoire a laissé filer la plupart des mots mais dont mon oreille garde la musique, comme on retient le sourire d'un visage, l'esprit d'un regard, la vitalité d'un être : *sertão, sertanejo, caatinga, saudade* («saoudadji'»), oh! infirmité de l'écriture que de ne pouvoir transcrire la mélodie des mots étrangers, le cours sonore des langues qui sillonnent hors de nos frontières! l'apparition de Geraldo Markan, gardien des choses de la magie, sa grâce, ses moustaches et son peigne, ses grigris, sa macumba et son candomblé, puis les premières incursions dans le sertão, la rencontre de Michel sous ses sacs de légumes, vidé par la dysenterie, dévoré par les furoncles, acharné à soigner et à comprendre, la phrase prononcée par Mãe Martins au-dessus de sa fille morte : «J'ai bien dormi, je te remercie, le sommeil inquiet est un sommeil de riche, moi, tout peut m'arriver; regarde... » : sa petite qui gisait là (les bougies allumées au creux de ses mains censées lui montrer la route qui mène au ciel) avait attrapé une saloperie en se prostituant à Fortaleza et un antibiotique mal dosé l'avait emportée; en l'absence de menuisier nous allions l'enterrer dans un hamac, ce qui ajoutait une honte de pauvre au chagrin de la famille. Vous dire quoi encore, Sonia? Le vert tropical limité aux stricts contours de la côte et le sol craquelé dès les premiers pas dans l'intérieur, les voix éraillées des duettistes de cordel, la joyeuse férocité de leurs échanges, ce contraste entre les superstitions des *sertanejos* et leur pertinence politique, ma correspondance avec l'ami à qui je racontais tout pêle-mêle, un bon millier de pages qui constituèrent un rare moment de bonheur dans ma pratique de l'écriture, car écrire à quelqu'un qu'on aime vous délivre du souci d'écrire...

– ...

J'ai encore tenu une bonne demi-heure en rassemblant le peu que je savais sur Bahia, São Luís do Maranhão, Belém, l'architecture portugaise du xvie, la littérature brésilienne, la poésie de Drummond de Andrade, les romans de Machado de Assis, la musique sous toutes ses formes, ce fou sublime de Ney Matogrosso, le miracle linguistique brésilien (comment si peu d'hommes ont-ils pu en si peu de temps répandre le portugais aux quatre coins d'un continent à ce point gigantesque et varié ?), les *telenovelas* longues comme des fleuves amazoniens, le *tabaco natural*, les recettes du canard au *tucupi*, du *vatapá* et de la *feijoada*, l'inévitable *caipirinha* bien sûr (*cachaça*, citron vert, glaçons, sucre de canne) et les *codornos*, ces minuscules cailles rôties par le poste Texaco mitoyen (« Tu vois, disait Irène, quand Gabriela et moi mangeons nos *codornos* ensemble, je sens que quelques millions d'années nous séparent et que ce n'est pas grand-chose »), le gloussement aigre des singes dans les manguiers, le zébu que j'avais apprivoisé et introduit dans la maison au scandale hérissé de Gabriela – il fallait qu'il tourne la tête pour que ses cornes immenses passent la porte –, sa terreur la première fois qu'il s'est vu dans un miroir (des yeux si joliment maquillés pourtant !), le chien errant qui s'était réfu-

335

gié sous mon hamac (un brave gars, mais le croc dissuasif, plus personne ne pouvait m'approcher), les paradoxes de la dictature militaire finissante où des comiques de télévision se foutaient ouvertement du général Figuereido, l'Église rouge de don Hélder Camara, « Vive le pape et la classe ouvrière ! » criaient des manifestants à São Paulo, les premières apparitions de Lula à la télévision, l'espoir que les *sertanejos* (et nous avec eux) mettaient en ce gars du Nordeste devenu un lointain métallo paoliste – et qu'ils ont élu président la semaine dernière, vingt-trois ans plus tard, Sonia, vous vous rendez compte ! J'en ai débouché une gigantesque bouteille de champagne intérieure, pour compenser le silence de notre gouvernement qui n'a pas daigné se déplacer pour honorer le vieux combattant devenu chef d'État...

– ...

– Et ?

– ...

– ...

– Et le hamac, Sonia. Le hamac, sous la véranda de Maraponga. On écrit faute de mieux, le mieux c'est le hamac. Le hamac a dû être imaginé par un sage contre la tentation de devenir. Même l'espèce renonce à s'y reproduire. Il vous inspire tous les projets imaginables et vous dispense d'en accomplir aucun. Dans mon hamac j'étais le romancier le plus fécond et le plus improductif du monde. C'était un rectangle de temps suspendu dans le ciel.

– ...
– ...
– Mais encore?
– Rien du tout. À votre tour, maintenant. Comment vous êtes-vous procuré le rapport de ce médecin légiste? Comment une pareille idée a-t-elle pu germer chez une gamine de votre âge?

5

D'abord, elle avait voulu connaître le nom du sosie.
Rien d'autre. Ce n'est pas ce que vous pourriez supposer, dit-elle, je ne me cherchais pas un père de sub-
stitution. En matière de paternité j'avais ma dose,
croyez-moi, le meilleur et le pire à tour de rôle. Aladin sorti du projecteur Motiograph ? Le clochard
mythique ? Oui, si vous voulez, il y avait de ça, mais
sans plus. À seize ans, ne vous en déplaise, j'étais déjà
une grande fille, je pouvais me passer de ce genre de
béquilles. Et puis, il n'était pas le critique subtil que
vous prétendez. À part le travail de Chaplin, il n'aimait pas grand-chose dans le cinéma. Mais c'était un
personnage intrigant. Il était très beau, vous savez,
très droit sur ses jambes... et sur sa nuque. Tout en
nerfs et en tendons. Il fallait être un bœuf irlandais
ou un cheval de mine polaque pour ne l'envisager que
sous l'angle de l'alcool. Il cachait quelque chose. Il
cachait quelqu'un. Sosie d'un dictateur sud-américain, dites-vous ? Manuel Pereira da Ponte Martins ?

338

Possible. C'est votre liberté de romancier. Lui n'a jamais prononcé ce nom devant moi. Il a parlé de tout : son périple de projectionniste dans l'intérieur, le *Cleveland*, Valentino, Chaplin, tout ça, mais pas un mot sur ce qui avait précédé, rien sur son enfance, sa jeunesse, motus sur tout ce qui concernait Teresina. Or, c'était justement ce qui m'intéressait, l'«avant»! Qui *avait-il été*? Vous avez raison, sa logorrhée d'ivrogne c'était de l'encre de seiche. Il devait se méfier des agents de l'Immigration, aussi. Mais – et ça n'apparaît pas assez dans votre bouquin – la plupart du temps il se taisait. À mes yeux, il était un homme unique et silencieux qui se détruisait avec méthode parmi les doubles de mon père. Tiens, oui, c'est un fameux paradoxe, ça : en vous lisant, je me suis dit que les sosies c'étaient les autres, cette bande de copies conformes qui le provoquait au comptoir; à mes yeux lui seul était quelqu'un. Ça au moins, c'est un souvenir net! De cet individu unique je savais peu de chose : sa vénération pour Valentino en tant que personne (à propos, où êtes-vous allé chercher que Valentino voulait passer à la réalisation? Première nouvelle!) et son admiration sans bornes pour l'art de Charlie Chaplin. Là aussi vous vous trompez, quand vous dites que depuis son arrivée à New York il n'avait plus osé voir un seul film de Chaplin. Il connaissait très bien les trois qui sont sortis entre 1926 et 1940 : *Le Cirque, Les Lumières de la ville* et *Les Temps modernes*. Il disait des choses intéressantes, là-dessus. À ses yeux, Chaplin était le seul homme libre du cinéma ; en témoignait l'extravagante durée de ses tournages. Que Charlie ait su se donner les moyens financiers de cette liberté artistique, ça l'épatait vraiment. C'était surtout en parlant de Chaplin comme artiste qu'il se livrait un peu. J'ai donc pensé que, l'exaltation aidant, il m'en dirait davantage sur lui-même après avoir vu le *The Great Dictator*. Seulement, il est mort pendant la séance. Non, je n'ai pas sérieusement cru que je l'avais tué. Pour répondre à une de vos questions, *Le Dictateur* était sorti en octobre, nous étions en décembre et tout le monde en connaissait le thème, bien entendu, lui comme les autres. La ressemblance avec le sujet qu'il avait raconté à la table de ce commissaire de bord ne semblait lui faire ni chaud ni froid. Peut-être était-il devenu américain, après tout ? Chez nous l'idée appartient à celui qui la réalise, point final. Non, vraiment, je ne me sentais pas coupable. Du chagrin, oui, son visage crayonné sur ma boîte à chaussures, c'est vrai… Mais je crois que j'étais surtout furieuse. Scandalisée. Devant son corps je me suis dit que je ne saurais plus rien de lui et c'est ce que je n'ai pas accepté. Quand les policiers l'ont emporté j'ai exigé de connaître son nom. Pour faire pression, j'ai donné celui de mon père, qui ouvrait les portes et les carnets de chèques. Réponse des autorités compétentes : pas de nom. Il n'avait pas de nom. Il n'avait jamais été enregistré nulle part. Ni à l'Im-

340

migration, ni à Hollywood, ni ailleurs. Aucune existence légale avant sa mort. Il n'était plus personne, pour le coup. Alors j'ai voulu savoir à tout prix. Le rapport médico-légal, c'est évidemment mon père qui me l'a procuré. Mon père ne prenait jamais mon obstination pour un caprice. Avec lui, il suffisait de vouloir ce qu'on voulait, mais malheur à celui qui n'allait pas jusqu'au bout d'un désir exprimé, si absurde soit-il ! J'ai exigé ce rapport, je l'ai eu. La prose du médecin légiste ne m'a rien appris de plus. Poussée de fièvre tropicale... probablement un Latino... ça, je le savais déjà. À ce stade, je ne pouvais plus chercher dans aucune direction. Ni moi, ni la police de Chicago, ni le FBI, ni tout leur saint-frusquin. Ce type était un des cadavres sans nom de l'Amérique clandestine. Ils devaient être quelques milliers par an dans son cas, dont plusieurs centaines pour le seul État de l'Illinois. Je n'ai pas admis ça. La fosse commune, pour lui ? Hors de question. S'il n'avait pas d'identité, j'allais lui en donner une. Et définitive ! Une raison d'*avoir vécu*.

— Comment ?

— C'est ici que je vais vous faire penser à votre amie Fanchon.

— ...

— J'ai décidé de l'enterrer moi-même.

— ...

— À Hollywood.

6

Puisqu'il n'était rien d'autre que ce qu'il avait
raconté, Sonia allait l'enterrer au cœur même de son
récit. Il deviendrait ce qu'il avait dit qu'il était :
l'ombre de Valentino. Il passerait son éternité dans
le cimetière d'Hollywood. Le projet de ces funérailles
avait amusé le père de Sonia aux yeux de qui les
comédiens n'étant que de « foutus fantômes », il était
légitime qu'on enterre les fantômes dans le cimetière
des comédiens : Hollywood Forever Cemetery, 6000
Santa Monica Boulevard, à Hollywood, Californie.

— Votre père vous a donné sa bénédiction ?

— Sa bénédiction, comme vous dites, mais pas un
sou. Ce qui le passionnait, c'était de savoir comment
je m'en sortirais financièrement pour trimballer un
cadavre de l'Illinois à la Californie, qui n'est pas
précisément la porte à côté. Il était prêt à arranger
l'aspect légal du transport à condition que je paie le
cercueil, le voyage et l'inhumation jusqu'au dernier
dollar.

– Alors ?

Cette fois, elle m'a tendu son verre avec un sourire prometteur :

– Alors, alors...

– ...

– ...

– ...

– Alors, mon cher, je suis devenue votre amie Fanchon, ou Jeanne d'Arc elle-même si vous préférez. À dix-huit heures, le lendemain (notez bien l'heure, elle est importante), je suis retournée dans le bar où les sosies de mon père avaient saoulé à mort mon individu unique et j'ai entrepris de faire jaillir une petite étincelle dans leurs cervelles calcifiées par l'exil, le travail, le courage, la famille et les cuites. Ça paraît infaisable, vu de l'extérieur, mais j'avais un atout pour moi ; figurez-vous que le mort leur manquait ! Ils ne le savaient pas encore, mais il leur manquait terriblement ! C'était leur champion, après tout. Il les avait tous allongés dans la sciure plus souvent qu'à leur tour. Côté endurance, personne ne pouvait rivaliser avec lui, vous l'avez écrit et c'est vrai. Lui mort, ils n'avaient pas le cœur de provoquer n'importe qui. On ne boxe pas avec les passants quand on a tiré le champion du monde. Et je leur ai fait un speech du genre : Qui êtes-vous maintenant qu'il n'est plus là ? Au début, ils m'ont regardée de haut. Qu'est-ce que c'était que cette *little slit* qui venait leur faire la leçon ? Seulement, je ne venais pas les sermonner, je

343

venais leur faire comprendre que sans lui ils avaient perdu leur raison d'être. En tout cas leur raison d'être là. Or ils étaient là tous les soirs, c'était leur refuge, quasi leur foyer. Je connaissais chacun par son prénom et je les ai pris un par un. À l'époque, j'avais le même gabarit qu'aujourd'hui. En moins bossue. Figurez-vous une allumette asticotant des menhirs. Mais une allumette allumée, hein! Alors, Felix, qui tu vas provoquer, ce soir? Et toi, Brian, comment tu vas faire monter les enchères? Hortz, le pot, quelqu'un peut faire grimper le pot aussi haut que toi avant-hier, maintenant qu'il est plus là? À quelle altitude? Tu prends les paris, Jerzy? (Jerzy était le patron du lieu, un Polonais long comme un jour sans pain, avec des battoirs toujours prêts à rafler les mises.) Il est mort, les gars. Plus là. C'était votre champion, et voilà. Combien de nuits vous avez passées avec lui? Vous allez accepter qu'on le jette dans la fosse, cet homme-là? Un type pareil! Comme un chien crevé? Etc. Quand je vous disais que l'internationale des poivrots est la seule qui tienne, je ne plaisantais pas. C'est même la seule qui vaille. Il y a une fraternité de la débine chez les ivrognes qui vaut toutes les autres. Au moins là les théoriciens se réveillent de temps en temps. Tandis qu'un idéologue ou un religieux ça ne dessaoule jamais. Bref, ils ont vite compris que ce mort était des leurs. Y avait du vrai dans c'que disait la p'tite. Un type comm'lui méritait pas d'finir dans l'trou à tous. Des funé-

railles, voilà ce qu'il fallait faire, lui payer des funérailles ! Ouais ! Bon, mais où ? Il était de Chicago ?
Non. Tiens, c'est vrai, d'où qu'il était, le gars, c'était
un Mex ? Un Rital ? J'ai répondu qu'il était d'Hollywood. Tout ce qu'il vous racontait sur Valentino,
c'était vrai ; c'était un Américain d'Hollywood. Évidemment, ils ont tout de suite mesuré l'obstacle éco-
nomique. Merde, Hollywood ! C'est pourtant là qu'on
va l'enterrer, j'ai dit. Avec quel fric ? Mais avec le fric
des paris, pardi ! Jerzy, à combien il montait, votre
pot, les soirs de paie comme aujourd'hui, les same-
dis ? Il montait haut mais tu penses bien qu'on a tout
flambé ! Vous n'avez pas encore flambé les paris de
ce soir… De ce soir ? Contre qui on va parier, ce soir,
puisque comme tu le dis il est plus là ?

Contre moi.

Et je leur ai imposé la règle symbolique de notre
duel : eux au bourbon, moi à l'eau claire. Un combat
au *shot glass*, jusqu'à ce qu'ils s'effondrent ou que ma
vessie éclate. Qui commence ? Jerzy a été le premier
à aligner les verres et à poser son billet sur le bar,
sans un mot. S'il a fait ça, se mesurer à une pucelle
qui buvait de l'eau, croyez-moi, c'était en l'honneur
du mort ! Non seulement les autres ont suivi mais ils
ont battu le rappel de leurs copains et cette nuit-là
s'est jouée la finale des finales. Ma vessie gonflait
comme une montgolfière, eux tombaient comme des
fruits mûrs, les cadavres jonchaient le bar, des
salaires entiers y sont passés, les épouses ont dû me

maudire et en fin de semaine les encaisseurs ont cogné plus fort que d'habitude pour récolter les traites; mais quand j'ai fait l'addition, il y avait largement de quoi enterrer une famille nombreuse à Hollywood.

– ...

– ...

– Alors?

– Alors j'ai passé le reste de la nuit à me vider, et le lendemain, avec les six d'entre eux qui allaient tenir les cordons du poêle, nous sommes montés dans l'Union Pacific Challenger, direction Riverside, California. J'avais réservé un *bedroom* où mes compagnons et moi avons roulé trois jours et trois nuits autour du cercueil. Ma plus longue veillée funèbre! J'ai eu largement le temps de tirer le portrait de mes petits camarades. Je vous les montrerai à l'occasion, vous verrez, ils sont mignons comme tout, ils n'ont pas dessaoulé de tout le voyage. À chaque escale, Omaha dans le Nebraska, Ogden dans l'Utah, et même à Oakland, m'attendaient un télégramme de félicitations paternelles et ce qu'il fallait de glace pour conserver le cadavre. Sec comme il l'était, le corps aurait bien tenu jusqu'au bout, mais la glace était un prétexte pour planquer les munitions de mes pleureurs. Ces fiasques de whisky furent la seule contribution matérielle de mon papa. Lui aussi a passé ces trois jours à se cuiter; il était fier de sa fille. Des hommes tout simples, je vous dis.

– Et l'enterrement proprement dit?

– Moins pittoresque que vous ne pourriez l'imaginer. De nuit, bien sûr, et en douce. Quelques types à soudoyer. J'avais les noms, j'avais l'argent, ça n'a pas été difficile. Depuis cette nuit du 4 décembre 1940, donc, votre *sertanejo* dort dans le Hollywood Forever Cemetery, à l'ombre de Rodolfo Guglielmi Valentino, son saint patron.

– ...

Cette fois, il faisait nuit. Nous étions éclairés par les lumières de la ville.

– Quant à moi, conclut Sonia, je ne suis jamais rentrée à Chicago.

– Non?

– ...

– ...

– Non. Mais je ne vous raconterai ça que si vous m'invitez à voir *Le Dictateur* sur un bel écran. Au MK 2 Quai de Seine, par exemple, demain soir, avec un bon dîner à la clef, ça vous va?

7

En sortant de la séance, Sonia me fit observer que « là encore » je m'étais trompé.

– Quand vous dites que dans la partie 14-18 du film Chaplin ne parle pas, vous vous trompez. Il parle ! Il prononce même quelques phrases complètes.

– Ce n'est pourtant pas faute d'avoir vu et revu le DVD, fit observer Minne.

– L'auriez-vous vu mille fois que vous n'auriez pas entendu Charlot parler, objecta Sonia. Vous n'y êtes pour rien ; chez Chaplin la pantomime rend sourd, tout simplement. Même quand il parle c'est son corps qui s'exprime. Aucun acteur n'aura été plus *regardé* que celui-là. D'où la force de ce fameux discours final qui renverse absolument la règle de son jeu ; plus de corps tout à coup, rien que cette tête, ce regard, ces cheveux sur fond de nuages, et sa voix soudain, ses mots à lui, Charlie Chaplin, pour la vraie première fois ! Alors là, oui, on l'entend...

348

Nous donnions le bras à Sonia, direction le restaurant. Nous marchions à petits pas. Tout compte fait sa cheville n'était pas encore vaillante.

– Je vous ai entendue rire très spontanément et plusieurs fois, comme si vous étiez encore surprise, dit-elle à Minne. Moi aussi, je me suis laissé avoir. « Comme en quarante » ! gloussa-t-elle. Ce Chaplin est inépuisable...

Elle ne pesait presque rien à notre bras. Des os d'oiseau.

– Inépuisable, répéta-t-elle, en suivant des yeux deux pagayeurs qui rentraient au bercail sur le plan d'eau.

– ...

Une fois les plats commandés, Minne lui demanda ce qui l'avait retenue à Hollywood.

– Le cimetière sentait la sauge, répondit Sonia.

Sur quoi, elle attaqua son assiette.

Puis, après sa première gorgée de vin :

– Vous vous attendiez à une histoire d'amour, n'est-ce pas ?

Bonne joueuse, elle avoua l'histoire d'amour. Il ne fallait pas oublier qu'Hollywood avait été son rêve de jeune fille à elle aussi. Elle n'avait donc pas tardé à « pénétrer les milieux du cinéma » par l'entremise d'un apprenti cameraman, rencontré à Palm Springs, et qui avait eu le « béguin » pour elle. Son premier amant, en fait. Il lui avait donné l'occasion de faire des croquis de plateau, des crayonnés de repérages, des ébauches de décors, des dessins de costumes, des séquences de *story boards*, ce genre de choses.

— Mais le seul intérêt des histoires d'amour, dit-elle en conclusion, c'est de savoir sur quoi ouvrira la porte que les amants croient fermée sur leurs ébats.

Cette porte-ci n'avait pas ouvert sur un berceau et des gazouillis de bébé, mais sur cinq années de guerre passées par une fille de dix-sept ans dans les rangs des services secrets britanniques.

— Mon petit cameraman faisait partie de l'entourage de Korda; vous connaissez Alexander Korda? C'est l'homme qui a donné à Chaplin l'idée de jouer à la fois le rôle du dictateur et celui du barbier. Eh bien, Korda faisait partie de l'Intelligence Service. Dès 1934, ses équipes avaient filmé des milliers de kilomètres de côtes méditerranéennes, sous prétexte de tourner des péplums. En réalité, ils repéraient et archivaient toutes les plages de débarquement possibles dans le cas d'une guerre que Churchill jugeait inéluctable.

Ici, Sonia fit une pause, puis, à moi, tranquillement vacharde :

— À propos, vous ai-je assez remercié pour le petit cours d'histoire que vous m'avez donné sur la sortie du *Dictateur*? La réaction des nazis américains, la protestation des ambassades, Bridges et ses dockers, tout ça...

Et, se tournant vers Minne :

– Ce doit être bougrement rassurant de partager la vie d'un pédagogue !

Minne lui répondit que je mettais parfois beaucoup de sagesse à persuader mes élèves qu'ils me dépassaient de quelques têtes.

– C'est le cadeau qu'il vous a fait, Sonia, et c'est excellent pour le moral.

Elles échangèrent un de ces regards où passe très vite l'alternative entre la guerre froide et la joyeuse estime. Apparemment, ce fut la seconde qui l'emporta. Sonia embrassa la main de ma femme avant de revenir au sujet principal.

Le fait est qu'elle en savait un peu plus que moi sur le liquide amniotique où avait baigné *Le Dictateur* pendant sa gestation. D'après elle, c'était un film de guerre hautement prémédité, une arme antinazie affûtée par l'Intelligence Service dont Korda était l'agent hollywoodien depuis 1937, date à laquelle il avait rejoint Chaplin aux Artistes associés.

– Chaplin n'en a eu que plus de mérite à faire du *Dictateur* un chef-d'œuvre à ce point personnel. La voilà, la marque du génie !

Suivirent des noms, des dates, des initiales et des sigles, produits tout frais d'une mémoire historienne pour qui le passé le plus lointain est toujours à portée de main.

– Korda était aussi l'ami de Claude Dansey, lui-même intime de Churchill depuis la guerre des Boers. Dansey avait monté un réseau autonome au sein de l'Intelligence Service, le réseau Z, dont Korda était l'homme à Hollywood. Il faudra un jour écrire une histoire sur le rôle du cinéma dans le Renseignement pendant la Seconde Guerre mondiale. Parce qu'il n'y a pas eu que le repérage des plages de débarquement. Il y avait aussi les armées fictives implantées dans le désert de Libye pour tromper Rommel, par exemple : gigantesques campements qui n'étaient que décors, canons factices, chars de carton-pâte, avions de contreplaqué, régiments d'épouvantails, déploiements d'une force inouïe, poudre jetée aux yeux des Allemands qui immobilisa des divisions entières...

Elle s'interrompit pour demander :

— Vous souvenez-vous de cette séquence où Hynkel, en traversant un couloir de son palais, bute contre le sigle de la *double croix*, dont Chaplin a fait le symbole de la Tomania nazie ?

Oui, nous nous souvenions de cette scène.

— Et vous êtes-vous demandé comment on peut trébucher contre une mosaïque *sans relief* ?

— Symbole, hasardai-je. Signe que Hitler n'allait pas tarder à se prendre les pieds dans la croix gammée...

J'avais raison, mais l'ironie de la séquence était beaucoup plus assassine que je ne le croyais.

— La double croix, nous expliqua Sonia (*the double cross* : duperie, tromperie, désinformation), était le nom donné au service de contre-espionnage le plus

352

secret, le plus tordu, le plus meurtrier que les Anglais aient jamais mis sur pied, et dont le patron officiel s'appelait Masterman. Pas précisément un tendre, Masterman. De ce point de vue, la scène est un message direct (comme un direct à la mâchoire, vraiment) envoyé par Churchill à Hitler : « Tu es foutu, mon salaud, c'est comme si tu étais déjà mort. Mes camarades et moi, on s'en occupe personnellement. »

8

Le restaurant nous chassa en éteignant ses
lumières. C'est que Sonia avait passé une partie de la
nuit à nous raconter la suite.

L'amour aidant, elle n'avait pas tardé à avouer
l'histoire des funérailles clandestines à son jeune
amant. « Après tout, c'était un bon sujet de film ! » Si
bon, en effet, que le sujet parvint aux oreilles de
Korda, peut-être même à celles de son patron Dansey ou de Churchill en personne, qui aimait les histoires drôles mais surtout les caractères bien trem-
pés. Bref, l'Intelligence Service avait recruté l'héroïne
et, un an plus tard, Sonia débarquait à Paris en qualité de modiste chez Coco Chanel, où l'on était cul et
chemise avec l'occupant.

– Le fait est que c'était le meilleur plongeoir pour
sauter à pieds joints dans le gratin nazi !

Espionne, donc, à dix-sept ans, et qui « avait fait ce
qu'il y avait à faire » jusqu'à ce qu'un certain Adolf

354

Hitler se prenne définitivement les pieds dans la *double cross*.

Nous nous gardions bien de l'interrompre. Le restaurant se vidait et nous l'écoutions raconter quatre années d'une jeunesse qui auraient comblé quatre existences entières.

Nous avions passé depuis longtemps l'heure du dernier métro. Dans le taxi qui nous reconduisait chez elle, après un long silence, Sonia se pencha vers moi :

– Je sais très bien ce que vous êtes en train de vous dire.

Je ne le savais pas exactement, moi. Je digérais le récit de cette vie dans l'état d'hébétude d'un apprenti boa qui aurait vu plus gros que son ventre.

Sonia se fit explicite :

– Vous pensez que vous tenez là un fameux sujet de roman.

La suite ne se fit pas attendre.

– Je vous interdis d'écrire un traître mot là-dessus.

Il y avait une sorte de rage dans sa voix :

– Avec votre penchant pour l'hagiographie, je vois le résultat d'ici...

Puis sa main se referma sur mon poignet. Elle tremblait.

– Daniel... (ce fut la première et la dernière fois qu'elle m'appela par mon prénom), essayez de vous représenter la chose dans sa *réalité* : bien sûr, nous avions vingt ans, nous étions l'enthousiasme même,

355

la cause était exaltante, nous la défendions avec une intensité folle, un courage nourri d'une sorte de lucidité aveugle, d'une vigilante inconscience, nous étions héroïques, ça ne se discute pas, et pourtant je garde de ces cinq années le souvenir d'une peur atroce, une peur de chaque minute, dégradante, innommable. S'il vous plaît... fichez-moi la paix avec ça.

Mais quand le taxi se coula au pied de son immeuble, elle nous proposa, guillerette :

— Je vous offre une tasse d'eau chaude ?

Pendant la cérémonie de la tisane, elle me demanda :

— Et vous, comment se termine-t-elle, votre histoire ?

— Mon histoire ?

— Votre histoire de sosies ! Comment termine-t-on un roman pareil ? Je veux le savoir, ça ! Vous n'avez tout de même pas l'intention de nous laisser en plan après la mort du premier sosie ? Et le deuxième ? *Quid* du deuxième ? Et les autres ? Combien étaient-ils, d'ailleurs ?

Le nez dans sa tisane, Minne rigolait en douce. Cela faisait maintenant presque trois ans que je lui cassais les pieds avec ce bouquin écrit au mode conditionnel. Elle s'offrit la joie d'une petite trahison :

— Oui, *ce serait l'histoire* de quoi, au fait ?

— On veut savoir ! s'exclama Sonia.

L'une et l'autre me regardaient comme si elles pratiquaient depuis toujours ce numéro de duettistes.

– Eh bien…, commençai-je.

– Non, non, coupa Sonia, on ne veut pas que vous nous *racontiez*, on veut lire !

Puis elle se lança dans une série de revendications :

– Mais, s'il vous plaît, n'oubliez pas mon âge. Si votre femme est d'une génération où on peut lire n'importe quoi, moi, il faut me traiter en centenaire, quasi une survivante du XIXᵉ siècle ! Je veux du classique : imparfait, passé simple, du bien écrit et du bien construit. Et de la fiction, s'il vous plaît, fichez-moi la paix avec votre mélange d'imaginaire et de vécu, vous finiriez presque par me faire douter de ma propre existence ! Une écriture concise au service d'une histoire linéaire et concentrée, voilà ce qu'il me faut. Vous m'entendez : *Con-cen-trée* l'histoire ! Épargnez-moi les digressions, je n'ai plus la vie devant moi, figurez-vous.

Elle était un peu essoufflée quand elle conclut :

– Et quand vous aurez fini, écrivez donc le mot «fin», comme dans le temps. C'était pratique, ça refermait le volume à double tour avant qu'il ne trouve sa place dans la bibliothèque.

Et enfin, par-dessus la rampe, comme nous descendions son escalier :

– Ah ! et puis commencez donc par un joli portrait de femme, aussi. C'est vrai que ça manque de femmes, votre affaire.

VI

D'un sosie l'autre

Pour Sonia donc, cette fin « concentrée » avec portrait de femme.

1

Elle était la Bérénice de Racine. De toutes les fibres de son art, elle était la Bérénice de Racine. Elle l'avait été dès sa première lecture de la pièce, encore enfant, à l'Institution de la Légion d'honneur. Sa famille lui crut une vocation d'actrice qu'on résolut de contrarier. Mais elle ne voulait pas «faire l'actrice», elle voulait incarner la Bérénice de Racine ; et ni la volonté du colonel son père (ce simulacre de bannissement, quand on y repense, le père en grand uniforme, dressé sur ses éperons, doigt tendu vers la porte familiale : «Je te renie!» non, vraiment...), ni l'opinion de ses professeurs au Conservatoire (ils la voyaient Soubrette, Ingénue, Amoureuse, Grande Coquette, Prima Donna, Jeune Première – «une large palette, oui, du tempérament, certes, mais tragédienne, allons donc!»), ni même ses bonnes marraines de la Comédie-Française – «Bérénice, ma pauvre petite... » – n'y purent rien changer. Elle subit les foudres paternelles, brava le jugement de ses maîtres, claqua l'auguste porte du Français, et fit vœu de n'incarner jamais aucun rôle, hormis celui de Bérénice. (La Bérénice de Racine.) Sur quoi la Première Guerre mondiale éclata ; le père y mourut debout, lui laissant malgré ses menaces une des plus jolies fortunes du Gotha. Elle engagea un Titus et un Antiochus parmi ses anciens camarades de promotion et l'on put enfin la voir dans le rôle de Bérénice. Certains critiques lui trouvèrent une coquetterie dans l'œil, d'autres lui reprochèrent la souplesse de sa taille ou la vivacité de ses gestes, un autre encore crut déceler une irrépressible gaieté au fond de sa voix, d'ailleurs trop juvénile ; de manière générale on stigmatisait une joie de vivre qui ne cadrait pas avec l'image qu'on devait se faire d'une reine de Palestine élue entre toutes les femmes par le futur empereur de l'univers mais contrainte à sacrifier son amour aux lois de Rome. Non, décidément cette Bérénice était trop vivante. « Manque de marbre », conclut le plus influent des critiques.

La tiédeur du public ne l'émut pas davantage que l'ironie des gazettes. Pendant des années elle joua Bérénice tous les soirs, face à des salles quasi désertes. Sa fortune personnelle compensant – de beaucoup – le manque à gagner, les directeurs de théâtre l'engageaient les yeux fermés. Quant à ses partenaires, grassement rémunérés, ils alignaient fidèlement leurs répliques. Pendant des années donc, elle joua, seule au monde, la Bérénice de Racine. Si les applaudissements étaient maigres, Bérénice, en elle, se nourrissait apparemment d'autre chose. Nul ne songeait à lui demander ce qui animait une pareille ferveur. Imperturbable elle défendait tous les soirs, et dans l'indifférence générale, l'amour de Bérénice contre la loi de Rome.

En désespoir de cause, ses proches (à vrai dire ils avaient pris leurs distances) laissaient faire. Aussi, quand elle projeta une tournée en Amérique latine, il se trouva au Quai-d'Orsay un oncle influent pour lui faciliter les choses : « Bonne idée, qu'elle aille jouer chez les Indiens. » Elle joua, entre autres, chez les Indiens. Caracas, Bogotá, Quito, Lima, Santiago, Buenos Aires, Montevideo, Asunción, Rio de Janeiro, Salvador, São Luís do Maranhão, Belém... On entendit même sa voix heureuse voleter dans l'Opéra rose de Manaus, sur les bords de l'Amazone, que frôlait l'aile des chauves-souris.

Manaus fut l'avant-dernière étape de sa tournée sud-américaine.

Et la représentation donnée à Teresina sonna la fin de sa carrière.

...

Je vivrai, je suivrai vos ordres absolus
Adieu, Seigneur, régnez; je ne vous verrai plus.

...

Après quelques applaudissements protocolaires, le rideau retomba sur la scène du théâtre Manuel Pereira da Ponte Martins, à Teresina.

Comme elle s'apprêtait à se démaquiller, le président en personne (bien entendu elle ignorait qu'il s'agissait d'un sosie) fit irruption dans sa loge. Elle le vit dans son miroir, qui se tenait debout, là, en grand uniforme. Un seul coup d'œil lui suffit pour savoir que Titus se dressait derrière elle. Elle se retourna et considéra l'homme qui n'osait poser les yeux sur elle ni prononcer un mot, ni bouger la première phalange du petit doigt. D'un seul regard elle jugea de son âme et de son corps. Elle alla jusqu'à l'imaginer nu sous son uniforme d'apparat et elle sentit son propre cœur battre à même l'étoffe de sa tunique. Elle en conclut que ce président n'était pas à sa place, que la place de ce président était en elle, et qu'aucune force au monde ne pourrait les empêcher de s'aimer. Bref, elle devint « pour de vrai » la Bérénice qu'elle avait résolu d'être en ce lointain après-midi d'écolière où la première lecture de la pièce l'avait remplie d'une fureur vengeresse. Cette fois, Bérénice allait enlever Titus ! Une amoureuse allait vaincre Rome et venger la reine de Palestine. L'amour venait de l'emporter sur la politique ! Une tragédienne essuyait les larmes versées par toutes celles qui l'avaient précédée dans le rôle : la Champmeslé, Adrienne Lecouvreur, Mlle Gaussin, Julia Bartet, et l'immense Sarah Bernhardt qui l'avait tant fait pleurer. Vengée aussi la foule des spectatrices au cœur brisé, vengés les yeux doucement tamponnés, les nez discrètement mouchés, les doigts silencieusement tordus, les sanglots étouffés ! Et, plus prosaïquement, vengées les humbles passions sacrifiées sur l'autel des modestes devoirs : les amours démolies par l'usine, l'atelier, le bureau, le commerce, le lycée, la caserne, les moissons, la marée, le théâtre même, la carrière, la carrière, la carrière !

...

Au nom de toutes les amoureuses, elle enleva donc ce Titus des Tropiques et plus personne n'entendit jamais parler d'eux.

2

Avant de fuir avec sa Bérénice, le sosie amoureux, pour se faire remplacer à Teresina, tomba sur une paire de jumeaux. C'était une aubaine : deux sosies pour le prix d'un ! Deux Pereira interchangeables. Deux présidents monozygotes. La permanence assurée en cas de décès, de coup de foudre, de laryngite ou de désertion. Un seul entraînement pour les deux, mais d'une exigence inouïe, mené par un pseudo-président que l'urgence de l'amour métamorphosait en pédagogue fou :

— Deux sosies, ça se remplace, hurlait-il en brandissant son parabellum, il suffit d'avoir foi en la ressemblance !

Ces jumeaux ne venaient pas de la montagne de Ponte comme Pereira, ni de la plaine orientale ou des alentours de Teresina comme le sosie barbier ou le sosie amoureux, non, ils étaient natifs du Nord, eux, de cette frontière septentrionale dévastée jadis par le Général Président sous prétexte que les paysans ne voulaient pas y descendre à la mine. Ils avaient vu mourir leur père et leur mère qu'on avait pendus par les pieds, la tête enfouie dans une fourmilière. Tandis que les insectes dévoraient le visage de leurs parents, la jupe retournée de la mère exposait aux yeux des jumeaux ce qu'ils n'auraient jamais dû voir.

Un pareil choc, se disait le sosie recruteur, garantissait l'absolue loyauté des deux frères envers le président. N'était-ce pas lui qui avait exécuté le boucher du Nord? Et la qualité de cette fidélité, estimait-il, compenserait largement ce léger déficit en ressemblance qu'on pouvait soupçonner si on plaçait les jumeaux de part et d'autre du portrait officiel de Pereira. Il est vrai que ledit portrait datait un peu et qu'on ne pouvait exiger de deux quadragénaires qu'ils ressemblassent trait pour trait à un putschiste de vingt-cinq ans.

— La ressemblance, ça se désire! hurlait néanmoins le sosie recruteur en dégainant pour la énième fois.

Bref, dès qu'ils furent convenablement entraînés et parfaitement terrorisés, on tira à la courte paille celui des sosies jumeaux qui s'y collerait le premier.

3

Bien. Le premier s'y colle. Comme les sosies qui l'ont précédé il commence par jouer son rôle de président factice dans le doute, la crainte, le scrupule et enfin l'enthousiasme ; puis il se calme, se lasse, et décide à son tour de partir. C'est que lui aussi a cru découvrir sa « vraie nature » (toujours ce souci de « devenir soi-même »). Mais ce sosie-là ne veut pas faire l'acteur, ni l'amoureux transi. Pas envie d'une Bérénice, lui, et aucun goût pour le cinématographe. C'est un caractère pragmatique, doué d'un bel esprit de synthèse. À peine installé à Teresina, il mesure en un tournemain les limites du pouvoir présidentiel. Il aboutit très vite à la conclusion que le président – le vrai – n'exerce pas un pouvoir plus réel que le sien. Il constate que tout est entre les mains des grandes compagnies. Pendant que le président ou son sosie discourent en surface devant des foules acquises, le vrai pouvoir prospère *under-ground*, pour utiliser une expression de sir Anthony Calvin Cook, ambassadeur de Grande-Bretagne (le fils

368

de celui qui exerçait aux débuts de Pereira). Le nouveau sosie comprend très vite que le moindre strapontin, dans n'importe quel conseil d'administration où l'on parle nickel, argent, or, pétrole ou akmadon, garantit un pouvoir autrement profitable que cet emploi de bonimenteur itinérant dont les chefs d'État semblent raffoler. La nuit, ses yeux ouverts tracent son plan de carrière sur le plafond de sa chambre. Il se figure le sous-sol de Teresina, avec ses minerais, comme un territoire sans frontières, où un filon exploité ici, sous ses pieds, peut le mener, ni vu ni connu, à l'autre bout du continent, fortune faite, et colossale. En un mot, s'il aspire à la puissance, c'est par la richesse. Il en est de plus en plus convaincu : quitter Teresina pour entrer dans le monde des Affaires, c'est sauter du bocal pour régner sur la planète.

Il n'en néglige pas pour autant ses devoirs de représentation. Avec lui, les cérémonies organisées à la gloire de Pereira gagnent en faste, et c'est l'époque où, disséminés sur les places de marché, les agents de Guerrilho Martins font chanter au peuple :

> *Maior do que um farão*
> *Mais forte do que um sultao*
> *Mais potente do que um czar*
> *Mais imenso do que o mar*
> *Juro que não é bobeira*
> *Eis o nosso pai, eis Pereira!*

Plus grand qu'un pharaon
Plus fort qu'un sultan
Plus puissant qu'un tsar
Plus vaste que l'océan
Je jure que c'est pas un bobard
Tel est Pereira, notre père !

Vient enfin le jour où ce troisième sosie annonce son départ à son jumeau : « Bon, frérot, assez rigolé, je m'en vais faire fortune, à toi le rôle du poisson rouge. »

4

Le quatrième sosie diffère autant de son jumeau quant à l'âme qu'il lui ressemble quant au physique et à l'intelligence. Comme lui, il mesure très vite la puissance des grandes compagnies et en déduit l'anémie de la fonction présidentielle. Il comprend lui aussi que les lois promulguées en surface ne visent qu'à garantir le pillage des profondeurs par les intérêts étrangers. Il y voit un facteur de révolution mais il se souvient trop bien de la sauvagerie avec laquelle l'oligarchie a réprimé le soulèvement du Nord. Son frère et lui avaient réagi très différemment au supplice de leurs parents. Son frère avait décidé de se ranger du côté des vainqueurs, quels qu'ils fussent, dès qu'il les aurait identifiés :

– Parce qu'il ne suffit pas d'être dans le camp de ceux qui gagnent, frérot, il faut choisir ceux qui gagnent *toujours*.

Lui, au contraire, en avait conçu un détachement absolu des choses de ce monde. Le spectacle de tant de douleur, allié à une compréhension innée des mécanismes humains, avait stimulé en lui ce qu'on pourrait appeler une bonté sans espoir.

Ce fut cette bonté que le quatrième sosie mit au service de ses concitoyens dès que son jumeau eut quitté Teresina.

De ce point de vue, il fut de très loin le meilleur Pereira possible. Il ne se contenta plus d'écouter les malheureux en abrégeant leur confession d'un bienveillant « je t'ai entendu », il les laissa vider leur sac jusqu'à la dernière miette d'inquiétude, de chagrin, de regret, de rancœur ou de désespoir. Il écoutait très bien. Il vous buvait du regard ; on aurait juré qu'il se remplissait de votre plainte. Il donnait à chacun le temps qu'il lui fallait, une heure entière, parfois la nuit pleine. Personne ne s'impatientait dans la file d'attente, on savait que le moment venu on aurait, à son tour, cette oreille tout à soi. Et puis, il y avait quelque chose d'apaisant à voir le soleil se coucher autour de cet homme penché sur ses semblables avec une sagesse de pierre.

Seule l'aurore levait la séance ; le président devait aller en écouter d'autres, sous d'autres flamboyants, et prononcer d'autres discours, sur d'autres perrons.

Si ses discours – à la virgule près, ceux que rédigeait Pereira – continuaient d'exalter les foules (grandeur de la nation, fierté d'en être, glorieux passé, lendemains radieux, tradition sacrée, efforts indispensables, gratitude présidentielle...), la voix du président, le *ton* de cette voix, disait en filigrane que le temps coule sans à-coups et que l'homme étant ce qu'il est on ne peut rien à rien. Obscurément, on lui était reconnaissant de laisser entendre la vérité tout en se donnant la peine de prodiguer l'encouragement. Après avoir écouté le président, l'amour qu'on lui portait était celui qu'on se porte à soi-même en ces moments très rares où, sans illusion ni désir, on s'enchante de n'être rien d'autre que soi, cette chose vivante. C'est vers cette époque qu'on se mit à chanter, sur les marchés :

> *Povo tem que ter cabeça*
> *Não vive só de cachaça*
> *Alguns querem ditadores*
> *Outros, reis, imperadores*
> *Pra gente essa maravilha*
> *Nosso chefe é uma orelha !*

> Le peuple doit avoir de la tête
> On ne vit pas que de *cachaça*
> Certains veulent des dictateurs
> D'autres des rois, des empereurs
> À nous cette merveille
> Notre chef est une oreille !

Difficile de compter le nombre des années où Teresina vécut dans la bonté de cet homme : le président était aimé comme si le temps s'était arrêté.

Hélas, le temps ne s'arrêtait pas ; le temps le broyait. Épuisé par ses nuits blanches et par ses voyages continuels, écrasé par le fardeau des choses entendues – et ressenties –, las d'imposer à sa voix le devoir de contredire ses paroles, il se tassait à vue d'œil. Ses articulations se mirent à gonfler, ses membres se tordirent, au point que, dans les rares moments où il se reposait, en caleçon dans un hamac, son uniforme pendu au dossier d'une chaise faisait des bosses là où l'empathie le martyrisait. Il n'était pas rare qu'à son réveil il trouvât un cercle de paysans en adoration devant ce vêtement qui disait ses stigmates.

L'évêque fut saisi (peut-être même touché) par le culte qu'on vouait à son filleul.

Il déclara au vieux da Ponte, le père :

– Ton Manuel est entré tout vif dans l'éternité ; on l'aime sans raison et pour toujours. Aucun doute, c'est un saint. Qui l'eût cru, à ses débuts ?

– Moi, répondit le père.

Quant à la mère, elle confirmait, à sa façon de mère :

– Lui qui n'a jamais aimé le *bacalhau do menino*, il vide maintenant son assiette jusqu'au dernier haricot.

5

Ce fut cet homme que Pereira abattit d'une balle entre les deux yeux, avant d'être écharpé par la foule et remplacé à la tête de l'État par le colonel Eduardo Rist, son ami d'enfance.

(Est-ce suffisamment concis à votre goût, ma chère Sonia ?)

6

Le hasard voulut que le jour même où la tête du Saint Président volait en éclats à Teresina, un autre drame se jouait à New York : son frère jumeau se faisait limoger de la grande compagnie dont il croyait prendre le contrôle. Les membres du conseil d'administration, qui s'étaient rassemblés pour l'introniser dans leur bureau de Wall Street, lui signifièrent son congé. Ainsi en avait décidé une majorité d'actionnaires par un vote sans appel.

— Les raisons ? demanda l'excommunié.

— Le scandale de l'akmadon, fut la réponse du conseil.

Le jumeau dressa un sourcil :

— Vous m'aviez tous donné votre accord pour renouveler cet emprunt !

— Sans doute, mais l'idée n'était pas bonne, il vous appartenait de la rejeter.

« L'idée » en question consistait à emprunter aux actionnaires des sommes faramineuses destinées à financer les « études » sur l'extraction de l'akmadon. Si ces études – « et ce n'est pas douteux », clamait la publicité – permettaient une « exploitation optimale » du précieux minerai, la Compagnie garantissait de « confortables dividendes » à ses bailleurs de fonds. Dans le cas où on n'aboutirait à rien, il allait sans dire (d'ailleurs on ne le disait pas) que le moment serait alors venu pour la Compagnie de lancer un nouvel emprunt auprès des mêmes actionnaires afin de prolonger les « études », évidemment « sur le point d'aboutir ».

Et ainsi de suite.

C'était devenu une routine.

Lucrative.

Depuis des décennies.

– En quoi est-ce une mauvaise idée ? demanda le jumeau.

– En ceci.

On lui jeta sous les yeux le brouillon d'un article qui ferait la presse mondiale du lendemain si la compagnie ne rachetait pas illico le journal qui se proposait de le publier. L'article titrait sobrement : « L'Akmadon, un nouveau scandale du Panamá. » On y révélait que depuis un certain nombre d'années une certaine compagnie faisait accroire à ses actionnaires l'exploitation d'un certain minerai, l'akmadon, qui n'existait tout simplement pas. Des sommes inouïes avaient été détournées pour financer de prétendues « études » concernant la composition, l'extraction et les innombrables propriétés d'une chimère minéralogique. Ce qui surtout semblait choquer le signataire de l'article (un dénommé Postel-Verdi), c'était que le mot lui-même, *akmadon*, ne figurât dans aucun dictionnaire : « À l'escroquerie pure et simple s'ajoute la galéjade sémantique ! » concluait ce poète égaré sous la rubrique Économie.

Quand le jumeau fit observer au conseil d'administration que ce conte à détrousser les actionnaires ne datait pas d'hier (le fait est que l'akmadon était une invention de Pereira en personne et que sir Anthony Calvin Cook, le père, avait été jadis le premier à financer les études incriminées), il s'entendit répondre qu'en effet, mais que le dossier était entre ses mains à lui, qu'il n'avait pas su entretenir le bienveillant sommeil des actionnaires, et que leur réveil exigeait son départ.

En un mot, qui fut prononcé par le benjamin du conseil, le Français Madricourt, il avait « merdé ».

– Vous avez merdé, cher ami. Votre tête en est le **prix**.

7

Après le meurtre du Saint Président, quarante-six jours passèrent qui furent, à Teresina, quarante-six jours de deuil national, ordonnés par le colonel Eduardo Rist. Partout où se dressait une église on célébrait une messe quotidienne à la mémoire du martyr. La messe était dite à l'heure où le saint avait été abattu et l'hostie s'élevait entre les doigts du prêtre à la seconde précise où la balle de l'inconnu avait libéré son âme. Quarante-six jours pendant lesquels le Saint Président fut le sujet de toutes les conversations et la matière de tous les silences. On priait au pied des flamboyants sous lesquels il avait écouté, on tendait l'oreille autour des perrons sur lesquels il avait discouru. On lui éleva des statues jusque dans les villages les plus reculés. Ces monuments ne représentaient pas le fringant jeune homme qui avait jadis abattu le Général Président, mais le pèlerin à l'uniforme bosselé qu'il était devenu à force de dévouement et de compassion.

Au matin du quarante-septième jour, dans un village minier du Nord, un homme se tenait debout à côté d'une des innombrables statues du président martyr.

L'homme portait l'uniforme du saint et lui ressemblait étrangement. (Et pour cause, c'était son frère jumeau, celui dont la compagnie venait de se séparer.)

Personne ne le remarqua d'abord, tant il faisait pierre avec la statue de son frère. Les gars du village se préparaient pour la mine. Ils s'harnachaient. Leurs piolets, leurs gamelles, leurs tamis cliquetaient dans le silence du petit matin. Ils ajustaient leurs lampes sur leurs casques.

Sans remuer un cil, le jumeau limogé les regardait boucler leurs derniers mousquetons sur des baudriers de fortune. Immobile contre la froide épaule de pierre, il cachait une agitation extrême : « Voici les troupes de ma revanche, pensait-il, voici le fer de ma révolution : paysans ôtés aux champs et plongés dans la mine, *vaqueiros* enlevés à l'espace pour ramper comme des excréments dans les boyaux de la terre, fiers chasseurs mués en taupes… Ah ! leur désir de vengeance quand ils sauront qui les vole, qui les dénature et qui les épuise ! Ah ! l'embrasement de leurs forces quand ils retrouveront la lumière du soleil ! Ah ! le beau massacre, quand je les lâcherai sur Teresina ! Une croisade menée par leur président ressuscité, Dieu de Dieu, ils seront invincibles ! »

Car tel était son projet : se présenter à la porte

immense de la superstition populaire comme la réincarnation de son frère et lever les troupes nécessaires à sa vengeance. Ce serait facile. Pensez un peu : leur Saint Président revenu d'entre les morts ! Ils le suivraient comme un seul homme. Tout était prêt : les grottes bourrées d'armes sur les contreforts de la frontière, les camions et les automitrailleuses qui attendaient sous leur camouflage, les agents infiltrés dans le gouvernement de Teresina, les complicités acquises jusque dans le palais présidentiel, y compris dans l'entourage immédiat du colonel Eduardo Rist. Ne restait que le recrutement des troupes. Le moment était venu. Dans quelques secondes, le jumeau allait se détacher de la pierre et il tiendrait à ces hommes le discours du ressuscité : « Oui, c'est bien moi, je suis votre président assassiné. Mon seul crime ? Avoir voulu vous rendre les richesses de votre sol... Et voilà qu'ils me tuent ! Mais je ressuscite ! Je sors de ma gangue de pierre ! Je reviens ! Je suis revenu ! Je ne suis plus cet homme de bonté aveugle qu'ils ont sacrifié comme un agneau, je suis le Corps glorieux de votre Révolution. Je suis votre fureur lucide, le guide implacable de votre bras justicier, la statue vivante de votre cause, le fer sacré de vos droits immémoriaux ! Hier, je vous ai parlé et vous m'avez entendu, vous vous êtes confiés à moi et je vous ai écoutés, aujourd'hui nous allons tuer ensemble ! »

Oui, voilà ce qu'il se proposait de faire : entrer en arme dans la cohorte de leurs saints innombrables, incarner tout ensemble les loups-garous de l'Intérieur, les orixas des Caraïbes et la fureur du Testament, monter à lui seul les quatre chevaux de l'Apocalypse, renverser le colonel Eduardo Rist, s'emparer de Teresina, envoyer des agents à New York exterminer le conseil d'administration qui l'avait évincé, en installer un nouveau à sa place, bref s'emparer à la fois du pouvoir et de la fortune, et de là, avaler le reste de l'Amérique latine.

(Ah! Faire enlever le Français Madricourt aussi, et le journaliste Postel-Verdi, histoire de leur mitonner, à ses moments perdus, une agonie raffinée.)

À cette perspective, le jumeau frémissait d'un de ces plaisirs que seules éprouvent les intelligences authentiquement spéculatives.

«Attention, en voilà un qui m'a vu!»

En effet, le dénommé Néné Martins, paysan, mineur et syndicaliste clandestin, fut le premier à apercevoir l'homme debout à côté de la statue. Néné Martins crut d'abord qu'il voyait double. Il pensa qu'il avait forcé sur la *cachaça* pour fêter la fin du deuil national. Il se frotta les yeux, alluma sa lampe à acétylène et s'approcha.

Pas de doute. Feu le Saint Président se tenait debout à côté de sa propre statue.

Par acquit de conscience Néné Martins demanda à Didi da Casa, poète, paysan et mineur, s'il voyait la même chose que lui :

– Tu vois ce que je vois ?

Didi voyait ce que Néné voyait.

On fit cercle. On n'en crut pas ses yeux. On alluma les lampes à acétylène. Le jumeau se dressait maintenant dans un aréopage de cyclopes. On toucha. On pinça l'étoffe de son uniforme ; elle n'était pas de pierre. Quelqu'un posa une main sur le cœur de l'apparition et la retira aussitôt : ce cœur battait le rassemblement ! Le jumeau les laissa ameuter le reste du village. Il ne se détacha de son frère statufié que lorsque l'assemblée fut au complet.

Alors, tandis que le soleil se déployait comme un étendard, il parla d'une voix forte :

– C'est bien moi, dit-il, je suis revenu d'entre les morts pour vous conduire à la vraie vie.

Il leur laissa le temps nécessaire à l'assimilation de tout miracle, puis il gonfla sa poitrine pour lancer son appel aux armes. Mais une voix s'éleva avant la sienne : une voix aiguë, une corde vibrante et rouillée comme une fureur très ancienne. C'était le poète Didi da Casa, que l'inspiration venait de saisir et que plus rien n'arrêterait :

> No Saara de além do mar
> Há miragens de enganar
> Gente vê o que não é não
> Mas pra gente no Sertão
> Não funciona a ilusão
> Tampouco a ressurreição !

Dans le Sahara d'outre-mer
Il y a des mirages trompeurs
On y voit ce qui n'est pas
Mais nous autres dans le Sertão
On ne marche pas à l'illusion
Pas plus qu'à la résurrection !

Quelques heures plus tard, le jumeau comparaissait pieds et poings liés devant le colonel Eduardo Rist.

8

– Salut, Pereira, dit le colonel au jumeau en l'accueillant dans son bureau. Alors, c'était comment, la mort ?

Tout en parlant, le colonel faisait signe aux gardes de délier le prisonnier.

– Eduardo, répondit le jumeau en se frottant les poignets, tu n'es pas malade de faire arrêter un ressuscité ? Tu sais combien ça peut te coûter, là-haut ?

Des yeux il montrait le ciel.

Le colonel Eduardo Rist déploya un échiquier sur son bureau, fourragea dans un sac de pièces, y prit un pion noir et un pion blanc et tendit ses deux poings devant lui pour donner le choix de la couleur à son adversaire.

– Une petite partie ? demanda-t-il.

– Comme si j'avais l'esprit à ça !

– Allez, Manuel, insista Eduardo, ça nous rappellera nos nuits de pensionnat.

– Nous ne sommes plus des enfants !

Le colonel fit une proposition :

– Tu gagnes, je te cède la place, tu perds, je te laisse retourner d'où tu viens.

– Ce n'est pas comme ça qu'on fait de la politique ! protesta le jumeau.

– C'est comme ça qu'on économise une révolution. Les mineurs et les paysans ont autre chose à faire que massacrer les citadins.

– Eduardo, s'exclama le jumeau, l'air sincèrement scandalisé, je ne me suis pas cassé le cul à ressusciter pour jouer aux échecs ! À qui crois-tu parler, merde ? Tu n'as donc aucune religion !

Le colonel Eduardo Rist poussa un long soupir :

– Je crois parler à un demeuré qui me prend pour un con.

– Qu'est-ce que tu dis ?

Le jumeau qui avait bondi sur ses pieds se retrouva assis comme s'il ne s'était pas levé. Derrière lui, les deux gardes veillaient à son confort.

– Je dis (le colonel Eduardo Rist semblait las, tout à coup) que vous n'êtes pas Manuel Pereira da Ponte Martins mon ami d'enfance, que vous ne savez pas jouer aux échecs, qu'avec votre histoire de résurrection vous nous prenez tous pour des cons : les paysans, les mineurs, les fonctionnaires, les politiques, Dieu lui-même et moi avec, comme vous avez pris pour des cons les actionnaires qui vous ont foutu à

386

la porte de votre compagnie dans ce qui fut votre seule vie antérieure.

– Eduardo..., murmura le jumeau en affectant un ton de triste incrédulité.

Le colonel Eduardo Rist répondit avec un doux sourire :

– Appelle-moi Eduardo encore une fois, mon cher, et ta cervelle tapissera les murs de mon bureau.

Il avait sorti son pistolet d'ordonnance d'un tiroir. C'était une arme considérable. Rien que la crosse faisait peur.

S'ensuivit un long échange de regards.

– D'après toi, demanda finalement le colonel Eduardo Rist, qui vous a engagés comme sosies de Pereira, ton frère et toi ?

– Le président en personne ! s'écria le jumeau en toute sincérité.

– ...

– ...

– ...

– C'est bien ce que je craignais, murmura le colonel.

Sur quoi, il consentit une explication :

– Ce n'est pas Pereira qui vous a recrutés, pauvre singe. Pereira avait foutu le camp en Europe depuis belle lurette ; ton frère et toi n'étiez qu'une copie de copie de copie.

Il laissa au jumeau le temps de digérer la surprise, et fit ce commentaire :

– Tes prédécesseurs n'étaient pas bien malins non plus, mais toi en plus d'être bête tu es méchant. Un caïman vénal et borné, sans le plus petit atome de bon sens. Rien qu'un appétit. Aussi con que feu le Général Président.

Sur quoi commença l'interrogatoire proprement dit :

– Dis-moi, demanda le colonel Eduardo Rist, lequel de mes hommes as-tu corrompu le premier ?

– Callado ! s'écria le jumeau. Manuel Callado Crespo, le chef des interprètes ! C'est même lui qui m'a donné l'idée de la révolution ! C'est lui qui a organisé l'achat des armes, qui m'a indiqué les grottes où les cacher et qui m'a conseillé le village où recruter mes troupes.

Le colonel posa un regard navré sur son prisonnier :

– Une balance, par-dessus le marché...

Mais le jumeau était lancé :

– Il m'a indiqué chaque fonctionnaire à acheter, son grade, son prix, il m'a même recommandé un poète pour propager le chant de ma révolution : Didi da Casa, un génie à ce qu'il dit, un vrai poison pour l'opinion de Teresina !

Pendant que le jumeau dénonçait Didi da Casa, celui-ci, qui chantait toujours pour les paysans-mineurs du Nord, en était à cette strophe :

Ramo em ramo o passarinho
Passarinho faz o ninho
Canto em canto o passarinho
Passarinho faz um hino
De verso em verso o poeta
Do povo tece a revolta !

Brindille à brindille l'oiseau
L'oiseau fait son nid
Chanson à chanson l'oiseau
L'oiseau fait un hymne
De vers en vers le poète
Tisse la révolte du peuple !

– C'est Callado qui a tout organisé, vociférait le jumeau, je vous le jure sur la mémoire de mon frère ! Il m'a même recommandé un syndicaliste pour conduire mes troupes : Néné Martins, séditieux dans l'âme, un danger public !

Le colonel Eduardo Rist l'interrompit de la main, puis se penchant sur un interphone :

– Callado, tu peux venir une seconde ?

– J'arrive, répondit l'interphone.

Manuel Callado Crespo apparut comme par enchantement. Il avait grossi pendant toutes ces années. Plus que jamais la pilosité de son énorme visage évoquait la brousse amazonienne. Seul le sommet du crâne souffrait d'un début de déforestation.

– Mes sourcils me brouillent la vue, grogna-t-il en apercevant le jumeau sur la chaise, c'est qui le type assis là ? Ce ne serait pas mon corrupteur, des fois ?

Le colonel confirma que c'était bien lui. Et, avec un geste d'impuissance :

– Callado, sois un ami, explique à ce crétin comment ça marche à Teresina, moi, j'y renonce.

– C'est à ça que servent les interprètes, admit Callado.

Alors, à mots pesés, comme s'il parlait à un écolier, Manuel Callado Crespo raconta au jumeau tout ce qui précède : Pereira, la prédiction de la Mãe Branca, l'agoraphobie du président, son exil en Europe, le choix du premier sosie, puis du deuxième...

– Et ainsi de suite, jusqu'à la mort de ton malheureux frère.

Ici, Manuel Callado Crespo sortit un instant du sujet pour demander au colonel Rist :

– Eduardo, comment un ventre de femme peut-il abriter deux jumeaux aussi différents que le saint et ce maquereau ?

– Cette saloperie de nature, marmonna le colonel.

– ...

– ...

Vaincu, le jumeau eut cette question :

– Alors, pour les sosies, vous étiez au courant ?

Avec beaucoup de patience, Callado lui expliqua qu'après l'assassinat de la Mãe Branca, l'agoraphobie

390

de Pereira se lisait tellement sur son visage et son envie d'Europe était si impérieuse : (« C'est beaucoup plus qu'une envie, les gars, plaidait le jeune dictateur, c'est un besoin culturel ! ») que le colonel et lui-même l'avaient jugé inapte au gouvernement et avaient décidé de le pousser vers un exil doré. Pour ce faire, il avait suffi à Callado de mettre l'idée du sosie sur le tapis (si discrètement que Pereira s'était imaginé y avoir pensé tout seul) et de lui coller sous les yeux ce barbier à la ressemblance troublante (si habile-ment que Pereira s'était imaginé l'avoir découvert lui-même) pour que le dictateur agoraphobe se fasse remplacer par son double et disparaisse de la circu-lation.

– Et voilà..., conclut Manuel Callado Crespo.

– Voilà, confirma le colonel Eduardo Rist.

– Ensuite, on a changé les sosies dès qu'ils com-mençaient à s'user. Même tactique : laisser croire à chacun que l'idée de se faire remplacer venait de lui et mettre sur son chemin un sosie qu'il s'imaginait avoir choisi. Avec la vanité, c'est facile. Hein, Eduardo ?

Le colonel Eduardo Rist fit signe que c'était facile au point d'en devenir lassant.

– Et le père ? demanda le jumeau. Il y croyait, le père ? Je me suis toujours demandé s'il me regardait vraiment comme un fils...

– Vanité, là aussi. De sosie en sosie, le vieux da Ponte trouvait que son garçon s'améliorait et il esti-mait que c'était grâce à lui. Quand Pereira a tué ton

391

frère, le vieux Ponte qui prenait le saint pour son fils est mort de chagrin, tu le savais, ça ?

– L'instinct paternel..., murmura le colonel Eduardo Rist.

– C'est Pereira qui a tué mon frère ? demanda le jumeau.

...

Au même instant dans les montagnes du Nord, Didi da Casa chantait aux mineurs-paysans :

> *Naquela história de gêmeos*
> *De que fala o livro santo*
> *Quem foi que matou o outro ?*
> *Foi Caim ? Esaú ? Quem ?*
> *Deus sabe, e o povo também*
> *Foi Pereira ! disse alguém.*

> Dans cette histoire de jumeaux
> Dont parle le livre saint
> Lequel des deux a tué l'autre ?
> Fut-ce Caïn ? Ésaü ? Qui ?
> Dieu le sait, le peuple aussi
> C'est Pereira ! a dit quelqu'un.

...

– Et l'évêque ? demanda le jumeau. Il savait, l'évêque, qu'il n'avait pas affaire à Pereira ? C'était son filleul, tout de même ! Il m'a toujours traité comme un filleul, en tout cas.

392

– Les évêques ne font pas de politique, répondit Callado : chaque fois que le Christ ressuscite ils se contentent de le crucifier à nouveau pour que dure la Sainte Église, voilà tout.

– C'est te dire ce qui t'attendait avec ton histoire de résurrection..., fit observer le colonel Rist.

– Et le peuple ? demanda enfin le jumeau dont la voix n'était plus qu'un souffle. Il y croyait, lui, à ces faux Pereira ?

– Le peuple est plus compliqué qu'un père ou un évêque : le peuple fait croire qu'il croit ce qu'on veut qu'il croie au point de se faire croire quelquefois qu'il y croit.

– Jusqu'au jour où il décide de se remettre à penser, ajouta le colonel Rist.

– On peut alors s'attendre à du nouveau, commenta Callado.

...

Le fait est qu'à la même seconde, Didi da Casa chantait :

> *Se o papagaio recita*
> *Será que a voz exercita ?*
> *Quando o macaco imita*
> *Será que ele vomita ?*
> *Poeta papagueando*
> *Algo tá se preparando*

Quand le perroquet répète
N'est-ce pas sa voix qu'il exerce ?
Quand le singe imite
N'est-ce pas ses tripes qu'il vomit ?
Quand le poète perroquète
C'est que quelque chose se prépare

...

– Là non plus ta révolution à la con n'avait aucune chance, constata Callado. Comme tu n'aurais pas pu t'empêcher de les tondre jusqu'à l'os tous autant qu'ils sont : paysans, mineurs, commerçants, villageois ou citadins, et que tu aurais fini par voler les riches aussi, dans quelques années ils auraient fait semblant d'en croire un autre et ils t'auraient écrabouillé, comme Pereira...

À la tête que fit le jumeau, Callado s'écria :

– Putain, tu ne savais même pas qu'ils ont écharpé Pereira après l'assassinat de ton frère ? Mon pauvre gars, rien de rien, alors, tu ne sais rien et tu ne comprends rien ! Petit bagage pour un candidat dictateur.

– ...

– De toute façon, dit le colonel Eduardo Rist, en lynchant Pereira ils ont exécuté la dictature.

– Fin d'une époque, conclut Callado.

– ...

C'est ici que les deux hommes dévoilèrent à leur prisonnier le projet auquel ils travaillaient depuis le départ de Pereira pour l'Europe : rendre le pouvoir au peuple, confier la clef de leur propre maison à tous les Néné Martins, à tous les Didi da Casa, et avec les clefs de la maison la propriété de la terre, et avec la propriété de leur terre le soin de veiller au sous-sol, et avec le souci du sous-sol, l'obligation de résister aux appétits étrangers...

– Par conséquent, expliquait Callado qui prenait goût à l'instruction civique, le devoir de bien élire leurs députés et d'installer dans le fauteuil de la présidence celui d'entre eux qui aura le cul le moins vissé au pouvoir. Un Néné Martins, par exemple, ou un Didi da Casa.

...

Lequel, justement, chantait à tue-tête :

Povo sua quer a terra
Faremos democracia

Le peuple veut sienne la terre
Nous ferons la démocratie.

– Ça durera ce que ça durera, conclut le colonel Eduardo Rist, d'une voix que ne colorait aucune illusion, mais ça vaudra toujours mieux que de se prosterner devant ta tête d'abruti.

– Ça ne supprimera pas la corruption, ajouta Callado Crespo, mais ça compliquera la comptabilité des grandes compagnies : multiplication des pots-devin, quelques incorruptibles dans le rôle du grain de sable, la curiosité des journalistes, les opinions de l'Opinion...

— Pas une seconde pour s'ennuyer, conclut le colonel, sur le point de s'endormir.

Dans le silence qui suivit, le jumeau murmura les deux derniers mots dont il croyait pouvoir encore disposer :

— Et moi ?

Le visage du colonel Eduardo Rist s'éclaira soudain :

— Rassure-toi, la démocratie n'est que pour demain, on va s'offrir un dernier plaisir.

— Une petite partie d'échecs ? s'écria Callado Crespo, plein d'un espoir enfantin.

— Tout juste, fit le colonel.

Et, au jumeau, avec un sourire conciliant :

— Je gagne, je te tue, Callado gagne, il te tue, partie nulle, on te refile aux futurs démocrates qui te massacrent avant d'inventer la justice. Ça te va ?

Sans attendre la réponse, il posa ses deux poings fermés devant Callado pour lui donner à choisir entre les noirs et les blancs.

Fin

(conclut le jumeau).

VII

La question des remerciements

Je n'aime pas le mot *fin* ; il oblige. À redescendre sur terre, par exemple. À s'y rappeler que vous n'êtes pas de chair et d'os, ma chère Sonia, mais un personnage : rien que des mots. Ce qui m'amène à remercier Sonia Paul-Boncourt, pour vous avoir prêté son prénom et son appartement, Silvia Pollock qui passa son adolescence à Chicago et fit comme vous le voyage à Riverside dans un *bedroom* de l'Union Pacific Challenger, l'amie Fanchon qui m'inspira votre adolescence, l'ami Jacques qui fignola votre mémoire historienne, Yasmina et Monica qui me poussèrent à vous « développer », pour faire plus ample connaissance avec vous, sans oublier l'ami Claude avec qui, jadis, nous parlâmes de sosies, ni Tonino avec lequel, hier encore, nous parlions de jumeaux...

Et voilà posée l'épineuse question des remerciements. Entre la femme qui l'a mis au monde et celle qui l'y garde, un romancier se devrait de remercier la terre entière. Ceux qui vivent autour de lui, ceux qui écrivent, ceux qu'il a lus, ceux qu'il écoute, ceux qui l'éditent et ceux qui le supportent pendant qu'il œuvre dans la douleur : Alice, en tout premier lieu, ma fille, qui sait l'inconvénient d'avoir un père écrivain... Jean Guerrin, vieil ami, qui fut ici ma première oreille, Jean-Philippe Postel, Roger Grenier, J.-B. Pontalis, Jean-Marie Laclavetine, mes premiers lecteurs, Manuel Serrat Crespo dans le rôle de Callado, Didier Lamaison dans celui de Didi da Casa, Franklin Rist en colonel éponyme, la tribu Martins tout entière...

Le nombre et les raisons de ces remerciements, quand on y songe, pourraient constituer la matière d'un gigantesque roman. Je vois d'ici les premières phrases : Ce serait l'histoire d'un auteur qui entreprendrait de remercier son monde. Peu importe le hamac où lui vint cette idée. Il suffit d'imaginer...

Composition Bussière
et impression Bussière Camedan Imprimeries
à Saint-Amand (Cher), le 11 avril 2003.
Dépôt légal : avril 2003.
Numéro d'imprimeur : 31938-031597/1.
ISBN 2-07-075631-9./Imprimé en France.